Axel Ulrich

KOKS IM KIEL

Krimi

Oertel+Spörer

Nebel

Franz Walzer sitzt auf seinem luxuriösen Eames-Bürostuhl. Dieses Möbel hat er sich irgendwann gekauft, weil er beschlossen hat, dass es wenigstens was Teures sein sollte, wenn er schon so oft darauf sitzen muss. Mittlerweile hat er eingesehen, dass manche andere billiger, besser und bequemer sind. Je älter er wird, desto weniger wichtig werden ihm materielle Dinge. Es ist früher Morgen, er hat jetzt ungefähr eine halbe Stunde völlig ohne Sinn und Verstand im Internet herumgedaddelt, sich die Online-Ausgabe der Bild-Zeitung reingezogen, die Online-Ausgabe des Spiegels mit den gemurmelten Worten kommentiert, dass das früher auch mal besser gewesen sei. Da hört er Schritte auf der Metalltreppe, die außen an dem Gebäude in den ersten Stock auf eine Terrasse führt, hinter der sein großzügiges Werftbüro liegt. Er wohnt mit Lena, seiner langjährigen großen Liebe, noch einen Stock höher. Er schaut raus, sieht nur Nebel. Es ist November, der Monat, über den ihm ein Schwede mal gesagt hat, man könne ihn von ihm aus ruhig aus dem Kalender streichen.

Der Franz Walzer besitzt eine Bootswerft am Bodensee, die so gut wie kein Geld verdient, was sie auch nicht muss. Er ist ein ehemaliger Anwalt, der mit allerlei auch leicht krummen Geschäften zu einigem Wohlstand gekommen ist. Die Werft ist ein alter Traum von ihm, den er sich irgendwann erfüllt hat. Heute ist es noch nebliger als die Tage davor, vom See sieht er gerade noch die ersten paar Meter, danach ist alles nur noch eine grau-weiße Suppe. Selbst am Ende der Terrasse, da, wo die Treppe endet, wabern Nebelschwaden, aus denen sich jetzt eine Figur herausschält, die zielstrebig auf die Bürotür zusteuert. Es ist ein Mann, er drückt die

Türklinke runter, aber die Tür geht nicht auf, ist noch verschlossen. Der Franz steht auf, geht zur Tür, schließt sie auf und öffnet sie. Er erkennt in dem Moment seinen ehemaligen Partner.

»André, dich habe ich ja schon ewig nicht mehr gesehen. Mein Gott, das muss fünf Jahre her sein oder länger.«

»Franz, acht Jahre, um genau zu sein. Das letzte Mal haben wir uns in Konstanz auf der Marktstätte getroffen.«

»Erzähl mal, was machst du so?«

»Ach, alles Mögliche. Juristische Beratung für schwere Fälle. Genau genommen geht es nicht nur um schwere Fälle, sondern manchmal auch um schwere Jungs.«

»Setz dich erst mal. Magst du einen Kaffee mit mir trinken?«

André nickt.

»Ich schlag mich halt so einigermaßen durch, um ehrlich zu sein. Als ich aus dem Knast raus war, da habe ich mir noch einiges eingebildet, aber mittlerweile bin ich doch ziemlich desillusioniert. Ein ehemaliger Anwalt, der im Knast war, der hat es bei den seriösen Leuten nicht so einfach.«

»Na gut, ich habe meine Zulassung auch nur deshalb freiwillig abgegeben, weil die sie mir sonst kurz danach unfreiwillig abgenommen hätten.«

»Du hast aber den Vorteil gehabt, dass du nebenher immer die Immobiliengeschäfte gemacht hast, die dir letztlich das Genick gebrochen haben. Und die konntest du völlig ungestört weiter betreiben.«

»Das stimmt schon. Mich haben sie ja auch nur wegen einer Lappalie auf dem Kieker gehabt. André, du hättest mich nicht zum Vorbild nehmen sollen.«

André seufzt tief. »Da hast du vermutlich recht. Also bist eigentlich du schuld.«

Beide lachen herzlich.

»Franz, ich bin schon selbst schuld. Konnte damals nicht genug bekommen. Meine Ex-Frau hat die Kohle mit beiden Händen aus dem Fenster geworfen und ich kam mit dem Nachschub kaum hinterher. Irgendetwas in mir hat gewusst, dass sie hauptsächlich deshalb bei mir geblieben ist und ich war so wahnsinnig verknallt in sie, dass ich ums Verrecken verhindern wollte, dass sie abhaut. Habe damals sogar an Suizid gedacht.«

»André, du kennst doch meinen Wahlspruch. Wegen Frauen oder Kohle erschießt man sich nicht.«

»Ich bin dir dankbar. Du hast ja versucht, mir zu helfen. Aber damals war ich derart durch den Wind, dass ich das alles versaut habe. Wenn dir irgendetwas über den Weg läuft, was für mich geeignet wäre, dann würde mich das freuen. Ich könnte es ganz gut gebrauchen. Zum Glück hast du mir ja damals einen Teil des Geldes, das ich noch hatte, so gewaschen, dass ich noch Reserven habe. Verhungern muss ich also nicht. Und ab und zu läuft mir auch irgendeine Beratungssache zu, aber das sind immer sehr heikle Situationen, in denen irgendeiner ziemlich viel Mist gebaut hat und Ratschläge braucht, die ihm ein aktiver Anwalt gar nicht geben dürfte. Da komme ich dann ins Spiel. So richtig schlecht geht es mir nicht. Die letzten paar Jahre habe ich in Stuttgart gewohnt, aber jetzt bin ich wieder hier in der Gegend. Ich wohne auf der Reichenau. Habe meinen Liegeplatz und das Boot zum Glück noch immer und du weißt ja, wie wichtig mir die Segelei ist. Und da habe ich eben gedacht, ich besuche den Franz mal, wenn ich wieder in der Nähe wohne. Vielleicht fällt von dessen reich gedecktem Tisch auch ab und zu mal etwas für mich ab.«

»Ich habe jetzt Hunger. Lena ist nicht da, und ich habe noch nichts gefrühstückt. Da vorne ist ein Café. Kommst du mit?«

Natürlich kommt André mit. Sie quatschen noch zwei Stunden miteinander, verzehren dabei ein paar Croissants und trinken einige Tässchen Kaffee.

Gernbach ist vor knapp zwanzig Jahren in Walzers damals ein Jahr alte Kanzlei mit eingestiegen. Nach den Staatsexamen und der Referendarzeit hat Franz noch zwei Jahre in einer größeren Anwaltssozietät gearbeitet und irgendwann natürlich mit seinem Chef Krach gekriegt, weil er in mehreren Punkten eine völlig andere Meinung hatte. Dann hat er sich selbstständig gemacht. Franz ist ein mutiger Typ, und er schaut auch immer ziemlich unbekümmert in seine Zukunft. Das ist damals nicht anders gewesen. Nur leider sind die erhofften Mandate doch ziemlich ausgeblieben und ihn drückten die Kosten für die Anwaltsgehilfin und die Räumlichkeiten. Und so ist ihm André Gernbach damals wie gerufen gekommen.

Das war eine Zeit, zu der die Handwerker abends am Stammtisch noch mit ihren Schwarzeinnahmen prahlten. Zwar auch schon nicht mehr so wie noch mal zwanzig Jahre früher, aber man traute sich immerhin noch, das Maul aufzureißen. Walzer hat damals recht großzügig Unternehmen beim Im- und Export größerer Mengen Geldes geholfen. Den Transport hat er schon über den See bewerkstelligt und auf die Art und Weise auch viele schöne Mandate bekommen.

Gernbach schaute zu und wurde neidisch, auch weil seine frischgebackene, sehr attraktive Ehefrau materiellen Freuden aufgeschlossen gegenüberstand. Er hatte dann einen größeren Drogendealer als Mandanten, und da hat er gedacht, was der Walzer könne, das könne er auch. Franz hat ihn viele Male gewarnt, Drogengeld zu waschen sei eben völlig anders als irgendwelchen Unternehmern geerbtes Geld von der Bank in Zürich oder in Kreuzlingen abzuholen, über den See zu schippern und es mit ein paar Immobilien oder anderen Geschäften, wieder weiß zu waschen. Walzer hat trotz seiner riskanten Geschäfte immer noch so etwas wie Vorsicht walten lassen und sich sehr genau angesehen, für wen er tätig war. Er ist nie das Risiko eingegangen, erwischt zu werden. Über André Gernbach hingegen wusste jeder, wen der als Mandanten hat und dass er für den noch andere Dienstleistungen übernommen hat, die nicht so ganz mit den Standesregeln eines Anwalts zu vereinbaren waren. Als der Dealer dann aufflog, petzte er und sie hatten André ziemlich schnell am Schlafittchen. Er fuhr ein. Drei Jahre hat er bekommen, von wegen Ersttäter und so. Soweit Walzer wusste, ist er noch ein paar Jahre in Spanien und in Argentinien gewesen, dann nach Stuttgart gezogen.

André ist ziemlich groß, fast eins neunzig und hat etwas zugelegt. Früher war er schlank, jetzt ist da ein deutlicher Bauchansatz. Er ist blond mit welligen Haaren, hat so ein bisschen ein kindliches Gesicht. Walzer musste früher bei ihm immer an den Tim von *Tim und Struppi* denken.

»Und was hast du jetzt vor?«

»Bin immer noch auf der Suche nach der genialen Idee. Ich bin da ja so ein bisschen ähnlich wie du, am liebsten würde ich irgendwas mit Booten machen. Du weißt, dass ich schon damals über eine Segelschule nachgedacht habe, aber wenn ich mir dann angeschaut habe, was die so den ganzen Tag machen, dann habe ich die Finger davon gelassen. Es müsste schon irgendwas Spannenderes sein.«

Als Walzer später wieder die Treppe zu seinem Büro hochsteigt und hinein geht, denkt er noch eine Weile über den André nach. Er hat ganz vergessen, ihn zu fragen, ob er alleine lebt oder wieder eine Frau oder eine Freundin hat. Er hat seine Telefonnummer und weiß, wo er wohnt, er wird ihn in der nächsten Zeit mal besuchen. Ist schon ein netter Kerl, hat bloß als Berufsanfänger mal etwas mehr Risiko auf sich genommen, als ihm gutgetan hat. Wenn Walzer sich fragt, ob ein ganzes Leben nur als Anwalt in der Provinz so aufregend ist, dann ist er sich auch nicht mehr so ganz sicher. Er muss nur an die zahllosen Autounfälle, die Scheidungen, die Mahnverfahren und das ganze sonstige Brot- und Buttergeschäft eines Anwalts denken, dann weiß er, dass das auch nicht das berühmte Gelbe vom Ei ist. Das Leben von André ist so zumindest aufregend gewesen. Er muss das beim nächsten Treffen dem André mal klarmachen. Und so ganz ärmlich kommt er ja auch nicht daher, wenn er sich seine neue Adresse anschaut.

Liebeskummer

Der Franz freut sich. Lenas Tochter Lisa ist jetzt vierundzwanzig, und hat, entgegen dem Ratschlag so ziemlich ihrer gesamten Umgebung in Kiel Schiffbau studiert, und den Masterabschluss gemacht. Sie war drei Jahre lang mit einem Mitstudenten liiert, aber diese Beziehung ist vor einem Vierteljahr von ihm ziemlich abrupt beendet worden, da er sich in eine andere verguckt hat. Sie wollte eigentlich in Kiel bleiben, war aber danach so kreuzunglücklich, dass sie beschlossen hat, sobald wie möglich von dort zu verschwinden. Lena hätte nie gedacht, dass sie wieder zurückkommt. Als sie am Telefon vor zwei Monaten heulend gesagt hat, sie wolle wieder nach Hause, war Lena total überrascht.

Heute Nachmittag würde sie ankommen und Lena ist gerade zu einem Großeinkauf unterwegs, kommt wohl demnächst mit einem Container voller Lebensmittel nach Hause, um die Rückkehr des Kükens mit einer Küchenorgie zu feiern.

Lisa ist schon als Kind immer mit Walzer und Lena mitgesegelt. Das hat ihr gut gefallen und sie haben ihr dann irgendwann einen Optimisten gekauft. Das ist so ein kleines Segelboot für Kinder, und sie ist in der Optimistengruppe ihres Segelvereins gewesen. Etwas später fing sie dann an, Regatten zu segeln. Walzer musste feststellen, dass sie ein natürliches Gefühl für Wind und Wasser hatte und nach anfänglichen Schwierigkeiten meistens wusste, auf welcher Seite man am besten startet und auf welcher Seite man bleibt – sie hatte einfach Talent. Später ist sie dann in größere Boote umgestiegen und hat es natürlich auch in ihrer Zeit in Kiel weiter betrieben. Lisa ist total angefressen, wie man so sagt. Walzer erfüllt das mit einem gleichsam väterlichen Stolz. Sie haben ihr allerdings zunächst von dem Studium abgeraten, aber da sie stur ist wie ihre Mutter, hat sie sich nicht davon irritieren lassen.

Zunächst mal würde sie bei ihnen wohnen, genug Platz hatten sie ja. Aber sie hat schon gesagt, dass sie sich alsbald eine Bleibe in der Nähe suchen werde. Fürs Hotel Mama sei sie einfach zu alt und zu sehr an ihre Eigenständigkeit gewöhnt.

Ein paar Stunden später ist sie dann da, geht mit Walzer in die große Werfthalle. Lisa war zum letzten Mal vor knapp einem halben Jahr da.

Lisa will zusätzlich zu ihrem Studium noch eine stark verkürzte Bootsbauer-Ausbildung in einer Werft in der Nähe machen.

»Franz, vielleicht steige ich später mal hier ein.«

»Wirklich? Habe immer gedacht, dich zieht's in so ein Designbüro, wo sie Racer konstruieren oder so was. Aber dass du hier einsteigen möchtest, darauf wäre ich nie gekommen. Deswegen habe ich auch nicht gefragt. Natürlich würde mir das gefallen, wenn du den Laden irgendwann übernehmen würdest. Wüsste nicht, wer das sonst machen sollte. Ich bin jetzt Mitte fünfzig, und dein Mütterchen ist ja ein paar Jahre jünger. Spätestens in zehn oder fünfzehn Jahren hätte ich mir die Frage stellen müssen, was ich damit machen soll. Das Problem ist, dass das Grundstück hier derart wertvoll ist, dass es vermutlich keine andere Werft oder keinen Bootsbauer gibt, der sich das leisten kann und daher würde eher eine Immobilienfirma zum Zuge kommen, die hier Wohnungen draus macht. Ich kann es ja auch schlecht verschenken. Also ich kann schon, aber wenn, dann nur an jemanden der mir wirklich nahe steht.«

»Ja Franz, wir stehen uns schon ziemlich nahe, gell?«

Sie grinst ihn an.

»War auch nicht immer so, so als ich vierzehn war, ab da wurde es ein wenig schwierig, oder?«

»Nein Lisa, wirklich schwierig war das nie, da gibt es ganz andere.«

Er legt den Arm um sie und führt sie aus der Halle raus, sagt ihr auf der Treppe noch, dass er sie sehr lieb habe, und sie versichert ihm, das beruhe ganz auf Gegenseitigkeit.

Lena ist am Kochen wie eine Wilde und sie haben einen sehr schönen Abend. Lisa schimpft ein bisschen auf den Drecksack, der sie wegen einer anderen verlassen habe und Walzer bestätigt ihr, dass er das schon mal aus rein optischen Gründen überhaupt nicht verstehen könne, dass so jemand wie sie verlassen würde.

Lisa ist eins fünfundsiebzig, schlank aber keine Bohnenstange, brünett, halblange Haare, etwas dunkelhäutig wie ihre Mutter. Ähnelt ihr auch sonst. Walzer findet sie sehr attraktiv.

»Wie lange ist es jetzt her, dass er Schluss gemacht hat?«, fragt er.

»Ziemlich genau zwei Monate.«

»Ihr wart mehr als drei Jahre zusammen. Tut es noch sehr weh?«, will Lena wissen.

»Es wird langsam besser. Vor ein paar Tagen hat mich ein ehemaliger Student von der Fachhochschule im Supermarkt in Kiel angesprochen und ich habe tatsächlich zehn Minuten mit ihm geredet. Ist ein netter Kerl aus der Gegend hier. Er will mich in nächster Zeit mal treffen. Denkt euch, ich freue mich sogar drauf. Ich glaube, ich bin schon ziemlich darüber weg.«

Regatta

André Gernbach wohnt jetzt auf der Insel Reichenau. Er hat sich die Dachwohnung in einem Dreifamilienhaus gemietet. Ist nicht ganz billig, aber das gönnt er sich – fast hundert Quadratmeter mit einem sehr großen Wohnzimmer und zwei kleineren Zimmern. Er hat sogar Seeblick.

Da sitzt er am PC und grübelt. Grübelt über einen Mandanten, der sich ziemlich schlimm in die Nesseln gesetzt hat – ein Bauunternehmer, der einfach nicht von seiner jahrzehntelang geübten Praxis lassen konnte, immer einen Teil schwarz einzunehmen und den dann in der gleichen Farbe an die Handwerker weiterzureichen. Einer von denen hat es so ungeschickt angestellt, dass er bei einer Steuerprüfung auffiel und danach hat er ihn verpetzt. Sie haben seine gesamte Buchhaltung auseinandergenommen und behaupten, er habe eine Menge Geld an der Steuer vorbei geschleust. Zwei Käufer von Wohnungen haben zugegeben, dass er einen Teil schwarz angenommen hat, und jetzt hat er André angeheuert, um herauszufinden, ob es irgendeine Strategie gibt, die ihm den Hals retten könnte. Der Anwalt seines Kunden hat dem geraten, alles zuzugeben aber es ist so viel, dass er dabei Gefahr läuft, im Knast zu landen, und André soll einen Weg finden, um zumindest das zu vermeiden. Andrés Büro ist voll mit Ordnern seines Kunden. Aber ihm fällt bisher nichts ein – noch nicht.

Er ist frustriert, lenkt sich ab, indem er anfängt, im Internet zu verschiedenen seglerischen Themen zu recherchieren. Dabei stößt er auf die Seite einer Holländerin, die Leuten anbietet, an weltbekannten großen Segelregatten in England, in Spanien und in Italien gegen Bezahlung teilzunehmen. Das interessiert ihn natürlich. Er hat schon mal gehört, dass es so etwas gebe. Schaut sich noch eine Stunde weiter nach dem Thema um, dann ruft er die Holländerin einfach an. Er fragt sie unverblümt, ob sich das denn lohnen würde, und sie erzählt ihm, dass sie es seit zwei Jahren betreibe und mittlerweile sogar einigermaßen davon leben könne. Er sagt ihr geradeheraus, dass er überlegt, auch in dieses Geschäft einzusteigen und sie erzählt ihm, dass ihr das gar nicht recht wäre, zwei Drittel ihrer Kunden seien nämlich aus Deutschland. In dem Moment, in dem sie kapiert, dass er zu ihr in Konkurrenz treten könnte, verändert sich ihr Ton leicht, aber sie sagt ihm ganz offen, dass er wahrscheinlich auch Schwierigkeiten haben werde, ihre jetzigen Kunden von ihr abzuwerben. Sie würde das nun mal ziemlich gut machen. Sie diskutieren, ob es nicht einen anderen Weg zum beiderseitigen Nutzen gäbe.

Nach einer Stunde fällt ihm auf, dass er ihr seine halbe Lebensgeschichte erzählt und auch ihre angehört hat. André Gernbach, der Schlingel, hat sich natürlich in der Zwischenzeit weiter auf ihrer Webseite umgesehen und ein Foto von ihr gefunden, auf dem ihm nicht nur das Segelboot im Hintergrund gut gefällt, sondern auch sie. Sie erzählt ihm, dass ihre Webseite ziemlich hohe Zugriffszahlen aus Deutschland und ganz Europa habe und dass dies ein Ergebnis von zweijähriger intensiver Arbeit an der Qualität der Suchergebnisse ihrer Webseite unter anderem bei Google sei. Sie würde mittlerweile sehr gut gefunden und er müsste sich schon darauf einstellen, dass das für ihn mühsam würde, wenn er gegen sie anträte.

André versteht einiges von IT und Internet und bestätigt ihr, dass er weiß, was das bedeutet. Irgendwann fragt sie ihn, was er denn am liebsten machen würde, wenn er es sich völlig frei aussuchen könne. Er antwortet, er sei jetzt Mitte vierzig, habe schon alles Mögliche gemacht, und wenn er könnte, wie er wollte, dann würde er am liebsten möglichst viel segeln gehen, und zwar am liebsten Regatten. Sie macht eine Pause und fragt ihn dann, ob er ein bisschen Geld übrig habe. Das bestätigt er mit dem Hinweis darauf, dass der Begriff *ein bisschen* ziemlich vage sei und fragt, warum sie das wissen wolle. Da sagt sie, sie hätte da einen etwas betagten Volvo Ocean Racer an der Hand, den könnte er kaufen oder chartern.

Das Volvo Ocean Race ist eine Segelregatta, die in Etappen einmal um die Welt führt. Heißt heute anders, *The Ocean Race*. Dann könne er doch seiner Lieblingsbeschäftigung nachgehen und sie ihm die Kunden vermitteln. Sie sei nämlich aktuell in der Situation, dass sie mehr Anfragen als Angebote habe, da im letzten Jahr zwei der Anbieter ausgestiegen seien. Das wiederum bringt ihn zu der Frage, ob man so etwas denn einigermaßen erfolgreich betreiben könne. Sie schildert ihm darauf die Kalkulation eines Polen, der mit diesen Regattateilnahmen im Sommerhalbjahr etwa zweihunderttausend Euro Einnahmen generieren würde, denen knapp hunderttausend an Kosten gegenüber stünden. Manche nähmen dann noch die Wintersaison in der Karibik mit, damit sei das Ganze noch zu steigern.

»Und was kostet der Dampfer?«, fragt er.

»Der Verkäufer verlangt zweihunderttausend Dollar. Da es aber nicht allzu viele potenzielle Käufer für solche Kähne gibt, denke ich, dass du ihn ziemlich weit runterhandeln kannst. Solche Dinger werden für etwa zehntausend für ein bis zwei Wochen verchartert. Aber ich kann mir vorstellen, dass du ihn für eine ganze Saison für viel weniger bekommst. Momentan liegt er in Antigua rum, und kostet natürlich laufend irgendwelches Geld, und der Eigner wäre ihn lieber heute als morgen los«, sagt sie mit ihrem niedlichen holländischen Akzent.

»Du, das kommt jetzt alles ziemlich plötzlich, aber es würde mich im Prinzip reizen. Ich muss mal darüber nachdenken. Lass uns doch in den nächsten Tagen noch mal telefonieren. Es hat mich sehr gefreut, dich kennenzulernen und ich melde mich bei dir.«

André ist völlig aufgekratzt, als er das Telefon zur Seite legt. Aber trotz allem kommt jetzt erst mal die Pflicht. Er macht sich sofort wieder an sein Problem mit dem Bauunternehmer. Dieses Gespräch hat auf ihn eine aufputschende Wirkung, die man sonst nur gewissen Drogen nachsagt und derart aufgeputscht, stürzt er sich noch einmal in den Bericht, überprüft haarklein jedes Detail, jede Behauptung. Er findet – nichts, macht aber weiter, vergisst alles um sich herum und merkt nach etwa vier Stunden, dass er einen höllischen Durst hat und dringend auf die Toilette müsste. Nachdem er das erledigt hat, wühlt er weiter. Er hat jetzt die ganzen vierzig Seiten des Berichts Wort für Wort durchgelesen und nicht den kleinsten Fehler gefunden. Er ist für solche Sachen eigentlich schon fast überqualifiziert, hat in seiner aktiven Zeit schwerpunktmäßig an diesen Themen gearbeitet und dabei intensiv mit Steuerberatern und Wirtschaftsprüfern kooperiert. Sehr selten hat er in seiner Laufbahn so etwas ohne gröbere Fehler gesehen. Nach zwei weiteren Stunden prüft er routinemäßig den zeitlichen Ablauf der seinem Bauunternehmer vorgeworfenen Steuerhinterziehungen. Und noch eine halbe Stunde später schiebt er sich in seinem Bürostuhl nach hinten, lässt sich mit dem Rücken gegen die Lehne fallen, haut sich mit der flachen Hand gegen die Stirn und sagt laut.

»Hab' euch.«

Er hat dann doch noch in den tiefsten Tiefen der Buchhaltung wesentliche Differenzen zu den Behauptungen des Finanzamts gefunden, wie ursprünglich erwartet. Die Aussagen des Handwerkers und der zwei Käufer sind nicht zu erschüttern.

Aber – André hat ganz zu Anfang gemäß den Aussagen des Unternehmers die Sache überschlagen und kam auf einen wesentlich niedrigeren Wert. Also musste er nur die gesamte Berechnung nachvollziehen und siehe da, er hat es gefunden. Bei einer Berechnung hat das Finanzamt einen Quartals- und einen Monatswert vertauscht. Damit geht es nur noch um ein Viertel dessen, was das Finanzamt unterstellt hat. Er ist sich ziemlich sicher, dass er seinen Klienten vor dem Bau wird retten können.

Dann schaut er auf die Uhr, es ist drei Uhr morgens. Er geht kurz auf seinen großen Balkon, schnauft tief durch, holt sich ein Glas Rotwein, trinkt es und geht zu Bett. Er fürchtet, dass er sowieso nicht viel länger schlafen können wird als bis acht, und daher wird er dann zu dem Bauunternehmer hinfahren und ihm die Ergebnisse seiner Suche zeigen. Außerdem wird er ihm einen anderen Anwalt ans Herz legen, denn wie sein jetziger kann man mit seinen Mandanten nicht umgehen. Im Erfolgsfall, von dem er mittlerweile ausgeht, winkt ihm eine satte Zahlung.

Wenn er den Mann mit dem Boot in Antigua auf deutlich weniger als zweihunderttausend runterhandeln könnte, dann könnte er mit dem Fall hier schon gut ein Viertel des Schiffes bezahlen.

Hilfsarbeiter

»Du machst mich arbeitslos.« Das sagt Walzer zu Lisa, die erst in einer Woche ihren neuen Job antritt und daher bei Walzers Werft mithilft.

»Früher konnte ich hier wenigstens noch den Hilfsarbeiter spielen und Holzstreifen auf den Rumpf drauf tackern. Seit du da bist, drehe ich nur noch Däumchen.«

Lisa grinst ihn an.

»Ja musst halt besser aufpassen, wen du hier reinlässt.« Ungerührt macht sie weiter.

»Aber sag mal, das ist doch keine Arbeit für eine Schiffbauingenieurin. Du bist doch vollkommen überqualifiziert. Für einen Juristen wie mich, da war das genau richtig, aber für eine Fachfrau?« Er grinst über beide Backen.

»Franz, im Moment ist mir völlig wurscht, was ich mache, Hauptsache ich habe was zu tun, was meine verletzte Seele vom Nachdenken abhält.«

Sie zieht ihn am Ärmel aus der Halle raus und geht mit ihm die Treppe hoch ins Büro. Sie setzen sich.

»Franz, ich hätte eine Idee. Jetzt bin ich aber nicht so eingebildet, dass ich denke, die hättest du nicht auch schon gehabt. Wenn ich mir den Laden hier so anschaue, dann könnte man da schon noch einen Zahn zulegen. Nur sollte man von vornherein so etwas wie eine Strategie haben. Im Moment ist es ja so, dass ihr zu siebzig Prozent Reparaturen und allgemeine Dienstleistungen macht und höchstens zu dreißig Prozent wirklich Schiffe baut. In das Geschäft mit Carbon und so braucht ihr mit eurer derzeitigen Ausstattung nicht einsteigen. Den Handel mit Booten halte ich auch nicht für sonderlich attraktiv, und die Winterlagerkapazitäten sind beschränkt, der kleine Hafen, der reicht gerade mal für den Eigenbedarf. Aber was ihr gut machen könntet, sind Restaurierungen von Holzklassikern.«

»Ja, das ist mir alles bewusst.«

»Aber du wartest, bis einer kommt und einen Auftrag liegen lässt.«

Walzer nickt.

»Man könnte auch mal gezielt eine total verrottete klassische Schönheit kaufen, restaurieren und dann anbieten. Ist halt ein bisschen mehr Risiko.«

»Bin deiner Meinung, da würde ich auch mitspielen. Hast du irgendein Objekt in Aussicht?«

»Franz, sitzt du gut?«

Der Franz nickt.

»Hast du hier irgendwo eine Schnapsflasche?«

Der Franz nickt wieder und zeigt auf einen Büroschrank.

»Da oben links.«

»Franz, du musst jetzt ganz stark sein.«

»Was kommt jetzt, was ganz Fürchterliches? Willst du ein U-Boot zum Schmuggel von Geld und Drogen bauen?«

»Nein Franz, ein stinknormales Motorboot.«

Schnell schiebt sie noch eine Definition hinterher.

»So etwas wie Boesch, Pedrazzini oder ein altes Riva, das meine ich.«

Sie mustert ihn intensiv.

»Du bekommst ja gar keine Schweißausbrüche, Herzflattern oder sonstige Symptome, wenn man mit einem angefressenen Segler über Motorboote spricht.«

»Da habe ich auch schon mal darüber nachgedacht«, sinniert Franz. Lisa ergänzt:

»Wir leben nun mal in einer Zeit, in der sich Scheiß-Motorboote einfach besser verkaufen, als Segelboote. Da beißt die Maus keinen Faden ab.«

»Kein Problem, das können wir gerne angehen. Klingt, als ob du Teil dieses Projektes sein möchtest. Wenn du genug Zeit hast, ist das kein Problem. Aber wir müssen das vorher genau kalkulieren, dass wir nicht drauflegen.«

»Franz, für wie blöd hältst du mich?«

»Für gar nicht blöd.«

Spuk

Sie geht ihm einfach nicht mehr aus dem Kopf. Er ist ihr früher ab und an in der Fachhochschule in Kiel begegnet, sie hat ihm äußerlich gut gefallen, aber sie haben nie miteinander gesprochen. Seit einem Jahr ist er mit seinem Studium fertig, hat aber irgendwie immer noch keine Lust auf einen dauerhaften Job und sucht sich daher mal hier, mal dort Arbeit, bevorzugt im Umfeld des Segelsports. Im letzten halben Jahr war er mit der Vorbereitung eines Open 60-Regattabootes auf eine große Hochseeregatta beschäftigt, genau genommen für die wichtigste Einhand-Hochseeregatta, die es überhaupt gibt. Tonio Passert ist siebenundzwanzig Jahre alt, hat eine Bootsbauerlehre absolviert und danach in Kiel Schiffbau studiert. Er hat dunkle kurze Haare, ist meist braun gebrannt, aber eh ein dunkler Typ.

Letzte Woche war er für einen zweiwöchigen Job in Kiel,

konnte in der Bude eines Freundes übernachten, der zurzeit in Australien arbeitet, und ist zum Einkaufen in den Supermarkt marschiert, den er früher auch benutzt hat. Und da trifft er diese Lisa. Sie hat ihm erzählt, dass ihre Mutter mit ihrem Freund zusammen eine kleine Werft am Schweizer Bodenseeufer hat. Dass sie und ihr langjähriger Freund auseinander sind, hat er schon gehört. Ihr Ex hat eine Neue, die er auch kennt. So rein äußerlich kann Tonio den Mann nicht verstehen. Aber die Geschmäcker sind ja verschieden. Sie hat ihm erzählt, dass sie an den Bodensee zurückgeht, um dort noch eine Bootsbauerlehre anzuhängen. Er kommt aus Lindau, kennt den Laden, wo sie hingeht. Er kennt alle Werften rund um den See, das ist ein überschaubares kleines Biotop.

Nach dem Supermarktbesuch hat es angefangen, seitdem spukt sie in seinem Kopf herum. Bei Tonio ist es so, dass er sich eine Weile nach einem Treffen kaum noch an das Aussehen von Frauen erinnern kann. Das geschieht aber nur, wenn er Interesse an ihnen hat. Er wollte sich mal mit einem Kumpel darüber austauschen, ob das bei dem genauso ist. Das hat er aber immer wieder vergessen.

Sie ist wirklich ein hübsches Mädchen oder vielmehr eine junge Frau. Aber das kann nicht die Ursache für das Herumgeschwirre in seinem Kopf sein. Es muss das Gespräch mit ihr gewesen sein. Sie hat so eine einfache, lustige und unkomplizierte Art. Er hat das natürlich vorher nicht gewusst. Die Art und Weise, wie sie ganz offen mit ihm kommuniziert hat und ihr Lachen haben es ihm angetan. Tonio überlegt, wann ihm das schon mal in der Heftigkeit passiert ist und er kommt zu dem Schluss, dass ihm das noch nie so passiert ist.

Praktischerweise wird er in knapp einer Woche nach Lindau fahren, um seine Eltern und seine Geschwister zu sehen. Anschließend hat er in Kressbronn für zweieinhalb Wochen einen Job als Urlaubsvertretung auf einer Werft. Tonio grinst. Er wird sich garantiert mal am Untersee blicken lassen. Die Woche muss er noch durchhalten, aber dann wird er dort aufkreuzen und schauen, was passiert.

Bis jetzt hat er sich hauptsächlich darauf gefreut, seine Familie wiederzusehen, aber irgendwie hat er jetzt das Gefühl, dass es etwas gibt, auf das er sich noch mehr freut. Er schüttelt den Kopf. Wie kann eine Begegnung, die keine zehn Minuten gedauert hat, so nachhaltig wirken. Gleichzeitig sagt er sich, er solle nicht zu viel erwarten. Sie ist frisch getrennt und Menschen brauchen nach einer Trennung in der Regel eine Weile, um für etwas Neues offen zu sein. Seine letzte Beziehung ist drei Jahre her. Danach gab es nur noch kurze Versuche, die alle schnell beendet waren.

Tonio ist ziemlich aus der Art geschlagen. Sein Vater ist Steuerberater, sein Bruder studiert Jura, seine Schwester ist Betriebswirtin und wird vermutlich mal in Papas Laden einsteigen. Seine Eltern haben ihn schon als Kind an das Segeln herangeführt und das hat dann auch sein ganzes Handeln und Tun dominiert. Gott sei Dank hat sein Vater nicht versucht, ihn in irgendeiner Weise zu beeinflussen.

Er ist froh, dass er bei ihrem Gespräch im Supermarkt noch geistesgegenwärtig genug war, um ihr zu sagen, dass er auch demnächst wieder am See sein werde und man sich ja vielleicht mal treffen könnte. Ob sie ihm ihre Handynummer geben würde. Und das hat sie dann auch getan.

So, jetzt muss er zur Arbeit, noch vier Tage und dann ist es so weit. Ihm fällt dieses Lied ein, das so geht: *Viermal werden wir noch wach, heysa, dann ist Weihnachtstag.* Er schüttelt den Kopf. Benimmt sich wie ein verliebter Primaner. Wie benehmen die sich eigentlich?

Love is in the air

Das war ein Volltreffer. Sieg auf der ganzen Linie. Andrés Kunde ist total glücklich, dass er nicht in den Knast muss. André versteht nicht, dass diese Behörden-Heinis derart schlampig arbeiten können. Sein Kunde hat sich einen jungen Anwalt aus Konstanz genommen und der hat ihnen vor Gericht ihre Argumentation förmlich um die Ohren gehauen. Jetzt kriegt er eine Strafe im fünfstelligen Bereich, und so etwas zahlt der aus der Portokasse. Allerdings musste er André hoch und heilig schwören, das nicht noch mal zu machen. Dann hat er ihm im Glücksrausch eine derart fette Erfolgsprämie bezahlt, dass André jetzt die ganze Zeit nur noch an sportliche Segelschiffe denkt.

Zwei Tage später ist er zu Annike gedüst, der Holländerin mit dem Regattageschäft. Auf der Fahrt hat er die ganze Zeit *love is in the air* gesungen, dieser Glücksrausch hat ihm schon wieder zwei Punkte in Flensburg eingebracht und er muss ein paar Hundert Euro Strafe zahlen. Dann hat er sie in Bergen op Zoom schick zum Essen eingeladen, ein paar Bier und noch ein paar Genever gekippt und danach sind sie spontan im Bett gelandet. André war sofort verliebt, aber das ist bei ihm nichts Neues. Er weiß bloß nie, wie lange das Gefühl anhält. Bisher ist es nur bei seiner Ex-Frau wirklich von Dauer gewesen. Seither waren seine Beziehungen eher kurzlebig.

Nach dem Bierchen und dem Genever gab es noch etwas Rosé, und André hat zugesagt, den Kahn zu kaufen. Am nächsten Morgen hat er dann seine Zusage dahin gehend relativiert, dass er ihn vorher wenigstens gerne anschauen würde, und hat ihr erklärt, dass man ihn ab einem gewissen Pegel nicht immer so ganz ernst nehmen sollte. Sie hat ihm vorgeschlagen, den Kahn doch erst mal zu chartern, aber das fand er verglichen mit dem Kaufpreis dann doch zu teuer. Sie haben sich zusammen die Angebote vergleichbarer Schiffe im Internet angesehen und sind zu dem Schluss gekommen, dass er ihm hundertfünzigtausend bieten sollte, wenn an dem Boot alles stimmt.

»Mir hat er gesagt, zweihunderttausend sei seine absolute Schmerzgrenze. Aber das ist schon eine Weile her«, sagte sie grinsend.

»Ich werde es probieren.«

»Schau mal, das hier sind meine Buchungen und das hier sind die Anfragen.«

»Imposant, aber so viele Plätze kannst du doch gar nicht anbieten.«

»Die kommen auch nicht alle, manche Leute kriegen Schiss, manchen kommt etwas dazwischen.«

»Dann passt das ja. Ich werde jetzt wieder nach Hause fahren, und schauen, dass ich einen Bootsbauer finde, mit dem ich mir den Kahn zusammen anschauen kann. Wenn das überzeugend ist, dann werden wir das machen.«

»Du bist aber ganz schön spontan?«

»Na und, wenn mir so etwas vor die Füße fällt, warum soll ich dann lange warten?«

Speedlimit

Ein bisschen friert er schon. Tonio hat nach seiner Rückkehr an den See zuerst seine Familie besucht. Dann ist er zwei Tage vor dem vereinbarten Antrittstermin zu der Werft in Kressbronn gegangen und hat gefragt, ob er sich ein RIB ausleihen könnte. Das ist ein Schlauchboot mit festem Kiel.

In diesem Fall ist es gut fünf Meter lang. Die haben es ihm sofort gestattet. Einen Tag danach hat er sich das Boot geschnappt und ist von Kressbronn nach Konstanz gefahren, dann ganz langsam den Seerhein runter und danach hat er wieder aufgedreht. Die erlaubte Höchstgeschwindigkeit von vierzig Stundenkilometern hat er sicher meistens überschritten. Zum Glück ist es für Anfang Dezember ungewöhnlich warm. Bei Minusgraden hätte er sich das nicht angetan. Aber bei vierzehn Grad über null geht es gut. Manchmal ist es sogar im Sommer kälter als jetzt.

Er fährt in den kleinen Hafen von Walzers Werft hinein, steuert das RIB an den Kopf des Steges, stellt den Motor ab und macht es dort fest. Lisa kommt ihm schon entgegen.

»Lisa, schön dich zu sehen.«

Tonio überlegt fieberhaft, was er sagen soll. Mehr als diese dämliche Floskel fällt ihm nicht ein.

»Ich freu mich auch, dich zu sehen.«

Gut, sie hat auch keine bessere Idee.

Sie kommt auf ihn zu und breitet die Arme aus. Das freut ihn. Er nimmt sie in den Arm und drückt sie fest, etwas fester, als man es mit einer flüchtigen Bekannten tut. Und sie drückt zurück, deutet dann auf das RIB.

»Wo hast du denn das Gerät her?«

»Na, von der Werft. Ich fange erst morgen an, aber sie haben es mir schon mal geliehen.«

»Wie lange hast du damit gebraucht?«

»Na, bis Konstanz waren es gut zwanzig Minuten, dann habe ich eine halbe Stunde durch den Seerhein gebraucht und dann noch mal zehn Minuten von Ermatingen bis hierher.«

Er schaut auf seine Uhr.

»Ja ich bin eine gute Stunde unterwegs gewesen. Mit dem Auto würde das etwas länger dauern.«

»Du warst aber schneller als erlaubt?«

»Ja schon«, nickt er treuherzig. »Irgendwas hat mich hierher getrieben oder irgendjemand.«

Sie wirft ihm einen Blick zu.

»Aha.«

Dann führt sie ihn auf dem Gelände herum, sie gehen in die große Halle, sie zeigt ihm, an was sie gerade arbeiten und stellt ihm die Bootsbauer vor.

»Ich habe den Franz davon überzeugen können, dass wir in Zukunft mehr Restaurationen machen. Leider kommt nicht jeden Tag einer um die Ecke, der so einen Auftrag liegen lässt und deswegen werden wir jetzt mal einen verrotteten alten Kasten kaufen und auf eigene Rechnung aufmöbeln, um ihn dann zu verkaufen. Ich gebe es ja ungern zu, aber vermutlich werden wir mit einem hölzernen Motorboot anfangen, so in der Art wie Boesch, Pedrazzini oder gar Riva.«

»Klar, das wirst du auf jeden Fall schneller los als ein klassisches Segelboot.«

Dann geht sie mit ihm ins Büro hoch. Walzer und Lena sind beide nicht da. Sie zeigt ihm auch noch die Wohnung. Tonio steht am großen Fenster, schaut über den See, der heute völlig nebelfrei ist und von der Sonne beschienen wird.

»Ist schon verdammt schön hier am Untersee. Die Lage des Anwesens ist ziemlich einmalig.«

»Ich werde jetzt noch die verkürzte Bootsbauerlehre machen, damit ich auch im ganz praktischen Bereich mitreden kann und danach weiß ich noch nicht genau, was ich anstellen werde, aber es kann gut sein, dass ich hier später mal einsteige. Der Franz und meine Mutter sind auch nicht mehr so ganz jung, und er hat schon signalisiert, dass ihm das gefallen würde.«

»Hat er denn keine Kinder«, fragt Tonio.

»Nein, hat er nicht.«

»Ach so, dann bietet sich das ja an. Sag mal Lisa, bist du gerade zu haben? Also mit meiner beruflichen Orientierung suche ich eine Frau mit einer Bootswerft. Das wäre ja für einen wie mich ein Sechser im Lotto.«

»Haha, du denkst nur ans Geld.«

»Nein, das tue ich nicht.«

Sie laufen dann zu einem nahe gelegenen Restaurant, wo er sie zum Essen einlädt. Am Nachmittag schlendern sie durch das romantische alte Dörfchen. Tonio schaut auf die Uhr.

»Hast du noch Zeit?«

»Ja, klar.«

»Komm.«

Sie gehen zu dem Schlauchboot und rauschen wieder etwas zu zügig zum Jachthafen auf der Insel Reichenau, machen das Boot fest und gehen die Straße zum Münster hoch. Gegenüber ist ein schönes kleines Café, in das sie sich verziehen. Am späteren Nachmittag bringt er sie zurück. Tonio schaut auf die Uhr.

»Bin doch gerade erst gekommen.«

»Du, es wird schon langsam dämmerig.«

»Mein Gott, ich dachte, wir reden erst eine Stunde miteinander oder höchstens zwei. Das darf doch nicht wahr sein. Bin um elf gekommen und jetzt ist es vier. Ja, ich glaube, ich sollte mal los, später wird es auch ziemlich kalt. Da könnte ich mir noch den Knackarsch abfrieren.«

Lisa schaut von der Seite an ihm runter.

»Aha.«

Walzer und Lena kommen gerade zurück, stellen das Auto auf dem Hof ab. Sie bekommen gerade noch ein ziemlich langes Abschiedsküsschen mit.

Tonio rauscht wieder zurück über den See, legt dabei sämtliche Speedlimits großzügig aus. Im Obersee lässt er es richtig krachen und findet heraus, dass das RIB mit seinen zweihundert PS in der Spitze deutlich mehr als siebzig Sachen läuft. Er fühlt sich irgendwie, als ob er schwebe und das liegt nicht an der Gleitfahrt des Bootes.

Elefant

Der Franz konnte sich am Tag darauf wieder mal nicht so richtig beherrschen und hat zur Abschiedszeremonie zwischen Lisa und Tonio noch ein paar launige Bemerkungen losgelassen. Lisa hat es mit den Worten kommentiert, sie sei ja selbst schuld, wenn sie sich solche Sprüche einfange. Was lasse sie sich auch mit älteren Elefanten im Porzellanladen ein. *Augen auf bei der Wahl des Stiefvaters.* Das hat sie gesagt.

Er und Lena wollten natürlich genau wissen, wer der junge Mann denn sei, und sie hat sie brav aufgeklärt. Dann hat sie noch zart darauf hingewiesen, dass sie Mitte zwanzig sei und schon ein paar Jahre alleine und ohne Aufsicht gelebt habe. Die beiden Alten sollten bloß nicht auf die dämliche Idee kommen, ihr Herrenbesuch nach acht Uhr abends zu verbieten.

Mit Lena hat sie das Thema noch etwas länger durchgekaut und zugegeben, dass sie von dem jungen Mann gerade ziemlich fasziniert sei. Der sei so frisch, frech und geradeheraus.

Am nächsten Tag kreuzt André Gernbach wieder bei Walzer in der Werft auf. Er hat sich vorher telefonisch angemeldet.

»Franz, ich habe eine geniale Idee.«

»Mein lieber André, das kommt bei dir häufiger vor, schon zu unserer gemeinsamen Zeit. Du wolltest damals unsere Kanzlei in ungeahnte Höhen katapultieren, in den Bereich von internationalen Großkanzleien. Also bitte sei so nett und lerne ein wenig aus der Vergangenheit. So und jetzt erzähl mal!«

»Franz, ich habe die Schnauze voll vom Schreibtischjob. Gott sei Dank habe ich gerade noch ein schönes Projekt mitgenommen und ich habe noch eins in der Mache, aber ich werde mich vom Schreibtisch verabschieden. Ich habe eine Holländerin kennengelernt, die macht in Regattacharter.«

»Was ist das denn?«

»Das ist, wenn du zum Beispiel einen älteren Volvo Ocean Racer betreibst und damit zur Copa del Rey gehst, zur Les Voiles de St. Tropez oder irgendeiner anderen der großen Segelregatten und dabei zahlende Gäste mitnimmst. Du bekommst pro Nase für knapp eine Woche so etwa dreitausend, und wenn du dann zehn mitnimmst, hast du in der Woche dreißigtausend.«

»Lieber André, diese Definition klingt ein wenig nach *ein Regenschirm ist, wenn man keinen hat, so wird man nass*, aber ich verstehe, was du meinst. Du hast nicht pausenlos jede Woche eine Regatta. Und die Saison geht von Mai bis höchstens September. Einen Haufen Kosten hast du auch noch. Du brauchst ein paar Profis, um den Kahn überhaupt bewegen zu können, du musst ständig reparieren und du musst das Teil pausenlos in der Gegend herumfahren. Im Winter hast du gar nichts. Und dann musst du noch die Aufträge akquirieren und dafür findest du überhaupt keine Zeit.«

»Nein, ich habe doch Annike, die Holländerin, die hat volle Auftragsbücher, und sie hat mich erst auf die Idee gebracht. Das richtige Schiff habe ich auch schon. Liegt in Antigua.«

»Lieber André, ich betrachte es als meine Verpflichtung, dich von eventuellen Bäumen herunter zu holen. Ich möchte nicht sehen, dass du den nächsten Absturz planst. Pass auf, du erstellst so etwas wie einen Businessplan für mich, aber eigentlich machst du den für dich. Du schreibst ganz genau auf, wie das betriebswirtschaftlich laufen soll. Warst du mit der Holländerin im Bett?«

»Ja, war ich.«

»André, das ist immer das gleiche Muster. Du bist ja früher schon regelmäßig mit Mandantinnen im Bett verschwunden, immer, wenn deine Frau mit dir beleidigt war und zu Hause nix lief. Das war nicht so ganz konform mit den Standesregeln. Und was ist, wenn du irgendwann keine Lust mehr auf die Holländerin hast und sie dir dann auch keine Aufträge mehr gibt? Was ist dann?«

André schaut jetzt ein bisschen verdattert drein.

»Ja, vielleicht hast du recht. Genau, ich werde so einen Plan machen. Ich melde mich diese Woche wieder und dann zeige ich ihn dir. Aber noch was ganz Wichtiges. Falls ich mir den Dampfer anschaue, dann brauche ich einen Bootsbauer, um beurteilen zu können, ob das Ding in Ordnung ist. Und ob es sein Geld wert ist. Weißt du einen?«

»Meine Bootsbauer brauche ich hier, kann keinen entbehren. Lisa fängt nächste Woche noch zusätzlich mit einer Bootsbauer-Lehre an. Warte mal, Lisa hat einen neuen Freund, der ist Schiffbauingenieur und Bootsbauer. Da scheint sich was anzubahnen. Soweit ich weiß, hat er irgendeinen Job in einer Werft am nördlichen deutschen Bodenseeufer. Und ich weiß nicht, ob er sich da loseisen kann. Für wann brauchst du denn jemanden?«

»So in den nächsten drei Wochen wäre es gut.«

»Pass auf, ich rede mal mit ihr, und wenn du wiederkommst, dann weiß ich es.«

Handschlag

André kann arbeiten. So wie das sprichwörtliche Pferd. Richtig buckeln kann er, und zwar monatelang, wenn es sein muss sogar jahrelang. Am Stück. Da ist er stolz drauf. So wie neulich, wo er in einer Nacht die Position der Finanzbehörde komplett geknackt hat. Danach hat er noch einen Fall für einen Kollegen seines Bauunternehmers abgeschlossen. Der ist fast noch einfacher gewesen. Und auch saumäßig gut bezahlt.

Mit der gleichen Energie hat er sich an seinen Business-Plan gemacht. Während er die Fakten zusammengetragen, alles strukturiert und schön zu Papier gebracht hat, geriet er immer wieder ins Schwärmen und Träumen, sah sich auf seinem 64 Fuß langen Volvo Ocean Racer Baujahr 1998 auf den Regatten in der Karibik, im Mittelmeer, sah sich auf der Siegerehrung, an der man auch den spanischen König treffen konnte, sah sich in den edlen Jachtclubs einen Champagner schlürfen, betrachtete sich auf den Überführungen der Jacht von der Karibik ins Mittelmeer und zurück. Das wäre sein Traum. Sein absoluter Traum.

Er hat einen straffen Plan gemacht, wo er überall teilnehmen könnte, er hat mit Annike über Firmenevents gesprochen, was nichts anderes bedeutet, als dass man ein paar verdiente Mitarbeiter von Unternehmen – meistens aus dem Vertrieb – einfach so ein bisschen über einen imaginären Regattakurs hin und her schaukelt, bei den Manövern ein wenig herumschreit und sie so beeindruckt.

Dann ist er zu Walzer gegangen, der für ihn immer noch so eine Art väterlichen Freund und Berater darstellt, und hat ihm das Ganze präsentiert. Zu seiner großen Überraschung hat Walzer den Plan überflogen, nicht sofort daran rumgemäkelt und gesagt:

»Woisch was, lass ihn hier und komm morgen wieder. Ich muss mir das in Ruhe anschauen. Übrigens – der Tonio, der neue Freund von der Lisa würde mit dir das Schiff anschauen. Müsstest ihm halt schon was dafür bezahlen. Wollt ihr den Dampfer dann eventuell gerade mitnehmen?«

»Wenn er gut ist, dann ja. Ich würde dem Verkäufer das Geld dort überweisen, dann müssten wir uns noch verproviantieren und segeln von dort nach Mallorca.«

»Aber du brauchst doch eine gewisse Mindestbesatzung für so einen Kahn?«

»Klar, Annike schickt wahrscheinlich noch zwei Engländer, erfahrene Leute. Es sollte zu viert eigentlich machbar sein.«

»Ja wenn du meinst, aber versenke mir bloß den jungen Mann nicht. Da kriege ich mit Lenas Tochter den allergrößten Ärger. Und sei nett zu ihm.«

So besteigen André und Tonio am Ende tatsächlich in Zürich ein Flugzeug, das sie zuerst nach Madrid bringt, von da gelangen sie über London nach Saint John's auf Antigua. Der ganze komplizierte Flug dauert um die dreißig Stunden. Völlig fertig stolpern sie aus dem Flieger und werden dort vom Verkäufer abgeholt.

André und Tonio identifizieren in der Ankunftshalle einen ziemlich großen und dicken Mann in schlecht sitzenden Shorts und einem Hawaiihemd anhand eines mit krakeliger Handschrift beschriebenen braunen Pappkartons, den er sich vor die Brust hält. Darauf steht *Gernbach.*

»Hello Mr. Gernbach.«

Dimitri Socholoff heißt der Mann, ist Russe und der Russe schwitzt. Es ist Mittagszeit, knapp dreißig Grad warm und dabei ziemlich feucht, so karibisch eben.

Der Mann wirkt außerordentlich schmierig, er hat einen Drei- bis Fünftagebart, der aussieht wie ein zu zwei Dritteln völlig chaotisch gemähter Rasen. Socholoff trägt eine goldene Pilotenbrille, so etwas aus den achtziger Jahren.

André hat sich vorher ein wenig kundig gemacht über seinen potenziellen Geschäftspartner. Socholoff hat in den Neunzigern Russland ziemlich reich verlassen, und soweit André weiß, haben alle Leute, die damals dort reich waren, ihr Geld mit fragwürdigen Methoden gemacht.

Ein General soll mal hundert Panzer an die Chinesen verkauft haben. Auf eigene Rechnung, er wurde bar bezahlt, in US-Dollar.

Dann war Socholoff in Kolumbien, danach ist er nach Antigua gezogen. Über seine Geschäfte hat André fast nichts gefunden.

Aber Socholoff ist freundlich, begleitet sie zu einem Taxi, erklärt, dass er auch erst gestern angekommen sei. Sie fahren ans andere Ende der Insel, wo in einer großen Bucht namens Falmouth Harbour das Schiff an einer von fünf oder sechs Steganlagen liegt.

Sie inspizieren es zunächst mal oberflächlich, und André muss zugeben, dass er vom Besitzer auf das Boot geschlossen hat, und das war falsch. Das Boot ist in einem sehr guten Zustand, soweit man das auf den ersten Blick beurteilen kann. Sie finden keine Schäden, es ist komplett ausgestattet und für ein Baujahr in den neunziger Jahren steht es wirklich gut da. Socholoff wirkt sehr professionell, stellt noch mal fest, dass er gerne zweihunderttausend dafür hätte, er wisse aber auch, dass es am Markt noch günstigere Angebote gäbe. Damit überrascht er André, denn die kennt er noch nicht. Er sagt das zu Socholoff, der nimmt sein Handy raus und zeigt ihm ein Schiff aus England, das für ungefähr achtzigtausend angeboten wird. Allerdings sei es um einiges älter und in einem sehr schlechten Zustand.

Bisher macht der Verkäufer trotz seiner äußeren Erscheinung einen vertrauenserweckenden Eindruck. Er fragt dann, wie lange sie zur genauen Untersuchung des Schiffes bräuchten und was dafür nötig sei. André sagt, er würde es auch gerne von unten anschauen und Socholoff bietet an, dass Schiff an einen Kran zu bringen und herausnehmen zu lassen. Er gibt ihm noch den Schlüssel zu einem Schuppen an Land, und sagt, dort sei einiges an Segeln und Ersatzteilen gelagert. Dann erzählt er, dass er in einem Hotel auf der anderen Seite der Bucht für sie zwei Hotelzimmer reserviert habe und erklärt, er hätte noch was zu tun und dass es ihnen vermutlich lieber sei, das Schiff alleine zu checken. André hat ihm schon erzählt, dass sie übermorgen einen Rückflug für den Fall hätten, dass sie das Schiff nicht kaufen würden. Sollten sie sich einig werden, würden sie das Schiff gleich mitnehmen. Socholoff deutet mit dem Finger erstaunt auf André und Tonio und fragt, ob sie das etwa alleine machen wollten.

»Nein«, sagt André, »da kämen in drei Tagen noch zwei Engländer.«

Der gute Eindruck hält an. Das Boot ist in einem tollen Zustand. Auch die Inspektion des Unterwasserschiffs hat keinerlei negative Erkenntnisse gebracht. Sie sind ein paar Stunden damit gesegelt und auch da finden sie nichts, allzu viel konnten sie zu zweit allerdings nicht machen. André ruft am Abend noch Socholoff an und verabredet sich für den nächsten Morgen. Er grübelt die halbe Nacht, wie er das Ganze strategisch angehen könnte, denkt über das billigere Schiff nach, darüber wie viel man da wohl reinstecken müsste, damit es zumindest brauchbar wäre. Er kommt auf keine bessere Idee, als rotzfrech in die Verhandlung einzusteigen.

Er hat kurz vor ihrem Abflug mit Walzer darüber gesprochen, nachdem der ihm zu seiner großen Überraschung zu dem Geschäft geraten hat. Er sei der Meinung, das sei ein exotischer kleiner Markt, aber er sehe durchaus gute Chancen. Die Leute würden zunehmend solche Erlebnisse suchen. Die Konkurrenz sei noch ganz dünn. Aber er hat ihm auch empfohlen, hart zu verhandeln.

Am nächsten Morgen ist er doch etwas nervös und geht in das Restaurant des Hotels. Dort sitzt schon ein fröhlich strahlender und immer noch total zerknitterter Socholoff und wirft ihm ein *good morning* entgegen. André haut sofort sein erstes Angebot raus. Hunderttausend. Socholoff zeigt keinerlei Reaktion, er lächelt breit. Dann sagte er:

»Okay ich will zweihunderttausend, du bietest mir hunderttausend, erzähl mir doch erst mal, was du mit dem Schiff machen möchtest. Ich weiß nur von Annike, dass du in das Regattacharter-Geschäft einsteigen möchtest.«

»Ja, Annike würde mir die Aufträge vermitteln und ich würde auf Regatten gehen. Firmenevents würde ich auch noch mitnehmen. Kurz gesagt, ich möchte möglichst schnell damit Geld verdienen. Was hast du eigentlich mit dem Boot gemacht?«

»Etwas Ähnliches. Bin mit meinen Freunden zum Segeln gegangen, habe aber auch das ganze Schiff verchartert und dafür am Anfang für eine Woche zwanzigtausend Dollar bekommen, am Ende wurde es etwas weniger. Vier Jahre lang hat mir das Spaß gemacht, aber jetzt langt es auch. Ich habe in eine große Rinderfarm in Argentinien investiert und ich werde ein paar Jahre dort leben. Ich muss mich darum kümmern. Ich kann nicht ständig zwischen der Karibik und Argentinien hin und her fliegen.«

André erzählt ihm, dass er auch eine Weile in Argentinien gelebt hat. Dann will er es wissen:

»Was machen wir jetzt mit dem Preis?«

»Ich will zweihunderttausend, du bietest hunderttausend an, wir nehmen also einhundertfünfzigtausend. Du gibst mir hunderttausend und für die fünfzigtausend darf ich das Schiff fünfmal für eine Woche haben. Ich werde dir die Termine sagen, sodass du es einplanen kannst. Wahrscheinlich werden es zwei Termine im Jahr sein und die werden in der Karibik stattfinden. Vielleicht auch mal einer im Mittelmeer. Auf jeden Fall habe ich bei dir fünfzigtausend gut. Damit wird dein Budget nicht zu sehr belastet und du kannst gleich anfangen. Die wenigen Male, die du mir das Schiff überlässt, die tun dir wahrscheinlich nicht weh. Ist das ein Deal?«

André ist überrascht, sehr überrascht. Spontan hält er ihm seine rechte Hand hin, und sagt:

»Schlag ein.«

Socholoff schlägt ein.

»Solche Geschäfte sind mir die liebsten. Ich sage dir noch was, ich habe das Gefühl, du bist ein total begeisterter Segelfreak. Ich habe das Boot sehr gerne gehabt und ich habe es immer noch gerne. Es ist mir irgendwie auch wichtig, dass es in gute Hände kommt. Auf manchen Inseln hängen ehemalige Spitzenboote, tolle Racer völlig vergammelt in irgendwelchen Buchten an verrosteten Bojen herum und das ist einfach ein trauriger Anblick. Ich möchte nicht, das dieses Schiff so ein Schicksal erleidet. Du gefällst mir.«

»Du, du«, stottert André.

»Jetzt erzähl mir nicht, dass ich dir auch gefalle. Alle Leute, die das sagen, die lügen. Ich weiß, dass ich schmuddelig aussehe. Aber ich habe mich im Laufe der letzten sechzig Jahre an mich gewöhnt.«

Und so geht es rasant weiter. André holt sein Notebook, überweist in Anwesenheit von Socholoff das Geld auf das gewünschte Konto, sie canceln ihre Flüge und André ruft Annike an, um zu erzählen, dass sie bitteschön die beiden Engländer in Marsch setzen möge. Annike fragt:

»Also seid ihr euch einig geworden?«

»Wir sind uns so was von einig geworden!«

»Wie viel zahlst du?«

»Er kriegt hunderttausend und darf noch für fünfzigtausend das Schiff für sich und seine Kumpels benutzen.«

»Das ist ja ein sagenhaft guter Deal. Ich wollte dir gerade noch sagen, dass es in England auch noch so ein Boot für unter hunderttausend gibt, das ist aber älter und sieht nicht sehr gut aus.«

»Der Socholoff hat mir das erzählt. Der ist etwas gewöhnungsbedürftig.«

»Ja, das hätte ich dir sagen sollen, der wirkt so richtig schmierig, aber er ist in Geschäften absolut präzise und genau. Die zwei aus England heißen witzigerweise Tom und Jerry und sie fliegen morgen in Heathrow ab. Dürften etwa dreißig Stunden später bei dir sein.«

»Ist okay, wir kümmern uns um sie. Wir werden das Schiff jetzt verproviantieren.«

»André, ich muss dir noch was sagen. Ich bin seit einer Woche wieder mit meinem Ex-Freund zusammen. Ich fand es sehr schön mit dir, hatte aber auch nicht das Gefühl, dass du komplett in Flammen stehst. Sagt man das auf Deutsch so? In Flammen stehen?«

»Ja, das sagt man so. Ich fand es auch sehr schön mit dir, aber du hast schon recht. Außerdem soll man ja mit Freunden keine Geschäfte machen.«

»Aber du bleibst schon noch mein Freund. Und ich würde sehr gerne mit dir Geschäfte machen. Ich verlasse mich auf dich. Die Buchungen laufen zurzeit sehr gut.«

Einen Tag später ist die offizielle Übergabe des Schiffes, André kümmert sich gerade noch um einen großen Werkstattanhänger. Bei so einem Boot braucht man eine fahrbare Werkstatt, die von Hafen zu Hafen hinterherfährt, denn da geht viel kaputt.

Die Eröffnung von Annike hat André erleichtert. Ihm ist klar, dass ein auf einer möglicherweise nicht so stabilen Liebesbeziehung aufgebautes Geschäft Risiken birgt. Und wenn er ehrlich ist, muss er zugeben, dass er in den letzten Tagen kaum noch an sie gedacht hat, also kann es mit den Gefühlen nicht so furchtbar weit her sein.

Alle möglichen oder potenziellen Probleme regeln sich zurzeit quasi von alleine. Er hat so etwas wie einen Lauf. André ist total aufgekratzt. Das erste Mal mit dem eigenen Schiff über den Atlantik segeln. Er hat schon viele Dinge ausprobiert, aber das ist immer sein Traum gewesen.

Pulpo

Lisa ist in der letzten Zeit auffallend häufig abends und am Wochenende nicht zu sehen gewesen. Aber wenn sie mal da war, dann tauchte dieser Tonio auf.

»Lena, ich glaube, da spinnt sich wirklich was an. Ich finde ihn nett. Aber es geht uns nichts an.«

»Ja Franz, ich finde ihn auch nett. Aber wie du sagst, es geht uns nichts an. Nein, das stimmt überhaupt nicht, es geht uns irgendwie sehr wohl was an.«

Und dann kommt der Tag, an dem André Gernbach den

Tonio zu dieser Tour in die Karibik abholt. Der hat bei ihnen übernachtet, wie schon häufiger. Am Anfang haben sie das gar nicht gemerkt, weil sie eine kleine Gästewohnung eine Etage tiefer haben, die Lisa seit ihrer Rückkehr bewohnt.

Das Pärchen steht eng umklammert auf dem Hof, der André hat sein Auto zehn Meter weiter geparkt und wartet neben der offenen Autotür. Schaut ab und zu mal auf die Uhr. Da kann der Franz sein Maul eben nicht halten.

»Ihr seht aus wie die Laokoon-Gruppe oder wie zwei verliebte Pulpos.«

»Marco«, schreit er nach seinem Bootsbauer, der gerade aus der Halle raus kommt, »hol mal einen Trennschleifer, eine Flex, aber eine starke.«

Das Pärchen lässt sich von den fünf Zuschauern, André, Marco, Franz, Lena und dem frisch dazugekommenen Postboten in keinster Weise davon abhalten, noch etwa fünf Minuten weiter zu machen und sich dann langsam voneinander zu lösen.

Zu allem Übel fängt der Franz in dem Moment an, zu klatschen. Und alle machen mit.

Von dem Zeitpunkt an leidet Lisa. Trennungsschmerz. Aber netterweise bringt sie Franz und Lena auf den neuesten Stand, dass es ihr mit dem Tonio völlig ernst sei. Der Franz entgegnet, das hätte ja ein Blinder sehen können, aber er fände es schön, es aus erster Hand zu erfahren. Da sagt sie, das mit dem Blinden sei kein zeitgemäßer Spruch mehr.

Passat

Das Meer liegt dunkelblau vor ihnen, es weht mit drei Windstärken, die Sonne scheint. Sie haben sogenannten halben Wind, er kommt von der Seite. Das ist für einen Segler viel angenehmer, als gegen den Wind anzubolzen. Man kann nur bis zu einem *Höhe* genannten Winkel von etwa fünfundvierzig Grad gegen den Wind anfahren und muss dann ständig kreuzen, also im Zickzack fahren. Gut, bei einem Racer wie dem hier sind es vielleicht etwas weniger als fünfundvierzig Grad. Dabei klatscht das Boot in jede Welle und krängt stark, es liegt auf der Seite oder auf der Backe, wie man sagt. Mit halbem Wind oder Wind von schräg hinten ist es für jeden Segler ein Traum. Die Bedingungen sind absolut optimal, sie kommen gut voran, sind jetzt schon einen Tag unterwegs.

Sie haben sich in Wachen eingeteilt, ein Teil der Besatzung muss ja schlafen. Ganz schlimm dran sind die Einhandsegler, die sich einen ganz anderen Schlafrhythmus aneignen müssen. Normalerweise schlafen die nie viel länger als fünfzehn Minuten am Stück, die sie über den Tag und die Nacht verteilen, aber selten auf acht Stunden pro Tag kommen. Das Problem haben sie hier nicht.

Sie müssen jetzt sehr weit nach Norden bis auf die Höhe von North Carolina segeln, denn über dem Atlantik wehen sogenannte Passatwinde. Auf dieser Höhe bläst es in West-Ost-Richtung und auf der Höhe der Kanarischen Inseln in Ost-West-Richtung. Der Passat ist hier ein großer Wirbel zwischen Amerika und Europa, ihn gibt es aber auf dem gesamten Globus. Wenn sie jetzt direkt nach Osten segeln würden, dann müssten sie kreuzen, hätten es ungemütlich und es dauerte länger, weil durch dieses Hin- und Herkreuzen der Weg viel weiter wäre. So machen es sich Segler bequem, fahren erst mal von den gut dreitausend Seemeilen ein ordentliches Stück nach Norden und lassen sich dann vom Wind angenehm nach Osten schaukeln.

Aufpassen müssen sie nur auf sogenannte Rossbreiten auf dem Atlantik, wo es oft windstill ist. Die liegen etwa auf der Höhe des südlichen Spanien. Das Problem daran ist, dass man komplett steht, wenn man in so eine Zone hinein gerät. Und dann muss man warten, bis der Wind wiederkommt, und das kann unter Umständen lange dauern. Ihnen würde auf diesem Schiff der Motor nicht viel helfen, denn der Dieseltank ist aus Gewichtsgründen auf so einem Racer ziemlich mickrig. Aber im Moment kommen sie großartig voran, das Wetter ist traumhaft, deutlich über zwanzig Grad warm, leichter Wind und das Schiff läuft wunderbar. André schaut aufs Meer, atmet tief ein und wieder aus und denkt, das sei es, was ihn glücklich macht. Jetzt noch eine passende Frau und das ganze Leben wäre perfekt.

Eigentlich sind sie personell bei diesen Bedingungen fast überbesetzt, denn es gibt wenig zu tun. Sie sind mit dem Motor aus dem Hafen in Antigua raus gefahren und haben einmal Segel gesetzt und mussten seither kein einziges Manöver fahren, keine Wende, keine Halse. Sie lassen die ganze Zeit den Autopiloten steuern. Dennoch ist André froh, dass die beiden Engländer dabei sind. Das sind Profisegler, die sich quasi als Segelsöldner rund um den Erdball als Regatta-Mannschaft ihr Geld verdienen. Für einen angefressenen Segler ist es ein schönes Dasein, allerdings machen die das selten ein Leben lang. Es ist ganz gut bezahlt. Wenn man an einen Schiffseigner kommt, der Millionen oder Milliarden sein eigen kennt, dann gibt es manchmal fette Prämien. Diese Leute haben meistens sehr große Regattajachten und da braucht man viel Mannschaft.

Sobald sie einmal in schweres Wetter kämen, Segel verkleinern, Manöver fahren müssten, da wäre jedoch jede zusätzliche Hand an Bord Gold wert.

Bereits nach zwei Tagen hat sich eine Bordroutine eingestellt. Sie haben sich organisiert, sind langsam aufeinander eingespielt. Tom und Jerry merkt man ihre Erfahrung an. Auch Tonio macht sich gut. André muss zugeben, dass er seglerisch eigentlich der Schwächste an Bord ist. Tom ist ein dunkler Lockenkopf von zweiundvierzig Jahren, Jerry mit rotblonden Haaren ein völlig anderer Typ. Tom ist ziemlich klein und gedrungen, hat gewaltige Waden und Oberarme, Jerry ist größer aber nur wenig graziler. Jerry ist drei Jahre jünger als Tom.

Sie merken, dass sie weiter nach Norden kommen. Es wird kühler und der Himmel ist schon mal bedeckt. Der Wind hat etwas aufgefrischt, aber die Bedingungen sind immer noch traumhaft. Sie müssen deutlich weiter in nördliche Richtung segeln, als ursprünglich erwartet. Erst auf der Höhe von Washington können sie sozusagen nach rechts abbiegen und Kurs auf die Straße von Gibraltar nehmen. Das Gewinnerboot im Volvo Ocean Race 2002 hat einmal einen Speed-Rekord von zweiundsiebzig Stundenkilometern aufgestellt und ein Mal bei der Regatta um die ganze Welt hat es in vierundzwanzig Stunden gut vierhundertachtzig Seemeilen zurückgelegt, das sind fast neunhundert Kilometer an einem Tag. Sie hingegen kommen mit Geschwindigkeiten so um die fünfzehn Knoten für ihre vergleichsweise schwache Besatzung gut voran. Bei der Welt-Regatta in Etappen hatten die um die zehn Mann Besatzung, damals wirklich nur Männer, erinnert sich André. Heute sind auch Frauen bei solchen Ereignissen dabei.

Am nächsten Tag parken sie ein. Null Wind, relativ warm, die Segel schlappen hin und her, aber sie haben das Glück, dass schon noch ein paar Stunden der Wind wieder kommt und ganz langsam an Stärke zunimmt. Gemäß ihren Wetterdaten befinden sie sich in einem relativ schmalen Band mit ordentlichem Wind. Wenn das stabil bliebe, dann kämen sie relativ gut voran. Bisher beträgt ihre gesegelte Durchschnittsgeschwindigkeit trotz der paar Stunden Flaute etwa dreizehn Knoten oder vierundzwanzig Stundenkilometer. Wenn sie so durchkämen, würden sie die sechstausend Kilometer bis nach Mallorca vermutlich in unter zwölf Tagen schaffen. Das wäre ein fantastisches Ergebnis. Momentan fahren sie gerade schon wieder fünf Knoten. André steht am Rad, Tom sitzt an der Schottwand, Jerry liegt in seiner Koje und Tonio schaut nach den Segeln.

Ein dumpfer Schlag von unten. André knallt mit seiner Brust auf das Steuerrad, Tonio saß hinter der Winsch und wird auf diese drauf geschleudert, von unten ertönt ein Schrei und Tom rutscht in einem Affenzahn durchs ganze Cockpit und knallt gegen den Niedergang. Das Schiff ist gegen etwas Hartes geprallt, André schaut sich um, da ist nichts, das Schiff steht fast. Tonio rappelt sich auf, André ruft:

»Was war das?«

»Keine Ahnung«, antwortet Tonio.

»Segel weg«, schreit André.

Tonio macht die Genuaschot auf, holt die Leine von dem Fockroller und beginnt, das Segel aufzurollen. Tom ist ans Großfall geeilt, André hat das Boot in den Wind gestellt und zu viert fangen sie an, das Großsegel zu bergen. Das ist eine ziemliche Mühe, es hat weit mehr als hundert Quadratmeter. Sie sind nach dem Crash in den Wind gegangen und jetzt treibt sie der Wind langsam zurück.

Nachdem die Segel weg sind, geht André mit Tonio den Niedergang runter und checkt alles auf einen Wassereinbruch, dann prüfen sie die Kielaufhängung und die Kielbolzen, aber da ist nichts zu sehen. Bei dem heftigen Aufprall können Kielbolzen verbiegen oder gar reißen. Aber so weit sieht alles gut aus. Tom und Jerry schauen den Rumpf von oben ringsherum an, aber da ist auch alles gut. Sie probieren das Ruder, scheint einwandfrei zu funktionieren.

»Was glaubt ihr, was haben wir getroffen?«, fragt André.

»Ich nehme an, das war ein Container. Es ist aber ungewöhnlich, dass der in dieser Tiefe herumtreibt. Ich kann mir nur vorstellen, dass sein Inhalt so viel Auftrieb hat, dass er in so einer Art Schwebe ist, vielleicht mal an der Wasseroberfläche treibt, dann ein bisschen untergeht und wieder hochkommt. Das sind für die Schifffahrt natürlich die gefährlichsten. Die, die oben treiben oder sogar ein Stück aus dem Wasser heraus ragen, die sieht man wenigstens noch, wenn man Glück hat. Die, die absaufen, sind wenigstens weg. Aber solche sind die gemeinsten. Und es werden immer mehr. Auf den Meeren dieser Welt treiben Abertausende von diesen Dingern. Neulich sind in einem Sturm eintausendneunhundert Stück von einem einzigen Containerschiff in die See gegangen. Aber die Menschheit muss ja auch jeden Dreck über zehntausend Meilen transportieren, sonst sind wir nicht glücklich, das ist total crazy«, sagt Tom.

»Habt ihr sowas schon mal erlebt?«, fragt André. Tonio und Jerry schütteln den Kopf.

»Ja, sowas habe ich schon mal erlebt. Am Neigekiel eines Maxi in Australien war die gesamte Mechanik kaputt, zum Teil aus dem Rumpf gerissen. Wir hatten auch einen massiven Wassereinbruch. Zum Glück waren Begleitboote in der Nähe und wir haben das Boot dann irgendwie zwischen vier riesigen RIBs, also Schlauchbooten mit Festkiel, halbwegs aufgehängt, in den nächsten Hafen bugsiert und an den

Kran gehängt. Solche Kräne findest du auch nicht an jeder Straßenecke«, berichtet Tom.

»Ich sehe mir den Kiel an«, beschließt André. Er geht runter, holt sich eine Taucherbrille, Flossen und eine Unterwasser-Taschenlampe, zieht sich eine Badehose an und lässt sich am offenen Heck des Bootes ins Wasser gleiten. Zuerst checkt er das Ruder, aber das ist völlig in Ordnung. Er schwimmt in etwa einem Meter Tiefe unter dem Boot und schaut, ob er irgendwas am Rumpf bemerkt, aber das sieht gut aus. Ihm geht die Luft aus, schon muss er hoch. Er bittet Tonio, die Pressluftflasche zu holen, die sie zum Glück dabei haben. Er geht wieder runter. Das Wasser ist gar nicht so kalt. Dann taucht er zum Kiel. Der ist zumindest noch da. André kann sich an einen Fall erinnern, wo er nach so einem Zusammenstoß weg war. Der Kiel ist fast vier Meter tief. Bei so einer Jacht ist er eine schmale Finne, an deren unterem Ende eine Bleibombe mit dem ganzen Gewicht hängt. Auf der Steuerbordseite, das ist von hinten gesehen die rechte, sieht alles so weit gut aus, er schwimmt dann noch bis zum Bug, findet aber hier keine Schäden. Dann schwimmt er vom Bug zurück bis zum Kiel, taucht auf der Backbordseite zum Kiel runter und da sieht er etwas Seltsames. An der Bombe ist ein Teil nach oben weg gebogen, er geht näher ran und sieht darunter einen Hohlraum. Dann fallen ihm an der Kielbombe und an der Finne tiefe Kratzer auf. Sie müssen mit dem Kiel einen in dieser Tiefe treibenden harten und schweren Gegenstand getroffen haben.

Das verbogene Teil entpuppt sich als sehr gut gemachte Abdeckung, die durch den Aufprall aus einer Halterung rausgedrückt worden ist. Die Mulde darunter dürfte an der tiefsten Stelle etwa fünfzig Zentimeter tief sein, fast zwei Meter lang und mehr als einen halben Meter breit. Sie liegt im hinteren Bereich der fast vier Meter langen Kielbombe.

Sie haben das Boot am Kran gehabt und den Kiel genau inspiziert und da ist ihnen nicht das Geringste aufgefallen. Er nimmt an, die haben den Spalt zwischen der Bombe und der Abdeckung zugespachtelt, vermutlich mit einem Dichtstoff, der elastisch bleibt und danach die Antifoulingfarbe drüber lackiert. Das Dichtmaterial sieht man jetzt zum Teil. Es sieht so aus, als ob die Abdeckung auf ihrer ganzen Länge an einem jetzt zum Teil sichtbaren Scharnier hängt. So wie sie sich anfühlt, ist sie aus Edelstahl gefertigt.

Er schaut drunter, da schimmert etwas, er greift rein und holt ein plastikverpacktes Päckchen in der Größe eines kleinen dünnen Ziegelsteins hervor. Drinnen ist etwas Gelbliches. Im Hohlraum sind noch zwei davon, die er mitnimmt.

Er schwimmt langsam zum Heck des Schiffes, taucht auf, schiebt die Päckchen ins Cockpit, und lässt sich dann von Tonio und Tom hoch helfen, nimmt das Mundstück des Lungenautomaten raus, die Brille runter. Dann entledigt er sich der Flasche.

Tonio betrachtet das Päckchen, das André ihm gegeben hat, und zeigt dann hinter das Heck.

»Schau mal, da treiben Dutzende von Päckchen wie das hier.«

»Was zum Teufel ist das?«, fragt Tonio.

Jerry schaut richtig böse.

»Dumme Frage, was glaubst du transportiert man von der Karibik nach Europa, Koks natürlich.«

Während er spricht, nimmt er aus einer Cockpit-Tasche ein Takelwerkzeug, einen Marlspieker, pikst in das Päckchen, zieht ihn raus und leckt kurz dran. Er nickt.

»Ihr seid Drogenschmuggler. Mein Gott, wenn ich das gewusst hätte, hätte ich niemals diesen Auftrag übernommen. Deswegen bezahlt ihr auch so relativ gut.«

»Ihr seid verdammte Gangster«, ergänzt Tom.

»Nein ganz sicher nicht, ich habe keine Ahnung, wo das Zeug herkommt. Ich weiß von nichts. Ich habe dieses Schiff von einem gewissen Dimitri Socholoff gekauft. Der benutzt mich als Drogenschmuggler. Selbstverständlich habe ich keine Ahnung davon. Allerdings hat mich gewundert, dass er mir das Schiff für hunderttausend Dollar verkauft hat und das Einzige was er noch zusätzlich bekommt, sind ein paar Wochen Segeln mit seinen Kumpels.«

»Wie viel hast du für dieses Schiff bezahlt?«, fragte Jerry entsetzt.

»Hunderttausend.«

»Das ist wahnsinnig billig.«

»Fucking cheap«, meint Tom.

Tom und Jerry regen sich ein bisschen ab.

Tom schaut André und Tonio an, und sagt abschätzend:

»Jerry, die beiden wirken nicht wie Gangster.«

»Aber egal wie«, sagt Tonio. »Wir sollten das Zeug einsammeln. Was meint ihr, was die Drogendealer mit uns machen, wenn es weg ist. Ich weiß dann nicht, wo ich mich verstecken soll. Wir können ja nachher noch diskutieren, aber ich möchte nicht auf dem Schiff sein, wenn wir in Mallorca ohne das Koks ankommen. Ich habe keine Ahnung, was das wert ist, aber dann weiß ich nicht, wohin ich fliehen soll, um vor denen sicher zu sein. Die werden garantiert glauben, dass wir sie beklaut haben.«

Keiner widerspricht. André startet den Motor. Mit einem großen Kescher fahren sie über eine Stunde im Zickzack herum, bis sie kein einziges Päckchen mehr sehen.

»André, hast du aus dem Hohlraum im Kiel alle herausgeholt?«

»Ja, habe ich. Da ist nichts mehr. Zum Glück haben die alle Auftrieb, vermutlich wegen der Luftpolsterfolie.«

Sie besprechen sich kurz, dann verstauen sie die Päckchen

unter Deck an einer Stelle, die nicht jeder sofort findet. Tom, Jerry und Tonio sehen sich den Kiel auch noch an und Tom gelingt es, mit Hilfe von Werkzeug die Abdeckung wieder in die Halterung zu bringen.

Der Wind hat aufgefrischt, sie beschließen gemeinsam, weiterzusegeln. Hier draußen, weit ab vom Land werden sie von keinem Menschen behelligt werden. Ab und an sehen sie größere und kleinere Frachtschiffe, das ist alles.

Tom und Jerry glauben offensichtlich Tonio und André. Tonio schnappt sich eine Eineinhalb-Liter-Wasserflasche, nimmt sie in die eine Hand und eines der Päckchen in die andere. Er trinkt einen halben Liter ab.

»Ich habe sowieso einen tierischen Durst.«

Dann wiegt er die beiden Gegenstände noch mal ab.

»Das ist ungefähr ein Kilo.« Sie zählen die Päckchen und kommen auf dreiundneunzig.

Jerry rechnet vor:

»Ein Kilo kostet in Kolumbien dreitausend, vielleicht viertausend Dollar. In Europa wird es auf der Straße für das zehnfache verkauft und dann wird es außerdem noch gestreckt.«

»Man, du kennst dich aber gut aus«, staunt Tonio.

»Wo denkst du hin, ich bin Sportler, ich nehme doch so ein Scheißzeug nicht. Ich hab's mal probiert, aber das ist lange her.«

»Hey André, bist du sicher, dass du kein Drogenschmuggler bist?«

André beteuert wieder, dass er keiner sei. Er habe mal als Anwalt einen Mandanten aus der Drogenszene vertreten und der säße heute noch im Knast. Sie könnten ihm glauben, er wolle Segeln gehen, aber nicht im Knast sitzen.

»Außerdem müsste ich schön doof sein, mich auf das Schiff draufzusetzen, in dem das Zeug liegt. Für mich gibt es eigentlich nur eine Erklärung – Socholoff steckt dahinter oder jemand, der auch ihn ausgenutzt hat. Eigentlich ein netter Typ – soll ja auch nette Gangster geben. Er ist ziemlich clever. Gut, wenn der für das Kilo viertausend bezahlt, dann sind das für alle Päckchen etwa vierhunderttausend, und er bekommt vier Millionen. Ich gehe mal davon aus, dass es hundert Päckchen waren und dass wir ein paar nicht gefunden haben. Da können sich jetzt die Haie was reinziehen.«

Alle lachen. Er spricht weiter.

»Was wollen wir jetzt machen. Die Polizei in Cadiz anrufen und das Zeug dort abliefern? Die setzen uns fest, sobald wir an Land gehen. Seid ihr sicher, dass keiner von denen für Drogengangster arbeitet? Die Polizei in Südspanien hat sehr viel mit Drogen aus Nordafrika zu tun, da wird garantiert jemand einen Draht in die Drogenszene haben und dann wissen vielleicht diejenigen, die es abholen wollen, dass wir das Zeug gefunden und der Polizei übergeben haben. Wir würden für die einen finanziellen Verlust von vier Millionen Dollar darstellen. Sollen wir das riskieren?«

Tonio schüttelt den Kopf und André fährt fort.

»Auf gar keinen Fall machen wir das. Tom und Jerry, ihr habt einen Vorteil gegenüber uns. Socholoff weiß nicht, dass ihr dabei seid. Wir haben ihm nur gesagt, da kämen noch zwei Engländer.«

Jerry antwortet spontan:

»Bullshit, das nützt gar nichts. Wenn der was von zwei Engländern weiß, dann braucht er sich bloß die Passagierlisten der Flüge aus London zu besorgen und dann die männlichen Passagiere im Alter zwischen fünfundzwanzig und fünfundvierzig zu googeln und schon findet er unsere Namen, wenn er nach denen schaut, die was mit Segeln zu tun haben. Wir hängen genauso mit drin, wie ihr. Wir sind nur noch unschuldiger in diese Sache hineingeraten.«

»Die Sache ist schwieriger, als ich gedacht habe«, stellt André fest. »Sicher ist nur, wir können nicht zur Polizei gehen. So wie ich das sehe, bleibt uns nur eins – bei ganz wenig Wind das Zeug wieder da unten zu verstauen. Der Deckel müsste halten. Aber ich bin kein Mechaniker.«

»Ich bin Schiffbauingenieur und gelernter Bootsbauer«, meint Tonio, »und ich glaube, das hält.«

»Wir sind auch Bootsbauer«, sagt Tom.

»Dann lass uns das so machen, aber erst kurz vor Mallorca. Die Pressluftflasche ist noch fast voll und wir haben noch eine zweite. Mit so vielen technischem Know-how an Bord sollten wir es doch schaffen, die Unterwasserreparatur einwandfrei auszuführen. Und dann fahren wir in den Hafen von Palma und können ja mal beobachten, wann sie das Zeug holen. Ich nehme stark an, dass wir in der ersten Nacht Luftblasen neben dem Schiff entdecken, wenn wir genau hinschauen.«

Am nächsten Morgen äußert André noch einen Gedanken.

»Ich muss noch was loswerden. Irgendwie widerstrebt es mir, diese Kerle einfach so davonkommen zu lassen. Wollen wir das wirklich?«

Jerry antwortet:

»Gut, ich glaube dir jetzt endgültig, dass du kein Drogenschmuggler bist. Ach was, ich habe es gestern schon geglaubt. Nur, als Tonio gesagt hat, wir sollten das Zeug aufsammeln, da habe ich einen Moment lang an euch gezweifelt. Muss sagen, dass ich in dem Moment Schiss gehabt habe. Wenn ihr nämlich welche wärt, dann hättet ihr auch Leute auf Mallorca und dann würdet ihr die vermutlich auf uns ansetzen. Ich habe keine Lust, in irgendeiner dunklen Gasse ein Messer in den Rücken zu bekommen. Ich habe in meiner Profikarriere eine Menge Risiko auf mich genommen und dann in einem Rinnstein voll Hundepisse zu enden, das brauche ich nicht. Aber hat irgendeiner eine Idee, was wir machen können, damit sie nicht ungeschoren davonkommen?«

André redet weiter.

»Bitte kommt mir nicht mit den Bullen. Wenn wir der Polizei in Palma sagen, sie solle diesen Typen eine Falle stellen, dann habe ich große Angst, dass diese Information an die falsche Adresse gerät und dass wir dann erst recht dran sind.«

»Ich habe keine Idee, wie das gehen soll«, meint Tonio.

Tom schüttelt nur den Kopf.

Alle sitzen da, keiner sagt was.

Iridium

»Franz Walzer.«

»Franz, hier ist André.«

»André, von wo rufst du denn an?« Franz nimmt kurz den Telefonhörer vom Ohr weg und schaut auf das Display, dann nimmt er ihn wieder ans Ohr.

»Iridium-Satelliten-Telefon. Das ist einigermaßen bezahlbar geworden. Habt ihr ein Problem?«

»Ja, haben wir. Wir sind mit dem Kiel gegen ein Hindernis gefahren, vielleicht einen Container. Es hat ziemlich gekracht, aber es ist eigentlich nichts passiert, außer, dass in der Kielbombe offensichtlich ein Hohlraum ist und da wahrscheinlich hundert Kilo Kokain drin versteckt waren. Beim Crash hat sich die Abdeckung gelöst, das Koks ist rausgeflutscht und trieb auf dem Meer. Wir haben es aufgefischt. Ich gehe davon aus, dass dieser Socholoff ein verdammter

Drogenschmuggler ist, der uns als Transporter für sein Zeug benutzt. Wir haben es wieder eingesammelt, weil wir darüber nachgedacht haben, was passiert, wenn sie das Zeug in Mallorca holen wollen und es nicht mehr da ist. Das wollen wir nicht riskieren, denn dann sind die hinter uns her. Wir wollen auch die Polizei nicht einschalten, denn dann ist das Koks weg und die Dealer sind ein wenig ungehalten über uns. Ist uns auch zu riskant. Bisher ist unsere einzige Idee, das Zeug wieder da unten zu verstauen und ganz brav in Palma in den Hafen einzulaufen. Mir stinkt aber auch, nichts gegen die zu unternehmen. Ich habe keine Lust, jedes Jahr den Drogentransporter für solche Arschlöcher zu spielen. Wir kommen im Augenblick gedanklich nicht weiter. Daher frage ich dich. Du bist ein altes Schlitzohr mit vielen Kontakten. Ich bitte dich, mal darüber nachzudenken.«

»André, da bist du ja schön in die Scheiße reingelaufen. Wie lange braucht ihr noch bis Mallorca?«

»Wir sind noch ziemlich weit westlich von den Azoren, also bestimmt noch mal eine Woche. Wir machen jetzt auch etwas langsamer, um die Abdeckung am Kiel zu schonen.«

»Habt ihr denn alle Päckchen gefunden?«

»Wir haben dreiundneunzig gefunden und nehmen an, dass es hundert waren. Sicher bin ich mir nicht. Wir haben auf dem Meer an ein paar Stellen weiße Flecken entdeckt.«

»Da freuen sich die Fische, sonst ist das Schiff in Ordnung?«

»Ja, ist es. Wir haben den Hohlraum vermessen, hundert Päckchen würden reinpassen.«

»Okay, ihr solltet die Abdeckung auf jeden Fall so präparieren, dass es aussieht, als seien ein paar Päckchen rausgerutscht. Wenn ihr die Abdeckung komplett dicht macht, dann sehen sie ja, dass ihr dran wart. Du musst überlegen, so ein Päckchen ist vierzigtausend wert. Du hörst von mir.«

»Puh«, sagt Franz zu sich selbst. Am zweiten Schreibtisch in dem geräumigen Büro sitzt Lena und schaut ihn mit hochgezogenen Augenbrauen an.

»Was ist passiert?«

Er erzählt ihr, was André ihm in aller Kürze mitgeteilt hat.

»Oh Mann, das ist gefährlich.«

»Erzähl bloß nichts Lisa. Der Tonio steckt da mittendrin.«

»Das ist eine echte Zwickmühle. Die haben schon recht. Wenn die in Palma oder schon in Cadiz die Polizei kontaktieren, besteht die Gefahr, dass ein korrupter Polizist irgendwelche Gangster alarmiert. Dann kommen eventuell andere Drogendealer und klauen das Zeug, was für ein Schlamassel. Die wirklichen Besitzer der Ware wären schön sauer, wenn ihr Koks im Wert von zig Millionen beim Teufel ist.«

»So ischt es, Lena. Denen ist egal, wie das Ganze passiert ist. Bei Drogen-Gangstern überlebst du so etwas meistens nicht. Also bleibt ihnen wirklich nur, das Zeug wieder im Kiel zu verstauen. Sie haben völlig recht, wenn sie die Polizei nicht alarmieren. Wenn die eine Falle stellt, kann das sehr wohl in die Hose gehen. Es ist schon traurig, dass man sich heutzutage nicht mehr traut, zur Polizei zu gehen.«

Lena nickt zustimmend.

»Lena, der André hat gesagt, dass es ihm trotzdem stinkt, diese Burschen einfach laufen zu lassen.«

»Das kann ich gut verstehen. Er wird einfach als Drogenschmuggler benutzt. Die besten Schmuggler sind vermutlich die, die gar nicht wissen, dass sie etwas schmuggeln. Es ist sowieso wahnsinnig, was in dem Geschäft für Geld verdient wird. Aber Franz, was wäre denn, wenn sie einfach woanders hinführen.«

»Die sehen über das AIS, wo sie sind – dieses System, das Schiffe in der Nähe anzeigt.«

»Kenne ich doch. Ich weiß auch, dass du bei Marine-Traffic schauen kannst, welches Schiff wo ist. Und wenn sie es einfach abstellen?«

»Na ja, das sehen sie auch. Dann haben sie schon mal einen Verdacht. Du kannst dich auf einem Hügel in der Nähe der Straße von Gibraltar mit einem guten Fernglas auf die Lauer legen. Ist doch nur vierzehn Kilometer breit, die Meeresenge. Und da müssen sie durch.«

»Und wenn du es einfach laufen lässt?«

»Gut, die werden in Palma die Päckchen rausholen und sie dann irgendwie weiter durchs Mittelmeer transportieren und von da aus verteilen. Unter Hundefutter, Gemüse oder Matratzen verborgen. Da das Schiff erst im Herbst wieder in die Karibik soll, werden die kein Bargeld in Tüten in den Kiel stecken. Die Geldwäsche findet woanders statt. Die werden wahrscheinlich per Bitcoin oder Hawala bezahlen. Mit denen kommen sie erst in einem Jahr wieder in Berührung.«

»Lohnen sich hundert Kilo überhaupt? Ist das nicht zu wenig?«

»Das bringt genug Geld ein. Die nehmen alles mit und die Methode ist ziemlich risikolos. In England sind mal Päckchen im Wert von neunzig Millionen Euro angespült worden. Aber bei den Margen kann man das schon machen. Verdient man mal so eben ein paar Millionen. Normale Menschen könnten sich danach zur Ruhe setzen, aber die sind so gierig, die machen immer weiter.«

Reklamation

»Leute, der Franz hat gesagt, wir sollten es so arrangieren, dass der Deckel ein kleines bisschen offen steht. Das würde die verlorenen Päckchen erklären. Und ich glaube, da hat er recht«, sagt André.

Alle drei nicken.

»Wir könnten ja versuchen, die Burschen auf frischer Tat zu ertappen. Damit wir wenigstens wissen, wer es gewesen ist und später anonym die Polizei informieren, ohne dass es eine Verbindung zu uns gibt. Was wollen wir denn erreichen? Wir wollen, dass sie auffliegen. Wir wollen aber auch, dass keiner weiß, dass wir wissen, was sie tun«, meint Tonio.

»Wäre interessant, ob sie das bei anderen Schiffen auch machen. Kann mir kaum vorstellen, dass wir die Einzigen sind. Aber wenn wir den Sommer im Mittelmeer verbringen und das Schiff dann im Herbst in die Karibik überführen und im Frühjahr wieder zurück, dann kriegen wir das nächste Paket. Ist schon irre, auf was die so alles kommen. Aber ich will nicht Detektiv spielen. Wir haben keinerlei Erfahrung darin«, stellt André fest.

»Sag mal, ist dieser Franz zuverlässig«, will Tom wissen.

Tonio und André lachen.

»Ja, der ist sowas von hundertprozentig zuverlässig.«

Tonio fährt fort:

»Wenn ich davon ausgehe, dass der Hohlraum ungefähr zweihundert Liter fasst, dann hat das Schiff geschätzt etwa eine Tonne Blei von vermutlich insgesamt sieben oder siebeneinhalb Tonnen verloren. Das bedeutet eine echte Verschlechterung der Segeleigenschaften. Du bist doch Anwalt. Vielleicht kannst du den Kahn ja zurückgeben. Du sagst dem Socholoff einfach, du hättest eine Reklamation, er hätte dich beschissen. Du willst den Kübel nicht mehr.«

Tonio wiehert vor Lachen. Die anderen stimmen ein. Es wird dunkel.

Transporter

»Max Behrame.«

»Hier ist Franz.«

»Ach Franz, von dir habe ich ja schon länger nichts mehr gehört. Freut mich aber sehr, dass du anrufst. Wie geht's dir denn so und wie gehts deiner entzückenden Frau?«

»Der entzückenden Frau und mir geht's gut, Lenas Töchterchen ist auch wieder im Lande. Gerade im Moment hochgradig verliebt. Und bei euch?«

»Wunderbar! Wir sind ja jetzt Familienväter, wie du bei deinem letzten Besuch im Elsass gesehen hast. Unser seltsames Familienleben funktioniert überraschend gut. Es ist wirklich schön, Kinder zu haben. Ich hätte es ja nicht gedacht. Aber mein Schatzi, der wollte das immer. Wir machen auch nur noch sehr selten heikle Aufträge, sind geradezu häuslich geworden mit IT-Sicherheit. Das ist ein unendliches Thema, ein irrer Wachstumsmarkt. Wir können halt auch noch etwas härtere Maßnahmen mit in unser Angebot aufnehmen, als nur die Fingerchen auf der Tastatur herumtanzen zu lassen. Da haben wir wirklich eine Sonderstellung, eine, wie sagt man heute? Eine *unique selling proposition*. Aber du hast doch was auf dem Herzen, sprich!«

»Das ist richtig. Der Freund von Lenas Tochter hat mit meinem ehemaligen Kanzleipartner zusammen ein älteres Regattaboot von etwa zwanzig Meter Länge in der Karibik abgeholt. Nach Mallorca wollen sie, sind noch unterwegs. Mitten auf dem Atlantik sind sie mit dem Kiel auf ein treibendes Unterwasserhindernis drauf gefahren, dabei hat sich eine verborgene Abdeckung am Kiel gelöst und jede Menge Kokspäckchen freigegeben, vermutlich um die zwei Zentner. Sie haben das Zeug aufgefischt und klugerweise die Bullen nicht informiert, weil sie berechtigten Schiss vor den Drogengangstern haben, die das Zeug wohl am Zielort abholen wollen.«

»Zu Recht, mein Lieber, zu Recht. Heiße Story!«

»Wir haben lange darüber nachgedacht, aber so eine richtig gute Idee haben wir nicht. Wir sind uns soweit einig, dass sie das Zeug wieder in dem Hohlraum verstauen und die Abdeckung so hinbiegen, dass es den Verlust von ein paar Päckchen erklärt. Sie haben nämlich nur dreiundneunzig aufgefischt und wir nehmen an, dass hundert drin gewesen sind. Tonio, der Freund von Lisa, hat gesagt, dass exakt so viele in den Hohlraum passen würden. Sie könnten die Sache dann auf sich beruhen lassen, aber André, mein ehemaliger Partner, der das Schiff gerade gekauft hat, sagt, dass es ihm eigentlich stinkt, dass er für alle Ewigkeit Transporter spielen soll. Ich denke, dass wir herausfinden sollten, wer dahinter steckt. Im Moment verdächtigen sie den Vorbesitzer des Schiffes, es gibt aber keine Beweise. Und da musste ich sofort an zwei Burschen denken, die sich mit so etwas auskennen. Euch nämlich. Hättet ihr Interesse?«

»Ja, hätten wir. Das wäre endlich wieder ein Job im Freien. Ich vermute, sie erwarten, dass die bei Nacht das Zeug aus dem Kiel herausholen werden – mit Tauchern?«

»Wie sonst?«

»Wie viele Leute sind auf dem Boot? Und wann werden sie in Mallorca eintrudeln?«

»Sie sind zu viert, zwei englische Segelprofis, Tonio der Freund von Lisa und André Gernbach, mein ehemaliger Anwaltskollege. Sie sollten in einer Woche ankommen.«

»Also, wir wären dabei. Nur mal so am Rande gefragt, ist der André liquide?«

»Ich weiß, ihr zwei Egoisten arbeitet nur für Geld. Ja, ich denke, ein bisschen hat er schon noch auf der Seite. Er konnte das Schiff sehr günstig kaufen, und soweit ich weiß, hat er ab April oder Mai gut bezahlte Aufträge.«

»Was für ein Geschäftsmodell steckt eigentlich dahinter?«

»Das nennt sich Regatta-Charter. Du kannst auf dem Boot gegen Bezahlung bei diesen ganzen Prestige-Regatten im Mittelmeer und im Winter in der Karibik mitsegeln.«

»Aha, was kostet sowas?«

»Pro Woche etwa dreitausend pro Person. Aber das ist nur für die Segelei.«

»Wie viele Leute nehmen die mit?«

»Na so etwa zehn. Der André bezahlt euch ganz sicher.«

»Nee, ich überlege gerade, dass ich mit Alex mal über Segeln gesprochen habe, nachdem du uns mitgenommen hast. Das hat uns gefallen und wir haben danach einen Sportbootführerschein gemacht und waren auch schon einige Male mit Segelschiffen im Mittelmeer unterwegs. Er könnte uns zum Teil auch in Naturalien bezahlen. Das schont sein Budget. Und es erhöht unsere Freude. Du kannst ihm also sagen, wir sind dabei.«

»Freut mich, zu hören. Pass auf, ich werde jetzt weitere Details mit ihm besprechen und dann melde ich mich wieder.«

Fremdenlegion

»Hallo André, hier ist Franz.«

»Franz, schön von dir zu hören.«

»André, du kannst Tonio sagen, dass wir Lisa nicht informieren werden. Es sieht ja wohl so aus, dass die Ganoven vermutlich in der ersten Nacht in Palma den Kiel ausräumen werden. Das ist doch gleichzeitig die beste Möglichkeit, herauszubekommen, wer die Burschen sind. Ich habe mit zwei Leuten gesprochen, mit denen ich solche heiklen Aktionen schon öfters gemacht habe. Soldaten, Ex-Fremdenlegion und so weiter. Der eine war auch lange bei der Polizei. Das kostet zwar ein bisschen Geld, aber da werden wir uns schon einig. Die wollen auch gerne mal Regattasegeln gehen. Wir werden dort sein, wenn ihr einlauft. Wie wir es machen, wissen wir noch nicht. Ich komme auf jeden Fall zu euch an Bord. Und dann können wir alles Weitere besprechen. Die beiden werden unauffällig irgendwo stehen und wir werden Funkgeräte haben oder irgend so etwas.«

»Franz, da bin ich dir sehr dankbar. Das ist wohl im Augenblick die beste Idee.«

André fragt sich, warum er sich jetzt besser fühlt. Objektiv gesehen, hat sich seine Situation nicht verbessert. Wenn sie auf diese Weise erfahren, dass sie es mit der Mafia zu tun haben, dann sollte er den Kahn am besten versenken. Denn gegen die ist kein Kraut gewachsen. Wenn es aber nur ein lokaler Drogendealer ist, dann ist es weniger schlimm. Er hat eben zu Franz immer noch ein Juniorpartner-Verhältnis. Das wird er wohl nie los. Er seufzt. Bei ihm geht immer etwas schief, verdammter Mist, was macht er bloß falsch?

Windrichtung

Die vier Segler haben die Abdeckung am Kiel dann noch mal gecheckt und wieder etwas aufgedreht, also etwas mehr Segel gesetzt, um mit ihrem Rennpferd ein wenig schneller auf die Lieblingsinsel aller Deutschen zu gelangen. In der Straße von Gibraltar blies es wie üblich ziemlich heftig, und dummerweise von vorne, sodass es mühselig wurde. Sie staunten wieder über den gewaltigen Schiffsverkehr zwischen der Nordspitze von Marokko und der Südspitze von Spanien. Sie sind nach unzähligen Wenden einfach in Richtung auf die algerische Küste zugefahren, haben da noch eine Wende gemacht und konnten mit einem nicht mehr so extrem spitzen Kurs in Palma de Mallorca direkt anliegen.

Zu ihrem Glück bleibt der Wind an einem schönen Nachmittag kurz vor der Insel für ein paar Stunden komplett weg. Schiffsverkehr ist kaum zu sehen und so machen sie sich an die Arbeit. Tonio bleibt unten am Kiel und Jerry transportiert das Koks in einem großen Netz zu der Kielbombe.

André ist an Deck, überlegt was sie da machen, kratzt sich erst am Kopf und muss dann kurz lachen. Völlig unbescholtene Segler transportieren zwei Zentner Kokain im Kiel des eigenen Bootes – verrückt. Es klappt wie am Schnürchen, die Sicht unter Wasser ist relativ gut und Jerry und Tonio schaffen es schnell, die Abdeckung so anzubringen, dass es unverdächtig aussieht. Es braucht keine Fantasie, um sich vorzustellen, dass sich diese Ausbuchtung im Falle eines Zusammenstoßes mit einem unter Wasser treibenden schweren metallischen Gegenstand so vergrößern könnte, dass da ein paar von den Päckchen locker durchrutschen. Tonio verkeilt das Ganze. André und Tom überprüfen es auch noch. Sie sind davon überzeugt, dass das hält. Sie liegen gut im Zeitplan, haben vor der algerischen Küste die Windprognose angeschaut und Franz ihre voraussichtliche Ankunftszeit mitgeteilt.

Real Club Nautico

Der diensthabende Hafenmeister des Real Club Nautico in Palma de Mallorca, des königlichen Jachtclubs, bei dem zumindest der letzte spanische König auch Mitglied war, sieht am späten Nachmittag ein großes, weißes und sehr sportliches Boot um die Ecke biegen und erkennt es sofort. Die haben sich angemeldet. Bei aller Vornehmheit seines Vereins ist er trotzdem ein ziemlicher Fan des sportlichen Segelns und interessiert sich für dieses Schiff mehr als für manche größere und viel teurere Motor- oder Segeljacht, auf denen irgendein Reicher dieser Welt von einer bezahlten Crew in der Gegend herumgeschaukelt wird. Hier weiß er Profis an Bord und solche Leute genießen bei ihm mehr Respekt. Über Funk hat er ihnen einen Platz an einem Kopfsteg zugewiesen und er sieht, wie der Mann, der am Bug des Schiffes steht, etwas nach hinten ruft und mit dem ausgestreckten Arm genau auf diesen Steg weist. Profis halt. Er läuft in Richtung des Steges, aber noch bevor er das Ende erreicht hat, stehen schon zwei Mann von dem Schiff auf dem Steg und machen die Leinen fest. Er zählt vier Leute, und denkt, das sei nicht so schlecht, mit so einem Boot mit nur vier Leuten den Atlantik zu überqueren. Er geht hin, begrüßt sie per Handschlag und fragt, ob sie sich hier auskennen, was von Tom und Jerry bestätigt wird. Wünscht ihnen einen schönen Aufenthalt und geht wieder zu seinem Hafenmeisterbüro.

Auf dem Weg dahin begegnet ihm ein Mann in den Fünfzigern mit grauen, leicht wirren Haaren, der im Vorbeigehen *hola* sagt. Er ist schlank, etwa eins achtzig groß, trägt legere Seglerklamotten. Er lächelt, hat ein lustiges Gesicht mit einer leichten Hakennase. Der Hafenmeister dreht sich kurz um, und sieht, wie der Mann zielsicher zu dem alten Volvo Ocean Racer geht und zwei der Segler ihm zuwinken.

»Schön, dass ihr hier seid. Alles klar gegangen?«

»Hey Franz, ja fast alles. Aber das weißt du ja.«

Sie umarmen sich. Tonio kommt dazu, wird auch gedrückt. Tom und Jerry bekommen einen *High Five.*

»Leute, wir gehen zum Hotel, ihr checkt ein, duscht und dann nehmen wir ein Bier oder so.«

Die vier räumen das Schiff noch auf, holen ihre Taschen und marschieren aus dem Hafen raus, an der Kathedrale von Palma vorbei in Richtung Altstadt.

Franz hat ihnen Zimmer in einem herzigen kleinen Altstadthotel besorgt, in dem man ab April noch nicht mal daran denken kann, ein Zimmer zu ergattern. Die vier hatten ja das Glück, dass sie bei ihrer Atlantiküberquerung eigentlich durchgängig ziemlich gutes Wetter hatten, und so sind sie auch öfter mal ins Meer gesprungen und haben sich das Salzwasser hinterher mit dem mit Süßwasser aus dem gegenüber der Urversion des Schiffes doch deutlich vergrößerten Tank abgespült. Aber dennoch sehnen alle vier eine ausgedehnte Dusche herbei. Die Herren stinken. Danach treffen sie sich mit Franz in einer Tapas-Bar und nehmen ein paar von diesen leckeren Häppchen, damit sie zumindest mal satt sind. Die Dämmerung hat schon eingesetzt und sie warten auf das, was ihrer Ansicht nach vermutlich gleich nachher stattfinden wird.

»Max und Alex sind schon unten im Hafen.« Walzer deutet auf den Clip, den er am Ohr trägt.

»Sobald sich was tut, düsen wir los. Habe ein großes Festkiel-Schlauchboot gemietet. Liegt im Hafen, wir sind also mobil, könnten sie verfolgen.«

Strategie

Max Behrame hat sich südlich der Position des Schiffes auf der großen Pier positioniert. Er sitzt auf einer Bank, neben sich ein geliehenes E-Bike.

Alexander Worthmann sitzt ebenfalls neben einem E-Bike auf einem Mäuerchen nördlich des alten Volvo Ocean Racers. Die Position von Max ist ein wenig versteckt hinter einem Container und Alex hat sich so gesetzt, dass vor ihm ein Busch ist.

Bis um acht Uhr passiert nichts, bis um neun Uhr passiert nichts, bis um zehn Uhr passiert nichts. Max kommen die in so einer Situation üblichen Zweifel. Vielleicht wissen die Typen nicht, dass das Schiff hier ist, vielleicht kommen sie nicht heute Nacht, sondern morgen Nacht, vielleicht kommen sie erst in ein paar Tagen oder vielleicht kommen sie gar nicht. Kann ja sein, dass sie von der Polizei hops genommen worden sind und wenn man im Knast sitzt, kann man keine zwei Zentner Koks aus vier Meter Wassertiefe abholen.

Sie haben sich das Gehirn zermartert, wie sie mitbekommen sollen, wenn die Geschenkpakete abgeholt werden. Taucher schicken von oben sichtbar Luftblasen an die Wasseroberfläche, aber es gibt auch Gerätschaften, die das verhindern. Werden sie so vorsichtig sein? Es ist Neumond, aber im Hafen gibt es einiges an Beleuchtung, die große Straße zwischen dem Hafen und der Altstadt ist gut ausgeleuchtet. Es ist nicht ganz einfach, im Dunkeln Luftblasen zu erkennen. Franz ist auf die Idee gekommen, dass die sicherlich Taschenlampen benutzen, denn so, wie Tonio die Abdeckung geschildert hat, kommt man da nicht so leicht dran, wenn man nichts sieht. Also hat Franz bei seinem Besuch nach der Ankunft zwei kleine Kameras unauffällig an der Bordwand befestigt, die genau auf die Stelle ausgerichtet sind, wo der Deckel am Kiel ist. Max und Alex haben das Bild der einen Kamera auf ihren Handys. Nur zeigt dieses Bild außer dunklem Wasser gar nichts. Es ist mittlerweile halb eins.

Franz und die Segler haben sich auf dessen Zimmer verzogen, trinken nichts außer Mineralwasser. Am frühen Abend zu den Tapas haben sie jeder ein Bier getrunken, aber der Alkohol dieses Bieres dürfte mittlerweile die Blutbahn wieder verlassen haben. Drei lümmeln sich auf dem Bett rum, zwei sitzen in Sesseln, starren an die Decke, André Gernbach schimpft zum wiederholten Male über diese Dreckskerle, die ihm sein neues Geschäft vermiesen.

»Da habe ich meine ganze Kohle in diesen Pott gesteckt und jetzt benutzt mich irgend so ein Arschloch als Drogentransporter.«

Sie haben sich angewöhnt, vorwiegend englisch zu reden und so übersetzt er diesen Satz, den er heute Abend schon vier Mal von sich gegeben hat unverzüglich wieder ins Englische. Tom und Jerry winken nur müde ab.

Tonio schaut auf seine Uhr, und sagt, es sei jetzt halb eins, eine Zeit, in der der durchschnittliche Spanier gerade mal mit seinem Abendessen fertig ist. Die anderen greifen dieses für heute Abend neue Thema auf, unterhalten sich über die Tageszeiten, an denen Spanier Nahrung zu sich nehmen. So richtig verstehen tun es weder die Engländer noch die Deutschen, dass man erst gegen elf mit dem

Abendessen beginnt und es dann auch noch schön in die Länge zieht. André Gernbach meint, wenn sie anfangen, zu futtern, dann liege er normalerweise schon in der Kiste. Tom liegt auf dem Bett, hat begonnen, Schnarchgeräusche von sich zu geben.

Am Hafen schaut Max Behrame auf sein Handy wie alle paar Minuten. Nach einer Weile glaubt man ja, da werde sich nie was tun. Max steht auf, geht bis zum Ende des Piers vor und schaut angestrengt zu dem Schiff rüber. Er hört etwas, ein Motorengeräusch. Schaut nach links und sieht langsam ein älteres etwa fünfzehn Meter langes Motorboot kommen. Das Boot ist offensichtlich mit einem großvolumigen Bootsmotor amerikanischer Herkunft ausgestattet. Fans der V8-Motorenbauweise lieben das Geräusch, auch wenn es sich wie hier um einen Diesel handelt. Aber selbst jetzt bei Leerlaufdrehzahl ist es nicht richtig leise. Zielstrebig schleicht es zu dem Kopfsteg, an dem der Volvo Ocean Racer hängt. Er ruft Alex an.

»Alex, es tut sich was.«

»Ja, ich sehe schon. Es geht los. Ich alarmiere die anderen. Ist dir irgendetwas aufgefallen, irgendein Auto, mit dem die gekommen sind?«

»Nein, nichts gesehen. Die werden doch nicht so unvorsichtig sein, da einfach festzumachen?«

»Kann ich mir nicht vorstellen«, antwortet Alexander.

Sie sehen aus ihrer jeweiligen Perspektive, wie das Motorboot an Andrés Schiff festmacht.

»Das glaube ich nicht. Ziemlich frech.«

Jetzt haben sie den Motor abgestellt. Max macht sich auf den Weg, läuft die große Pier lang, dann links ab und auf dem Steg nach vorne, wo umgeladen wird. Als er etwa in der Mitte des Steges angelangt ist, bleibt er stehen.

»Alex, ich versuche, die Bootsnummer zu erkennen, aber

das ist zu riskant. Wenn ich auf dem Steg nach vorne gehe, dann sehen sie mich vielleicht.«

Er dreht wieder um.

»Kein Problem, ich habe die Nummer mit dem Fernglas entziffert. Sollte mich aber wundern, wenn die nicht gefälscht ist. Ich habe bei der Vorbeifahrt ein paar Fotos von dem Boot gemacht, vielleicht können wir es identifizieren. Die sind nicht gerade auf Schleichfahrt, lauter geht es nicht. Franz und die anderen sind jetzt bei mir.«

»Alex, ich gehe ein bisschen schwimmen.«

Alex weiß, was er damit meint, Max hat einen GPS-Tracker dabei, den er an dem Motorboot anbringen wird.

Max Behrame und Alexander Worthmann sind sehr gute Freunde. Das geht über normale Freundschaft weit hinaus. Sie sind schon seit zwölf Jahren ein Paar, haben ähnliche Erfahrungen, Soldat, Fremdenlegionär, Polizist. Seit einigen Jahren ist ihr Lebensstil ein wenig ruhiger geworden, sie sind in einem speziellen Bereich der IT-Sicherheit tätig. Max hat mal Informatik studiert. Alex ist Ingenieur der Elektrotechnik. Bei solchen Einsätzen wie dem hier, hat Alex früher immer ziemliche Angst um Max gehabt, aber nach den ersten drei oder vier Jahren hat er sich daran gewöhnt. Er weiß, dass Max Chancen und Risiken immer sehr sorgfältig abwägt und selten etwas tut, mit dem er sich in Gefahr bringen könnte. Max ist ein grau werdender Blonder, drahtig, etwa einsachtzig groß. Alex ist größer und massiger, hat dunkle Locken.

»Ich bin jetzt drin.«

Max trägt in weiser Voraussicht unter seiner weiten Kleidung einen Neoprenanzug. Die Klamotten liegen auf einem Boot. Er lässt sich ins Wasser gleiten und schwimmt bis zum Ende des Steges. Mit den Schwimmflossen geht das schnell. Er taucht ein wenig ab, hat eine Taucherbrille auf und einen Schnorchel im Mund. Kurz vor dem Ende des Steges macht er einen großen Bogen nach links und kommt von außen an das Motorboot heran, er will ja nicht gesehen werden. Am Heck befindet sich eine große Badeplattform, die einen halben Meter über das Wasser hinausragt. An einer ziemlich versteckten Stelle befestigt er den Tracker, er hat sich an der Badeleiter hochgezogen. Sichert ihn noch mit einem Kabelbinder. Auf der anderen Seite des Motorbootes arbeiten die Taucher. Im Wasser ist es sehr dunkel.

Max hört, wie ein Mann auf der anderen Seite des Motorboots auftaucht und das Mundstück des Atemreglers herausnimmt, er hört, wie in einen vermutlich aus Kunststoff bestehenden Behälter Päckchen hineinfallen.

»Mir han die Hälfde gschaffd. Für den Reschd braucha mir no a vierdl Schdund. Dann macha mir des Deil zu ond hauat ab. Hoim.«

Diese Drogenbarone hier sind Schwaben. Gut, nicht alle Schwaben sind sparsame hart arbeitende Leute, einige versuchen es auf die schnelle oder auch die krumme Tour. Max beschließt, sich das Mundstück des Schnorchels wieder zwischen die Zähne zu schieben und ein wenig abzutauchen. Nach einer Minute kommt der Nächste hoch, Max hebt den Kopf etwas an. Wieder plumpsen die Koksziegel in den Plastikbehälter. Jetzt zieht der Mann auch sein Mundstück raus.

»Die Hälfde han mir.«

»Ich weiß schon. Helmut hat es gesagt.«

Aha, einer von den dreien spricht Hochdeutsch. Das ist der, der an Bord geblieben ist. Da könnte aber noch einer sein.

Der Mann im Wasser taucht wieder ab. Max beschließt, lieber zu verduften, denn wenn sie ihre Beute an Bord haben, dann sollte er weg sein. In einem großen Bogen schwimmt er wieder zurück zu seinen Kleidern, zieht sich aus dem Wasser und geht wieder zu seiner Beobachtungsposition. Die Klamotten hat er in den Rucksack gestopft. Er schnappt sich das E-Bike und radelt zu Alex rüber. Die Batterie des E-Bikes benutzt er nicht, wer weiß, ob er die noch brauchen kann.

Franz sagt:

»Wir sind zu fünft. Tom und Jerry haben wir im Hotel gelassen. Die beiden wollten mit, aber ich finde das einfach zu gefährlich. Es ist eigentlich nur Andrés Angelegenheit, aber ich fühle mich ja jedes Mal bemüht, zu helfen. Max und Alex werden dafür bezahlt und Tonio hängt da jetzt auch irgendwie in dem Sumpf mit drin. Aber die beiden netten Engländer möchte ich nicht dabei haben. Was sollen wir jetzt machen?«

»Kann euch nur so viel sagen. Zwei von den drei Leuten sind Schwaben und der eine heißt Helmut.«

Alle sehen Max erstaunt an.

»Ich bin ein bisschen am Motorboot geblieben und habe zugehört. Die müssen sich ziemlich sicher fühlen, sind frech oder dumm oder beides. Einfach das Motorboot hinlegen und einpacken.« Er schüttelt den Kopf. »Jetzt haben sie die zwei Zentner wahrscheinlich in ihrem Motorboot. Die Klappe dürfte auch schnell zu sein und wir können sie überall tracken, wo ein Handynetz ist. Macht es Sinn, sie mit dem Schlauchboot zu verfolgen?«

»Ich denke schon, nehme an, dass sie ans Festland rüber fahren, das Zeug in ein Auto umladen und dann heim nach Stuttgart düsen.«

»Also gut.«

Max hat ausprobiert, ob der Tracker ihm auf seinem Handy den Standort des Motorboots anzeigt.

»Funktioniert einwandfrei.«

Die geliehenen E-Bikes haben sie einfach an der Station abgestellt.

Sie machen sich auf den Weg zu dem Liegeplatz des Schlauchboots, das Franz gemietet hat. Der liegt nur etwa siebenhundert Meter weiter westlich. Als sie kurz davor sind, hören sie ein bekanntes Geräusch, das V8-Grollen, jetzt aber mit etwas erhöhter Drehzahl. Die letzten hundert Meter zu dem Schlauchboot rennen sie. Jetzt ist es egal, ob sie auffallen, sie glauben nicht, dass die schwäbischen Drogenbarone noch weitere Wachtposten im Hafen verteilt haben. Das Dumme ist ja, dass sie nicht wissen, wer die sind. Die jedoch wissen, wem Andrés Schiff gehört und es ist für sie leicht, herauszubekommen, wer an Bord war, wenn sie es nicht schon wissen. Das Schlauchboot liegt an einem Steg, es ist ein sechs Meter langes Festkiel-Schlauchboot, ein RIB mit zweihundert PS. Sie springen rein, Franz startet den Motor, sie machen die Leinen los. Er macht keine Lichter an, sie warten ein wenig. Das Schmugglerboot führt die normalen Bug-, Heck- und Seitenlichter, ist sehr gut zu erkennen. Ansonsten ist jetzt um halb drei nichts los auf dem Wasser. Franz fährt los.

Kurz nach der Hafenausfahrt beschleunigt ihr Zielobjekt.

»Die sind jetzt mit fünfundzwanzig Knoten unterwegs, also fast fünfzig Stundenkilometer. Bei dem Tempo verbraucht der Kahn garantiert hundertfünfzig bis zweihundert Liter die Stunde. Selbst wenn der einen Tausend-Liter-Tank hat, dann ist der Most nach sechs oder sieben Stunden alle. Wenn er – sagen wir mal zwölf Knoten macht, dann braucht er vermutlich nur noch vierzig Liter. Dann kommt er weiter«, sagt Franz. »Wir werden sie noch ein Weilchen verfolgen.«

In gebührendem Abstand verfolgen sie das Motorboot, das seine Geschwindigkeit in der Zwischenzeit ziemlich stark reduziert hat.

»Schaut mal, was soll das?«

Das Motorboot biegt nach links ab.

»Ich war mir eigentlich ziemlich sicher, dass sie ans spanische Festland wollen. Das ist der nächste Weg. Es sieht ja ganz so aus, als ob sie mit dem Zeug nach Stuttgart wollen und dazu müssen sie es irgendwann in ein Auto umladen. Bei dem jetzigen Kurs sieht es so aus, als ob sie zwischen Sardinien und Korsika durch wollen, vielleicht in Sardinien auftanken und von da dann in Richtung italienische Küste irgendwo zwischen Rom und Florenz in einen Hafen reinrauschen, das Zeug in ein Auto oder einen Lastwagen umladen und heim nach Stuttgart. Lass uns noch zwanzig Minuten hinterher fahren. Unser Treibstoff reicht garantiert nicht bis nach Sardinien. Wir müssen bald umkehren, und schauen, wie wir auf dem schnellsten Weg nach Italien kommen«, sagt André.

Zehn Minuten später sitzt Tonio am Rad und steuert. In der Nacht ist es empfindlich kalt, zum Glück tragen sie alle dickes Ölzeug, aber dennoch spürt speziell Tonio, der dem Fahrtwind am meisten ausgesetzt ist, wie er anfängt, zu frieren. Die anderen haben sich mit dem Rücken zur Fahrtrichtung vorne im Bug hinter dem dicken Schlauch auf den Boden gesetzt, da spürt man den Fahrtwind am wenigsten. Nach etwa einer viertel Stunde nimmt Tonio das Gas kräftig zurück, und sagt:

»Schau an, schau an.«

Das Motorboot hat gestoppt. Neben ihm taucht ein etwa vierzehn Meter langes Segelboot auf und noch ein kleineres Motorboot mit Kajüte von vielleicht acht oder neun Metern Länge.

Ihr RIB ist immer noch unbeleuchtet. Sie halten einen großen Respektabstand ein, sind sogar vorhin ganz langsam wieder etwas weiter weggefahren.

»Die sind doch nicht so blöd. Verteilen das Risiko von

einem auf drei. Fast eine Strategie, so wie die großen Kartelle. Das Segelboot ist wesentlich langsamer, ich nehme an, dass die sich an der italienischen Küste mit drei Autos treffen und auf diese Art und Weise eben jeder nur dreißig Kilo transportiert«, stellt Max fest.

Alex ergreift das Wort.

»Wenn die in der Karibik viel bezahlt haben, dann sind es viertausend Dollar pro Kilo, das heißt, sie haben vierhundertausend ausgegeben. Wenn sie das Zeug strecken, was alle mit mehr oder minder angenehmen Substanzen machen, dann haben sie am Ende zweihundert Kilo, und dafür bekommst du auf der Straße vermutlich mindestens fünfzigtausend pro Kilo, also vermutlich irgendetwas in Richtung zehn Millionen. Das ist unglaublich, selbst wenn sie nur sieben Millionen bekommen, dann können die sich derart teure Transportwege leisten.«

Franz schüttelt den Kopf.

»Ja, ist absolut irre.« André lacht und Franz sagt noch was.

»Es gibt wohl kaum ein Geschäft auf der Welt, bei dem es solche Margen gibt. Deswegen zieht es auch sämtliche düsteren Typen der Welt so an. Vermutlich wäre die Legalisierung der beste Weg, um mindestens das kriminelle Element zu beseitigen. Ich frage mich dann bloß, was die ganzen Koks-, Heroin- und Marihuana-Ganoven machen.«

»Ich würde empfehlen, dass wir so lange warten, bis sie davon fahren. Kann ja nicht allzu lange dauern«, meint Tonio, der die drei Boote die ganze Zeit über mit dem Fernglas beobachtet hat. »Wenn ich jetzt den Motor starte, dann hören sie uns möglicherweise und das wollen wir nicht. Entdeckt haben sie uns bisher nicht, denn sonst würden sie die Aktion hier nicht machen. Unser AIS zeigt keines von den drei Booten an, und ich fürchte, ich habe keine Idee, wie wir die beiden anderen Boote identifizieren sollen. Ist schade, aber wir müssen uns wahrscheinlich auf einen konzentrieren.«

»Was machen wir, wenn die alles in die zwei neuen Boote umladen?«

»Scheiße. Daran habe ich noch gar nicht gedacht«, sagt Franz überrascht. »Dann hätten wir überhaupt keinen.«

Tonio macht als Erster den Mund auf.

»Wenn dem so wäre, dann würde der mit dem V8-Diesel ja jetzt wieder umkehren. Das Boot hat eine spanische Registrierung. Es kann ja auch sein, dass sie es gestohlen haben.«

»So ein verdammter Mist«, sagt Franz. »Warum könnt ihr blöden Verbrecher nicht mit dem Koks in einem Boot nach Italien fahren. Nichts als Ärger macht ihr uns, Idioten.«

Sie starren alle fünf zu den Booten rüber.

»Hört!«, sagt Tonio.

Der Diesel aus dem Hafen in Palma läuft wieder. Die anderen beiden hören sie nicht, sind vermutlich leiser. Sie erkennen nur die Positionslichter, aber jetzt trennen sich die Boote. Sie sehen ausschließlich die grünen Lichter, also die an der Steuerbordseite der Boote, von hinten gesehen der rechten Seite. Sie fahren also in östlicher Richtung davon. Schnell wird der Abstand zwischen den Booten größer. Tonio schaut routinemäßig auf den AIS-Empfänger.

»Wir haben Glück, wir haben so was von Glück«, jubelt er.

»Wieso haben wir Glück?«, will Alex wissen.

Tonio jubelt gerade weiter:

»Wir haben sowas von Schwein, Leute, schaut mal hier.«

Sie schauen auf den Bildschirm hinter dem Steuerrad. Tonio zeigt mit dem Finger auf drei kleine Bootssymbole.

»Nicht zu fassen. Natürlich, es ist die Entscheidung jedes Hobby-Skippers, sein AIS abzuschalten. Aber wenn bei Tag ein größeres Schiff oder gar ein Polizeiboot ein Schiff sichtet, das sein AIS abgeschaltet hat, dann könnte jemand das für verdächtig halten. Und deswegen ist es viel unverdächtiger, sein AIS einzuschalten.«

Max Behrame fragt ihn verständnislos.

»Und was hilft uns das? Als ich meinen Segelschein gemacht habe, da gab es noch kein AIS.«

»Das ist für uns so gut wie ein Tracker, der kein Handynetz braucht. Der dicke Pott aus Palma heißt *Romeo*, das Segelboot heißt *Vicky*, und das kleine Motorboot heißt *topsecret*. Wie passend. So Freunde, ich kehre um, und jetzt kann sich mal ein anderer ans Rad stellen. Dann können wir auch wieder unsere Positionslichter setzen.«

Alex übernimmt, wird etwas später von Max Behrame abgelöst und sie laufen wieder in den Hafen von Palma ein. Dort machen sie das Boot an seinem Liegeplatz fest. Während der Fahrt haben sie darüber diskutiert, wie es weiter gehen soll. Die drei Boote werden mindestens dreißig Stunden bis zur italienischen Küste brauchen. Und sie sind sicher, dass die dort hinwollen. Also müssen sie nach Italien.

Franz Walzer hat einen Leihwagen ganz in der Nähe des Hafens stehen. Natürlich steckt unter dem Scheibenwischer so ein kleiner Zettel, der Geld kostet. Sie holen ihre Sachen vom Hotel und fahren zum Flughafen.

Draußen ist es noch vollkommen dunkel, es ist jetzt halb fünf Uhr morgens. Sie sitzen etwas beengt in einem SEAT Leon. André Gernbach holt sein Notebook aus dem Rucksack heraus, klappt es auf und schaut nach Flügen. Tatsächlich findet er einen, der kurz nach sechs Palma verlässt, und dann etwa um halb zwei Uhr in Rom ankommt. Sie buchen fünf Plätze für insgesamt zweihundertfünfzig Euro, es scheinen zurzeit nicht allzu viele Leute von Mallorca nach Rom zu wollen. Was Wunder, in zehn Tagen ist Weihnachten. Tonio schaut auf die Uhr:

»Ich fürchte, wir sollten uns etwas beeilen.«

Nachdem sie den Leihwagen losgeworden sind, marschieren sie zum Check-in und dann zum Gate. Der Flug geht über Barcelona und es gelingt einigen von ihnen, eine halbe Stunde lang zu schlafen. Mittlerweile sind sie alle ziemlich übermüdet. Tonio findet ein günstiges Hotel direkt am Flughafen, dort checken sie ein und versuchen, wenigstens ein paar Stunden zu schlafen, damit sie am Abend wieder ausgeruht sind. Vorher überprüfen sie den Plan noch mal.

»Ich schätze, die brauchen von Mallorca bis Sardinien mit dem schnellsten Motorboot ungefähr fünfzehn Stunden. Dann gehen sie tanken, das dauert ein Weilchen, und dann brauchen sie zum Festland fast noch mal so lange. Das Segelboot braucht garantiert einen Tag länger, das kleine Motorboot wird dazwischen liegen«, meint Tonio.

Sie checken die Standorte. Das dicke Motorboot ist in Richtung Nordspitze Sardiniens unterwegs, das Segelboot hat noch nicht mal den halben Weg nach Sardinien geschafft. Das kleine Motorboot ist dazwischen positioniert, näher an Sardinien dran als das Segelboot.

»Jetzt haben wir etwa drei Uhr nachmittags. Wenn das Motorboot noch mal fünfzehn Stunden braucht, dann wäre es morgen früh um sechs am italienischen Festland«, rechnet Max vor.

»Jeder von uns hat ein Notebook, kann sich jeder mit dem Handy einen Hotspot machen?«

Max schaut in die Runde. Alle nicken.

»Auch in Italien?«

Er schaut wieder nach links und nach rechts. Alle nicken wieder.

»Wir müssen uns aufteilen. Wer geht gerne alleine?«

Max schaut wieder in die Runde. Keiner bewegt sich. Schließlich hebt André die Hand.

»Ach Franz, ich werde es schon schaffen, wenn ich nur diese Banditen loswerde. Das Ganze findet ja irgendwie für mich statt.«

Alex meldet sich zu Wort.

»Nein ich bin anderer Meinung. Max und ich haben in solchen Dingen die meiste Erfahrung. Und dann vielleicht noch der Franz. Also gehe ich alleine, dann vielleicht Franz mit Tonio und Max mit André. Ich möchte, dass Max oder ich dabei sind, wenn einer ein Problem bekommt. Mit den Leuten ist nicht zu spaßen. Die mögen gemütliches Schwäbisch sprechen, aber die sind brandgefährlich, denn sonst würden sie nicht das tun, was sie gerade tun.«

Max widerspricht ihm:

»Alex, ich habe noch viel mehr Erfahrung als du. Ich gehe allein. Aber du gehst nicht mit diesem schnuckeligen Tonio, du gehst lieber mit dem André. Da muss ich mir schon keine Sorgen machen.« Er lacht.

André sieht etwas beleidigt aus. Max haut ihm auf die Schulter.

»War bloß ein Witz!«

»Und was machen wir dann?«, fragt André.

»Wir verfolgen sie.« Max hält einen kleinen Vortrag, auf was es dabei ankommt und fragt dann:

»Franz, wie stellst du dir eigentlich den Schluss der ganzen Geschichte vor?«

»Wir wollen nur wissen, wer die sind. Also verfolgen wir sie bis zu ihrem Ziel. Wir könnten sie bei der Polizei verpfeifen, aber dann wüssten die, dass wir es waren, und das ist zu riskant. Die kennen vermutlich unsere Identität.«

Derart vorbereitet begeben sich die Herren in ihr Hotelzimmer und versuchen, ein paar Stunden zu schlafen, was mehr oder weniger gut gelingt. Später gibt es noch was zu essen.

Am Abend besorgen sie sich bei der Autovermietung drei Autos, einen Ford Focus, einen Fiat Tipo und einen VW Golf. Die können sie sogar in Stuttgart abgeben, allerdings gegen einen höllischen Aufpreis. Franz zwinkert André zu:

»Spar schon mal!«

»Ha ha, sehr witzig!«

Marina

Um drei Uhr springt Max aus dem Bett. Nein, er springt nicht wirklich, aber für sein Alter von mittlerweile deutlich über fünfzig Jahren ist er immer noch bemerkenswert gut in Schuss, gertenschlank, durchtrainiert. Er hat sich am Vorabend noch etwas Obst besorgt, isst es, duscht schnell, zieht sich an und schnappt seine Sachen. Bezahlt hat er am Abend schon. Unten holt er sich aus einem Automaten einen halbwegs schmeckenden Cappuccino, holt seinen geliehenen Ford Focus und fährt los. Die Position des Bootes hat er sich noch oben im Zimmer angesehen, es war noch mindestens hundert Kilometer vor der Marina di Grosseto im Tyrrhenischen Meer. Wenn er das Tempo beibehalten würde, bräuchte er noch etwa vier Stunden bis dorthin. Und dann wird es spannend. Es könnte ja auch sein, dass die sich zu einem kleinen Flughafen bringen lassen und einen Privatflieger besteigen. Max ist ganz ruhig. Hat in vielen Jahren gelernt, seine Anspannung zu kontrollieren. Er fährt los, bis Grosseto sind es schätzungsweise achtzig Kilometer, da kann er sich Zeit lassen. Nach etwa eineinhalb Stunden ist er da, kontrolliert noch mal den Standort des Bootes. Das hat scheinbar wieder etwas aufgedreht. Haben wohl genug Sprit im Tank und wollen schnell zum Ziel kommen. Es befindet sich jetzt noch etwa vierzig Kilometer vom Hafen entfernt. Max sucht sich einen guten Standort für das Auto, nimmt seinen Rucksack, packt das Notebook rein und setzt sich in Marsch. Neben der Marina ist ein breiter Badestrand, er sieht irgendwo ein Schild, auf dem steht *Bagno Giglio* – der Name des Badestrandes – und das erinnert ihn daran, dass etwas südlich von hier die kleine Insel Giglio liegt, an der dieses riesige Kreuzfahrtschiff damals leider etwas zu nah vorbei geschrammt ist, was zum Tod vieler Menschen und zu einer sehr teuren Bergung geführt hat. Ist schon erstaunlich, wie manche Kleinigkeiten zu großen Katastrophen führen. Er findet eine Parkbank, von der aus er einen guten Überblick hat.

Die Temperaturen sind recht angenehm, so um die zehn Grad mit der Aussicht, dass im Lauf des Tages immerhin noch an die fünfzehn Grad erreicht werden. Demnächst sollte es hell werden. Er verfolgt die Route des Motorbootes, aber das hält brav weiter auf seinen Standort zu. Doof wäre es, wenn die jetzt plötzlich abdrehen, und kurz vor der Küste noch mal ganz woanders hinführen, dann müsste er eben den Standort wechseln. Wichtig ist, dass er das Auto identifizieren kann. Sein Traum wäre natürlich, dass die Gauner das Auto einen Moment unbeobachtet ließen, denn er hat einen magnetischen Tracker dabei. Dazu müsste er nur an dem Auto vorbeigehen, sich ducken und in ein paar Sekunden hinge das Teil dran, was die Sache natürlich enorm erleichtern würde. Daher behält er die Parkmöglichkeiten in der Gegend auch alle im Auge. Er hat auch einige Male den Tracker, den er am Boot angebracht hat, mit dem AIS-Signal verglichen, aber das stimmte überein. Hätte ja auch passieren können, dass sie den Tracker finden. Aber bei der Witterung ist es unwahrscheinlich, dass die Leute im offenen Meer zum Baden gehen. Schwimmend könnte man ihn entdecken. Max fragt sich, ob die Burschen mit einem deutschen Auto kommen oder mit einem italienischen. Na gut, er wird sehen. Der Franz hat vorhin angerufen, das kleinere Motorboot ist noch nicht mal auf halbem Weg zwischen Sardinien und Festland angelangt. Die können sich also noch Zeit lassen und das Segelboot hat noch nicht mal Sardinien erreicht.

Max muss grinsen, als er an das Gesicht von André denkt, als er gesagt hat, wenn Alex mit ihm zusammen sei, dann müsse er sich wenigstens keine Sorgen machen. Das hat er eigentlich als Witz auf Kosten von André gesagt, denn der Mann ist beileibe nicht unattraktiv. Wirkt nur so ein wenig fahrig, unkonzentriert. Max glaubt, das ist so einer, der immer zu viel will und davon alles auf einmal und sich in seinem Leben dann ganz oft verschluckt. Er findet ihn eigentlich ziemlich sympathisch. Seine Reaktion auf seinen dummen Spruch war locker. Er hat nur kurz *ha ha, sehr witzig* gesagt.

Da kommt ein Auto in den Hafen gefahren, es ist ein älterer Fiat Ritmo mit italienischem Kennzeichen. Zwei Typen in Gummistiefeln steigen aus, die eher aussehen wie Fischer als wie Drogenschmuggler. Nein, das sind sie nicht. Max checkt noch mal den Standort des Bootes sowohl auf seinem Handy über den Tracker, als auch über das AIS-Signal. Sieht alles gut aus. Der Tracker hat ja nur in der Nähe von Sardinien und jetzt wieder angezeigt. Wo kein Handy-Netz ist, da funktioniert ein GPS-Tracker auch nicht. Aber beide Signale sind identisch, und das Boot befindet sich jetzt etwa zehn Kilometer vor der Küste und hält stetig weiter auf die Marina di Grosseto zu. Bei dem jetzigen Tempo müssten sie eigentlich in zwanzig Minuten da sein.

Max hat sich vorhin alle Autos angesehen, die in der Nähe vom Hafen parken. Da war weder eines drunter, in dem Leute saßen noch eines mit einem deutschen vorzugsweise Stuttgarter Kennzeichen.

Er überlegt, ob er sich vielleicht hier zu auffällig platziert hat, aber er sieht keinen Menschen, der ihn beobachtet.

Die Gewinne dieser Drogenhändler sind exorbitant. Wenn sie es richtig anstellen, verdienen sie an diesen lächerlichen zwei Zentnern hier vermutlich sieben oder acht Millionen. Kolumbianische Drogenkartelle verschiffen auch mal fünf oder mehr Tonnen in einem Halbtaucherboot und das sind dann Kokspäckchen im Wert von fünfzig Millionen. Dennoch können sie den Hals nicht vollkriegen. Die hier scheinen etwas vernünftiger zu sein, wenn sie doch vergleichsweise kleine Mengen sorgfältig bewachen. Nur die Aktion im Hafen von Palma, die fand er mutig.

Er wundert sich jetzt doch etwas, dass kein Abholer da ist. Max kontrolliert die AIS-Position im Abstand von einer oder zwei Minuten. Und siehe da, das Boot hat seinen Kurs in Richtung Norden geändert. Er sieht auf der Karte nach, und findet dort einen Ort namens Castiglione della Pescaia, wo ein Fluss namens Bruna ins Meer fließt. Das Boot ist jetzt schon an der Marina di Grosseto vorbei und hält auf diese Flussmündung und die zugehörige Hafeneinfahrt zu. Max schmeißt sein Zeug in den Rucksack, geht zu seinem Auto und ist schon unterwegs. Es sind drei oder vier Kilometer, er braucht auf der Küstenstraße nur ein paar Minuten.

Er kommt über eine Brücke an einen Kreisverkehr, biegt links ab und findet dort eine Möglichkeit, sein Auto abzustellen. Max nimmt jetzt nur noch das Handy mit, schlendert die Straße entlang.

Das Boot kommt mit ziemlich viel Schwung in die Hafeneinfahrt rein, dann öffnet sich auf der vom Meer gesehen rechten Seite ein größeres Hafenbecken, wo eine ganze Menge Sportboote liegen. Dort fährt es hinein.

Mist, er ist auf der falschen Seite und muss zurück zu der Brücke und auf der anderen Seite wieder Richtung Meer, um mitzubekommen, was da vor sich geht. Hilft nix. Max geht zurück, besteigt sein Auto, fährt zurück zum Kreisverkehr über die Brücke und stellt nach hundert Metern sein Auto auf einen Parkplatz. Steigt gemütlich aus, wandert in Richtung Mole vor, und sieht, dass das dicke Motorboot ganz vorne auf der dem Meer zugewandten Seite des Beckens festgemacht hat, und dass ein VW Passat mit Stuttgarter Kennzeichen direkt neben dem Boot auf der Pier steht. Max sieht, wie ein etwa vierzigjähriger Mann aus dem Boot auf die Betonpier hochsteigt, in der Hand hat er eine schwarze Sporttasche. Der Fahrer des Passats ist ausgestiegen, er geht dem Mann aus dem Boot entgegen. Er wirkt auf die Distanz jünger. Sie bleiben kurz stehen, gehen dann beide zum Auto zurück und steigen ein, die Tasche wirft der eine zur hinteren Tür rein. Der Passat fährt los, er muss an Max vorbei. Der jüngere Mann am Steuer ist schlank, hat schwarze Haare, der andere hat blonde, sehr kurze Haare. Sie bemerken ihn offensichtlich nicht, reden miteinander. Max bleibt eine Sekunde stehen, dreht sich um und geht wie beiläufig zurück. Als der Passat am Ende des Beckens angekommen ist, wo seine Sicht nach hinten durch parkende Autos versperrt ist, rennt Max los und ist innerhalb von ein paar Sekunden bei seinem Auto, springt rein und gibt Gas. Das war jetzt etwas ungeplant, aber es war klar, dass so etwas passieren kann.

Als er über die Brücke zurückkommt und den Kreisverkehr hinter sich hat, geht sein Puls wieder runter, er sieht den schwarzen Passat vor sich. Die nehmen genau die gleiche Route, die ihm sein Navigationssystem empfiehlt. Im

Moment sieht es wirklich so aus, als würden die das Koks in aller Gemütsruhe nach Stuttgart schaukeln. Er muss bloß aufpassen, dass er nicht zu dicht auffährt, immer mindestens einige Autos dazwischen lässt. Er hat gesehen, wie das Boot wieder losgemacht hat, nachdem der Mann ausgestiegen ist. Müsste auch noch betankt werden. Soweit er gesehen hat, war nur noch ein Mann auf dem Boot.

Position

Franz hat bis sieben Uhr tief und fest geschlafen. Das war nach der letzten Nacht auch nötig. Dann hat er Tonio angerufen. Der war schon wach und hat bereits die Position des kleinen Motorbootes überprüft. Das war noch etwa achtzig Kilometer vor der Küste entfernt und hielt stramm auf die Marina di Grosseto zu.

In dem Moment geht eine längere Sprachnachricht von Max ein, in der er informiert, was passiert ist, auch über die plötzliche Kursänderung des Bootes. Er empfiehlt ihm, sich nicht so frühzeitig in einem Hafen zu platzieren, sondern irgendwo Position zu beziehen, wo er dann noch im letzten Moment entscheiden kann, wo es hingeht. Franz und Tonio nehmen noch ein kleines typisch italienisches, sehr weizenmehllastiges Frühstück zu sich. Franz trinkt einen Cappuccino, Tonio mag tatsächlich diesen Milchkaffee. Dann fahren sie los. Tonio checkt regelmäßig die Position des Bootes, das eisern auf die Marina di Grosseto zuhält.

Sie fahren zu einer Stelle kurz vor Grosseto und warten dort. Das Motorboot hat ein wenig beschleunigt, kommt jetzt schneller voran. Sie haben bemerkt, dass das Meer ziemlich flach ist, es ist fast windstill, und als sie an ihrem

Standort angekommen sind, ist das Motorboot nur noch etwa fünfzehn Kilometer von der Küstenlinie entfernt. Nach einer weiteren halben Stunde sind es nur noch ein paar Kilometer.

»Tonio, der hat so ungefähr zwanzig Knoten drauf, für die paar Kilometer braucht er nur noch wenige Minuten. Ich denke wir können mal davon ausgehen, dass er hier wirklich in den Hafen rein fährt.«

Tonio lässt den Motor des Fiat Tipo an und sie fahren in die Marina rein, stellen das Auto auf einen ziemlich leeren Parkplatz, steigen aus und schlendern bis zu einer Brücke. Franz hat sich vorher das Gelände angesehen und festgestellt, dass auch hier der Fluss die zwei Seiten des Hafens teilt. Auf der Brücke können sie sich für eine der Seiten entscheiden. Es ist sinnlos, das Boot erst rein fahren zu lassen und sich dann eventuell auf der falschen Seite zu befinden.

»Franz, schau mal da kommt er.«

Tonio zeigt auf die Einfahrt, vor der das kleine Motorboot zu sehen ist, dass sie in der vorletzten Nacht vor Mallorca beobachtet haben. Es fährt durch die Außenmole durch, verlangsamt und macht auf der vom Meer aus gesehen rechten Seite an einem Stegkopf in der Mitte des dortigen Hafenbeckens mit etwa dreißig oder vierzig Liegeplätzen fest. Ein Mann mit einer schwarzen Tasche in der Hand steigt aus.

Franz und Tonio haben sich schon auf den Weg gemacht und sind jetzt in der Nähe des Beckens. Sie können sich gut hinter einigen Ferienhäuschen verbergen, die auf der dem Hafen abgewandten Seite stehen. Sie sehen, wie aus einem silbernen VW Passat auf dem Parkplatz ein Mann aussteigt und zielstrebig Richtung Hafen läuft. Der silberne Passat hat ein Stuttgarter Kennzeichen. Sie bleiben zwischen zwei Häusern stehen, Franz hat sich mit einem Stift die Autonummer auf die Hand geschrieben.

Die beiden Männer begegnen sich und laufen gemeinsam zu dem Auto.

»Ich sehe auf dem Boot nur noch einen, der macht schon wieder los.«

»Tonio, lauf.«

Als der silberfarbene Passat an ihnen vorbei fährt, rennen sie los. Zum Glück haben sie nur etwa achtzig Meter bis zu ihrem Auto, springen rein und starten. Den Passat haben sie schnell wieder in Sichtweite.

Tanke

Max ist schon an Verona vorbei. Die nächste größere Stadt, an der er vorbeikommen wird, ist Bozen. Sein Tank war beim Start zum Glück knallvoll. Sie haben alle drei Autos mit sparsamen Dieselmotoren genommen, denn wenn einem von ihnen während der Verfolgung der Treibstoff ausginge, wäre das nicht so gut. Der verfolgte Wagen könnte ja auch einen speziellen Tank mit zweihundert Litern Fassungsvermögen haben. Aber zum Glück sind die Drogenschmuggler nicht so extrem misstrauisch, greifen nicht zu solchen Methoden, denn Max erkennt an dem etwa siebenhundert Meter vor ihm fahrenden Volkswagen Passat gerade den rechten Blinker. Schön, da ist eine Tankstelle. Er rollt an der Ausfahrt auch raus, sieht, dass der Passat an einer Zapfsäule steht. Der Fahrer steigt aus. Jetzt wird es heikel.

Max muss unbedingt auch tanken, er fährt also an eine etwas weiter entfernte Zapfsäule, steigt aus und führt die Zapfpistole ein. Er stellt sie auf langsamen Durchfluss. Als der Sprit läuft, geht er in die Richtung, wo der Passat steht. Der Fahrer steht neben dem Auto und offensichtlich läuft der Sprit noch. Der Beifahrer ist ausgestiegen und weggegangen. Dann kommt Bewegung rein. Der Fahrer hängt die Zapfpistole wieder ein, klappt den Tankdeckel zu und geht zur Kasse. Max denkt, die Gelegenheit sei verdammt günstig, seine Zapfsäule läuft noch. Zum Glück steht hinter ihm auch kein wartendes Auto. Er geht quer über den Platz hinter dem Passat vorbei. Hinter dem Auto duckt er sich blitzartig, schaut nach links, ob der Fahrer ihn eventuell sehen kann. Den kann er aber in dem verglasten Gebäude nicht erkennen. Dann nimmt er den Tracker aus der Tasche, greift unter das Auto und klatscht ihn mit einer fließenden Bewegung an ein Metallteil. Zum Glück haben sie genau das an einem Passat mal ausprobiert.

Max checkt auf die Schnelle, ob ihn jemand gesehen haben könnte, aber ihm fällt niemand auf. Dann richtet er sich wieder auf und marschiert über das Gelände zu seinem Auto zurück, beendet den Tankvorgang und bezahlt an der Kasse. Wieder in seinem Auto startet er sofort und macht sich an die Verfolgung, parallel dazu checkt er auf seinem Handy, ob der Tracker korrekt anzeigt. Das funktioniert. Jetzt kann er die ganze Sache gemütlicher angehen und muss keine Angst haben, dass ihm der Passat entfleucht.

Stunden später verfolgt Max in gebührendem Abstand den schwarzen Passat, der langsam durch ein Industriegebiet in Stuttgart-Zuffenhausen fährt. Er weiß, dass jeder vernünftige Drogendealer seine Ware nicht an einem Ort aufbewahrt, der mit ihm irgendwie in Verbindung gebracht werden kann. Da werden Firmen auf den Namen von Strohleuten angemeldet und diese Firmen mieten dann irgendwo völlig unauffälligen Lagerraum oder ein Büro in einem Industriegebiet. Da wird ein Schild an die Wand genagelt und dann kommen gelegentlich mal Leute und holen Kartons ab. In manchen Fällen sind sie besonders gründlich und täuschen tatsächlich Aktivitäten eines Unternehmens vor.

Ein paar Minuten später ist es so weit, der Passat stoppt vor einem ganz unscheinbaren, leicht vergammelten Bürogebäude aus den Achtzigern. Fahrer und Beifahrer steigen aus, der Fahrer nimmt die schwarze Tasche heraus, wirft sie sich über die Schulter. Zusammen gehen sie zur Eingangstür des Gebäudes. Der ältere Mann fummelt einen Schlüssel heraus und beide betreten das Gebäude.

Kufstein

Als ihr Zielobjekt in Richtung Mantua abbog, ist Franz klar geworden, dass die nicht durch die Schweiz wollen, sondern den Weg über Österreich nehmen, also von Bozen nach Innsbruck, München und dann Stuttgart. Max hat vor einigen Stunden angerufen und ihm erzählt, dass der schwarze Passat das genauso gemacht hat. Der silberne Passat war auch schon an der Tankstelle, aber es hat sich keine Gelegenheit ergeben, einen Tracker anzubringen, weil die Tankstelle komplett überlastet war. Fahrer und Beifahrer sind zwar ausgestiegen, aber an jeder Zapfsäule warteten mindestens zwei weitere Fahrzeuge und es kamen immer neue dazu. Ein Haufen Leute wuselte herum. Er konnte es nicht riskieren, dass einer den Fahrer des silbernen Passats drauf aufmerksam macht, dass er sich an seinem Auto zu schaffen gemacht habe. Walzer dachte, die meisten Leute kümmern sich zwar einen Dreck um das, was andere möglicherweise anderen antun, aber wenn er Pech hätte, dann wäre gerade hier an der Tanke einer, der ein wenig nach links und nach rechts schaut, Leute beobachtet und so viel

Mut hat, den Besitzer eines Autos darauf aufmerksam zu machen, dass ein anderer an seinem Auto rumgefummelt habe. Sie waren fast zeitgleich fertig und machten sich sofort wieder an die Verfolgung. Es sah nicht so aus, als ob der Fahrer des silbernen Passats, ein junger blonder Mann, vielleicht Ende zwanzig, irgendetwas von ihnen bemerkt hätte.

Es ist eine eintönige Sache, Leute über Hunderte Kilometer zu verfolgen. Tonio fährt, sie sind in Österreich.

Tonio hat dem silbernen Passat einen guten halben Kilometer Vorsprung gegeben. Es sind noch ungefähr eineinhalb Kilometer bis zum Grenzübergang nach Deutschland, als der silberne Passat plötzlich wieder größer wird. Er hat den rechten Blinker gesetzt und will offensichtlich an der Ausfahrt Kufstein-Nord die Autobahn verlassen. Franz versteht, der will die Grenze auf einer Landstraße, vielleicht sogar auf einem Feldweg passieren. Sind also doch vorsichtig. Klar, mit einer Tasche mit dreißig Kilo Kokain, die ganz offen im Fahrzeug herumliegt, würde ich auch aufpassen, denkt er.

Das Telefon gibt Laut.

»Hier ist Max. Sie sind angekommen. Würde aber vorschlagen, dass ihr sie noch bis Stuttgart verfolgt. Dann wissen wir, ob sie noch ein weiteres Versteck haben.«

Er gibt ihnen die Adresse.

Der silberne Passat fährt gleich nach der Grenze wieder auf die Autobahn. Dreieinhalb Stunden später wissen sie, dass diese Fuhre im gleichen Gebäude gelandet ist wie die andere. Die beiden Männer mit dem schwarzen Passat waren noch da, haben die Tür geöffnet und die zwei aus dem silbernen Passat sind mitsamt der schwarzen Tasche in dem Gebäude verschwunden.

Goldküste

André und Alex sitzen in einem Restaurant am Flughafen und essen zu Abend. Sie haben gerade erst bestellt, Alex hat sein Notebook vor sich, schaut auf den Bildschirm und dreht ihn dann zu André um.

»Schau mal, die haben noch nicht mal den halben Weg von Sardinien hierher geschafft. Der Wind hat etwas aufgefrischt, kann sein, dass das jetzt etwas schneller geht. Dann dürften sie sich weit nach Mitternacht der Küste nähern. Na gut, dann hauen wir uns beide nachher noch ein wenig aufs Ohr, vielleicht können wir etwas schlafen. Wenn wir sie nicht erwischen, ist es ja nicht mehr ganz so schlimm, wir wissen ja jetzt, wo die ersten sechzig Kilo gelandet sind.«

»Ich habe aber sehr wohl den Ehrgeiz, auch noch einen zu verfolgen«, protestiert Alex. »Es geht immerhin noch um dreißig Kilo Kokain mit einem Marktwert von vermutlich über zwei Millionen. Den lassen wir nicht so einfach laufen.«

Sie schlafen noch bis um zwei, dann ziehen sie sich die wärmsten Klamotten an, die sie dabei haben und fahren zur Marina di Grosseto, parken auf einem fast leeren offiziellen Parkplatz hinter einem anderen Fahrzeug.

Eine halbe Stunde später ist es im Auto empfindlich kalt geworden, das Schiff ist laut Tracker kurz vor der Hafeneinfahrt. Sie steigen aus und gehen langsam zur Mole vor. Jeder auf einer Seite des Kanals.

»Schau mal, da vorne!«, sagt Alex zu André per Handy.

Das Boot fährt in den Hafen hinein, bewegt sich langsam aber zielsicher zu einem bestimmten Platz. An Bord sind zwei Männer zu sehen. Alex läuft zur Brücke zurück, geht auf der anderen Seite in Richtung Außenmole und trifft auf André. Sie halten sich hinter einem Busch, wollen nicht gesehen werden. Die zwei Männer machen das Boot fest. Weiter passiert nichts.

Nach einer halben Stunde kommt ein Auto angefahren, ein Mercedes S-Klasse mit Stuttgarter Nummer.

»Jetzt kommt der Chef selbst.«

»Zumindest sein Auto«, flüstert Tonio.

Sie wissen von Max und von Franz, wie die Übergabe bei den Motorbooten gelaufen ist. Der Fahrer des Mercedes steigt aus, geht suchend durch den Hafen und steuert den Platz des Segelboots an. Als er den Steg runtergeht, sehen sie ihn nicht mehr. Der Mann ist ziemlich groß, hat dunkle kurze Haare, vielleicht dreißig Jahre alt.

Der Mercedes steht nicht allzu weit von ihnen entfernt. Alex nutzt die Gunst der Stunde, spurtet los, und André sieht, wie er quasi im Vorbeigehen nur kurz hinter dem Mercedes stoppt, sich bückt und unter das Heck des massigen Mercedes langt. Schnell ist er wieder oben, prüft, ob die Leute vom Boot schon auf dem Rückweg sind, und kommt schleunigst wieder zurück.

»Geil, der Tracker sitzt.«

Wenig später sehen sie die Köpfe des Fahrers und eines zweiten Mannes wieder auftauchen. Die beiden marschieren nebeneinander zu dem Mercedes, der eine wirft eine Tasche auf den Rücksitz, und beide steigen ein und fahren davon. Der Mann vom Boot ist ein ziemlicher Brocken.

André und Alex laufen zu ihrem Auto, steigen ein und hängen sich dran. André fährt und Alex prüft den Tracker.

»Funktioniert bestens.«

Der Mercedes richtet seinen Kurs nach Norden und stundenlang bleibt die Verfolgung monoton. Die Route geht diesmal durch den Gotthardtunnel und immer weiter nach Norden. Bei Zürich wird es etwas spannender, er fährt nördlich um den Zürichsee herum und dann am östlichen Ufer wieder Richtung Süden nach Erlenbach. Dort steuert er eine mutmaßlich schweineteure Villa in unmittelbarer Nähe zum See an. Bei einer Tankpause haben Alex und André getauscht, Alex fährt jetzt den VW Golf. Der Mercedes ist in eine Einfahrt hinein gefahren, Alex stellt den Golf fünfzig Meter weiter hinter einer Hecke ab. André hat auf den letzten Metern in seiner Tasche auf dem Rücksitz herumgekramt. Er zieht eine Kompaktkamera heraus. Alex sieht ihn erstaunt an:

»Dachte, alle benutzen nur noch Handys.«

»Nein, ich bin da eigen, habe schon immer viel mit Fotografie am Hut gehabt.«

Sie verlassen das Auto und laufen vorsichtig zu der Villa hin. Beide stoppen. Sie sehen durch eine Lücke in der Hecke, wie der Beifahrer, ein Mann von schätzungsweise Ende vierzig aus der offenen hinteren rechten Tür des Mercedes ein Päckchen herausholt. Ein vor ihm stehender mit Hose und dickem Pullover bekleideter ungefähr sechzigjähriger Mann mit Totalglatze hält einen Waschkorb aus Plastik vor seinem Bauch. Da legt er das Päckchen hinein. Der Fahrer ist auch dazugekommen. Der müsste so Mitte fünfzig sein, eher korpulent. André hat die Kamera, an der Alex ein weit ausgefahrenes Teleskop-Objektiv bemerkt, geistesgegenwärtig ans Auge gerissen und fotografiert die Szenerie. Der Mann aus dem Mercedes schaufelt noch geschätzte weitere acht oder neun Päckchen in den Waschkorb. Bei der Aktion bewegen sich die drei Männer, die Gesichter sind recht gut zu erkennen. Danach sagt der Glatzkopf etwas und bewegt sich mit seinem Waschkorb wieder in Richtung Haus, der Fahrer und der andere Mann steigen in den Mercedes. André und Alex schlendern unauffällig zu ihrem Auto, der Mercedes kommt aus der Einfahrt heraus und biegt ab, fährt an ihnen vorbei. André und Alex steigen ein und Alex gibt André sein Handy, um die Richtung herauszubekommen, wohin sich der Mercedes bewegt.

»Mein lieber Alex, du siehst, Verbrechen lohnt sich. Das hier ist die scheißteuerste Gegend der ganzen Schweiz. Man sagt auch Goldküste dazu. Die Bude dürfte schier unbezahlbar sein. Da hat er also so eine Art Unterhändler in Zürich. Interessant.«

Sie verfolgen den Mercedes weiter bis zu dem Industriegebiet in Stuttgart-Zuffenhausen, das sie schon aus den Schilderungen von Max und Franz kennen. Auch dieser Teil der Ware verschwindet mitsamt den beiden Insassen des schwarzen Benz in dem Haus. André gelingt es auch hier, aus dem Auto heraus die Szenerie zu fotografieren.

»Da hätten wir doch ein paar Bilder mit einiger Beweiskraft. Ich bin begeistert. Hätte ich nicht gedacht. Da könnten wir dann zu einem späteren Zeitpunkt mit diesen Fotos die Polizei in die Lage versetzen, den Herrschaften etwas zu präsentieren, was denen die Kinnlade herunter fallen lässt. Ich fasse es nicht, wie kann man so fahrlässig Koks im Werte von – lass mich mal nachrechnen – etwa einer halben Million ganz offen am helllichten Tage in einen Waschkorb reinschaufeln. So viel Dummheit muss eigentlich bestraft werden.«

André lacht sich scheckig.

»Falls du es noch ein bisschen aushältst, würde ich gerne noch ein Weilchen hier bleiben und das Haus beobachten. Ich nehme halt an, dass die irgendwann herauskommen und nach Hause fahren. Erfahren wir mit Glück sogar noch, wo die Herrschaften wohnen«, schlägt Alex vor.

»Ach von mir aus, ich bin eh schon hundemüde. Kommt nicht mehr drauf an.«

Ihre Zähigkeit wird belohnt, nach zwanzig Minuten kommen die beiden Herrschaften ohne die schwarze Tasche wieder aus dem Haus heraus und setzen sich in den Mercedes. Sie starten und fahren an dem gemieteten Golf vorbei. Alex und André haben sich gerade die Beine etwas vertreten und eilen zum Auto. Es geht zuerst zu einem Mehrfamilienhaus in Stuttgart-Feuerbach, wo der jüngere Mann aussteigt. Der Mercedes fährt noch knapp einen Kilometer weiter zu einem noblen Einfamilienhaus im gleichen Stadtteil, fährt in die Garage rein. André und Alex machen sich auf die Fahrt zurück an den Bodensee.

Leier

Sie hocken ein paar Tage später in Walzers Büro. Er selbst, Lena, Tonio und André. Franz liegt mehr in seinem Bürostuhl, als dass er sitzt, die Füße auf dem Schreibtisch. In Schuhen. Das ist ein ganz edles Teil aus Mahagoni, dessen Platte gewisse Abnutzungserscheinungen durch die regelmäßig dort aufliegenden Füße zeigt. Irgendwann hat Lena ihm lautstark klargemacht, dass er doch gefälligst die Schuhe ausziehen soll, bevor die Schuhe das teure Teil komplett ruinieren. Aber dann hat sie ihn gelassen. Er ist alt genug. André und Lena sitzen noch halbwegs normal auf einem von zwei Sofas, aber Tonio hat sich angepasst, er hängt windschief in einem Sessel.

»Leute, was wollen wir jetzt machen?«, fragt Franz und gibt sich auch gleich schon mal einen Teil der Antwort:

»Wir müssen ja jetzt ein paar weitere Informationen über die Herrschaften herausfinden, oder?«

»Vor allem müssen wir den richtigen Zeitpunkt finden, an dem wir der Polizei die ganzen Beweise liefern. Aber bloß nicht zu bald, damit sie nicht auf uns kommen«, meint Tonio.

»Ja, nicht zu früh«, stimmt Lena zu.

»Je länger wir warten, desto mehr Koks verkauft er. Aber ihr habt ja recht, ich möchte die auch nicht auf dem Hals haben«, bekräftigt Franz.

»Eigentlich sind mir diese Typen scheißegal, ich will bloß nicht, dass sie mich als Drogentransporter benutzen«, antwortet André.

»André, die Leier kennen wir mittlerweile von dir. Das brauchst du uns nicht mehr zu sagen«, grantelt Walzer.

»Du kannst die Typen auch nicht bei der Polizei verpfeifen, zumindest nicht in der nächsten Zeit, denn dann wissen die ganz genau, woher der Wind weht und dann können wir uns alle schon mal auf Racheaktionen gefasst machen. Lieber André, die Zuneigung zu dir geht nicht so weit, dass ich es riskiere, hier im Büro erschossen zu werden, nur um dich zu unterstützen«, stellt Franz klar.

»Das will ich ja auch nicht«, beeilt sich André, zu versichern. Er sagt noch etwas:

»Franz, der Bootsverkäufer hat angerufen, dieser Socholoff. Irgendwie haben wir den ja immer noch im Visier. Er hat erzählt, dass einer seiner Charterkunden aus Dubai ihn darauf aufmerksam gemacht habe, dass er vor zwei Jahren ein Fach in den Kiel eingebaut hätte. Er habe damals einen mit ihm befreundeten Politiker aus dem Iran übers Meer nach Dubai geschmuggelt.«

»Wie bitte? Geht das überhaupt?«

»Nach meiner Einschätzung schon. Wenn da die hundert Päckchen mit Verpackung reingehen, dann passt auch ein schlanker Mann in einem Neoprenanzug mit zwei Pressluftflaschen rein. Ist für mein Gefühl natürlich eine grauenvolle Vorstellung, aber besser als im Iran für zehn Jahre im

Knast zu verschwinden ist es allemal. Trotzdem finde ich das hochgradig seltsam, dass er gerade jetzt damit rausrückt. Merkwürdig!«

»Du kannst ja den Kahn einfach im nächsten Winter in Europa lassen. Dann können sie dich nicht als Transporteur benutzen.«

»Aber sie könnten mir ja auch in Spanien was reinlegen und in Italien auspacken. Außerdem versaut es mir das Geschäft. Dann liegt der Dampfer im Winter nur rum, kostet Geld und bringt nichts.«

»Du kannst Socholoff ja auf Rücknahme des Kahns mit der Begründung verklagen, im Kiel sei ein Loch.«

»Franz, du weißt genau, dass ich damit nicht durchkomme. Wo soll ich ihn denn verklagen, in Argentinien? Das wird langwierig und teuer und möglicherweise nicht mal erfolgreich, denn irgendwo im Vertrag steht sowas Ähnliches drin wie *gekauft wie besichtigt* und wir haben ihn leider besichtigt.«

»Nein, das war nur ein Witz. Mir ist klar, dass du damit nicht durchkämst. Eigentlich wäre es das Beste, wenn du das Ding wieder verkaufst. An dem Schiff klebt irgendwie Pech.«

»Das ist auch nicht einfach. Wer kauft schon sowas, außer Idioten wie mir.«

»Dass er sich gerade jetzt meldet, ist schon verdächtig. Wo hat er bisher gewohnt, in Antigua? Und jetzt wohnt er in Argentinien?«

»Ja genau, aber ich habe vorher schon gesucht und nichts über ihn gefunden.«

»André, ich frage herum, vielleicht hat irgendeiner den Namen schon gehört und weiß irgendetwas, was uns weiter bringt. Ich werde ein paar Stunden Zeit investieren.«

»Franz, das ist sehr nett von dir. Ich möchte mich sowieso dafür bedanken, dass du mir schon wieder hilfst.«

»Wie Max schon gesagt hat, brauchst dich nicht zu bedanken, du bekommst eine Rechnung. Von mir allerdings nicht für die Dienstleistung, sondern nur für die Kosten die ich hatte, also Flüge und so. Das wird nicht so schlimm. So viel Geld hast du noch.«

Soja

Franz hat ja bekanntlich gute Kontakte. Als Erstes hat er einen Anwalt in Buenos Aires angerufen und ihn gebeten, in seinem Umfeld Erkundigungen über diesen Socholoff anzustellen. Der ruft nach einer Woche zurück.

»Hola Franz.«

»Hola José.«

Franz Spanisch ist total eingerostet. Nach kurzer Zeit hat José Mitleid und macht auf Englisch weiter.

»Kommen wir gleich mal zur Sache. Ich habe nichts. Der Mann hat sich in Argentinien vor nicht allzu langer Zeit in der Provinz Entre Rios nördlich von Buenos Aires eine für argentinische Verhältnisse eher kleine Rinderfarm gekauft. Er muss sie sehr günstig bekommen haben, denn das Geschäft mit den Rindern in Argentinien befindet sich in einem heftigen Wandel.«

»Wieso, ich dachte, eure frei grasenden Rinder lieferten die besten Steaks der Welt und seien sehr gefragt?«

»Nein, seit die weltweite Sojanachfrage explodiert ist, machen sie aus Weideland immer mehr Ackerland und bauen Soja an. Die Rindviecher werden so ähnlich wie in Europa in so einer Art Massentierhaltung aufgezogen. Kein Mensch versteht diesen Socholoff, vielleicht betreibt er es ja als Hobby, und hat schon genug Geld. Über das, was er vorher gemacht hat, habe ich nichts gehört. Nein, Moment. Einer hat erzählt, er hätte früher in der Karibik gewohnt und irgendwas mit Segelbooten gemacht. Aber mehr weiß hier keiner.«

Franz bedankt sich artig und erzählt seinem Kollegen, dass er und Lena schon lange vorhätten, Argentinien einen Besuch abzustatten – nächstes Jahr. Er würde ihn garantiert vorher anrufen.

Ausnahmsweise hat er in Antigua keinerlei Beziehungen. Das Problem an der Karibik ist ja, dass die Leute meistens keine Ahnung haben, was auf der Nachbarinsel oder am Festland passiert. Und daher nützt es ihm wahrscheinlich auch nichts, wenn er in Panama fragt. Da kennt er nämlich einen.

Aber in Moskau, da hat er einen Kontakt zu einem Privatdetektiv, der gute Beziehungen zu Regierung und Militär unterhält. Den hat er auch kontaktiert und um Informationen gebeten.

Der Russe namens Nikolai meldet sich kurz nach dem Mann aus Buenos Aires. Nikolai spricht sehr gut Englisch.

»Franz, das war ein ganz schönes Stück Arbeit. Aber ich weiß, du hast bei mir noch was gut. Socholoff war erst beim Militär und in den achtziger Jahren als junger Agent beim früheren KGB in der ehemaligen DDR, und zwar in Berlin. Na, was fällt dir dazu ein?«

»Putin war auch beim KGB und auch in der DDR.«

»Genau, Putin war in Dresden und Socholoff in Berlin. Aber da gibt es keinen Zusammenhang. Nach gewissen Gerüchten war dieser Socholoff damals Fluchthelfer. Er soll Leuten gegen Geld zur Flucht verholfen haben. Ich habe keine Details herausgefunden, aber einer hat mir erzählt, Socholoff habe es anders gemacht als die anderen, er habe DDR-Bürger in andere Ostblockländer geschickt und es dort irgendwie eingefädelt. Genaues weiß keiner. Es war ja immer so, dass du leichter nach Russland oder Bulgarien reisen konntest und da war alles weniger bewacht.«

»Und was war, nachdem die DDR zusammengebrochen ist?«

»Er soll nach Russland zurückgekommen sein und sein neues Geschäft fortgesetzt haben. Er muss in den späten fünfziger Jahren geboren sein, denn angeblich hat er sich mit Mitte fünfzig in der Karibik zur Ruhe gesetzt. Mehr weiß ich nicht.«

»Ich kann dir sagen, dass er nicht mehr in Antigua lebt, sondern in Argentinien und dass er sich dort eine Rinderfarm gekauft hat. Habe kürzlich mit einem Argentinier telefoniert, und der sagt, dass das Geschäft mit den Rinderfarmen nur noch etwas für Leute ist, die sowieso schon reich sind. Vielleicht mag er das Gaucholeben einfach nur. Würde mir auch Spaß machen. Nur habe ich nicht das Geld, mir eine Rinderfarm in Argentinien zuzulegen.«

»Aber Franz, du besitzt ja eine Bootswerft am Bodensee. Das ist doch schon was.«

Franz ruft André Gernbach an.

»André, ich habe ein paar Informationen über Socholoff. Die besagen, dass er in den achtziger Jahren in Berlin Leuten zur Flucht verholfen hat. Er war Fluchthelfer. Und das hat er offensichtlich nicht umsonst gemacht. Laut diesen Informationen klingt es für mich ziemlich unwahrscheinlich, dass er sich mit Drogenschmuggel abgibt. Warum soll sich ein Russe, der es sich leisten konnte, nach Antigua zu ziehen, mit so einem Drecksgeschäft abgeben. Drogenschmuggel ist hochriskant.«

»Dann kommen wir mit dieser Spur wohl im Moment nicht weiter. Schöne Weihnachten!«

»Ach du Schreck, das ist ja morgen. Ich muss noch Geschenke kaufen.«

Infusion

Helmut Lohmers sitzt im Puff und grübelt. Das ist eigentlich eine Beschäftigung, die man in einem solchen Etablissement nicht erwarten würde, aber er ist der Besitzer, kein Kunde. Helmut ist glücklich verheiratet, hat zwei Kinder und nimmt das Angebot seines Unternehmens sehr selten auch persönlich in Anspruch. Immer nur dann, wenn er mit seinem Frauchen Streit hat. Ist ja auch zu verführerisch. Die meisten der Mädels haben einige ihrer Körperregionen dem gegenwärtigen Geschmack anpassen lassen und Helmut gefallen die künstlichen meistens besser als die echten. Von Ausnahmen abgesehen.

Sie haben achtundachtzig Päckchen eingesammelt und er fragt sich, wo der Rest abgeblieben ist. Wenn er nur von fünfzigtausend pro Päckchen ausgeht, dann fehlen ihm sechshunderttausend. Nun gut, den Verlust kann er verschmerzen, die Aktion hat sich mehr als gelohnt. Aber er fragt sich, ob einer seiner Mannen zugegriffen hat und das eine oder andere Kilo auf diesem Wege verschwunden ist oder ob sie durch die Delle in der Abdeckung flöten gegangen sind. Bei dem nächtlichen Tauchgang hat er sofort gesehen, dass da etwas nicht stimmt. Vorne am Kiel hat man tiefe Kratzer und richtige Dellen gesehen und die Abdeckung ist offenbar durch heftige äußere Einwirkung aus ihrem Rahmen rausgerutscht. Die ist sehr solide gebaut. Die müssen also mit dem Schiff ein Unterwasserhindernis getroffen haben, anders ist es nicht erklärbar.

Unter dem Strich ist die Methode aber nach wie vor genial. Im Lauf der Jahre haben sie vier Fuhren über den Atlantik bewerkstelligt. Per Zufall ist er drauf gekommen. Er hat damals in der Marina Dubai in der Herrentoilette einen

Russen mit Namen Socholoff kennengelernt. Sie standen nebeneinander am Pinkelbecken und der Russe hat ihn gefragt, ob er nicht eine Segeljacht chartern wolle. Sie waren sich sympathisch und haben in der Bar noch etwas getrunken. Socholoff hat erzählt, das Schiff sei jetzt frei, weil er es mit einigen Besatzungsmitgliedern nach Dubai habe bringen müssen, weil ein betuchter Kunde aus Dubai es für eine kleine Tour in Richtung Iran benutzt hat, um eine hochgestellte Person im Kiel dieses Bootes zu befördern. Helmut ist schon von der Vorstellung, dass man in vier Meter Tiefe in so einer engen Höhle mit Pressluftflaschen eingesperrt ist, fast schlecht geworden.

Das hat Helmut auf die Idee gebracht. Seinen Großhändler für Koks hat er so lange in einem alten Bunker eingesperrt, bis der seine Quellen in Kolumbien genannt hat. Sie mussten ihn noch nicht mal verprügeln oder foltern. Einfach nur warten. Sozusagen bei Wasser und Brot. Brot haben sie ihm gegeben, aber kein Wasser. Es hat nur zwei Tage gedauert. Hinterher hat der Kerl gesoffen wie ein Ross. Ist aber sofort wieder alles rausgekommen. Danach war er noch dehydrierter als vorher. Sie haben sich dann aber fürsorglich seiner angenommen und ihm lauwarmes Wasser in kleinen Dosen zugeführt. Einer von seinen Leuten ist ausgebildeter Rettungssanitäter, der hat ihm dann vorsorglich noch eine Infusion gelegt. Mord und Totschlag ist nicht Helmuts Ding. Das ist ihm viel zu riskant. Er hat keine Lust, fünfzehn Jahre seines Lebens im Knast zu verbringen. Dazu ist sein Leben viel zu schön.

Helmut nimmt für sich in Anspruch, den Begriff des lebenslangen Lernens verinnerlicht zu haben. Er hat mit ein paar von seinen Mannen anschließend Segelscheine für das Hochseesegeln erworben. Nebenbei hat es noch einen Mordsspaß gemacht. Am Ende waren sie so fit, dass sie es geschafft haben, den Dampfer vier Mal über den Atlantik zu schippern. Der offizielle Mieter war natürlich nie er, das war ein Strohmann, der von seinem Glück gar nichts wusste. Auf diese Art und Weise hat Helmut Millionen verdient.

Zuerst hat er sich erschrocken, als Socholoff auf eine erneute Anfrage hin mitgeteilt hat, dass er den Dampfer verkauft habe. Helmut hat ihn gefragt, wer der Käufer sei und was der mit dem Ding vorhabe. Socholoff hat es erzählt und dann mussten sie schnell agieren.

Sie sind nach Grenada geflogen, haben ein riesiges RIB gechartert, sind zu einem Treffpunkt westlich von Aruba gefahren, haben dort in der Nacht die zwei Zentner übernommen und sind dann nach Grenada zurück. In dem RIB hatten sie jede Menge Treibstoffkanister dabei. Einige seiner Jungs sind ziemlich starke Raucher und Gott sei Dank ging das wegen des Fahrtwindes sowieso nicht, ein Funke an der falschen Stelle und die große Gummiwurst wäre in einer zwanzig Meter hohen Stichflamme explodiert. Sie mussten über die ganzen Antillen von Insel zu Insel bis nach Antigua rauf. Von dort brachte einer das RIB wieder nach Grenada. Und dann hatten sie nur noch einen Abend Zeit, den Stoff in dem Volvo Ocean Racer zu verstauen.

Helmut hat sich vorgenommen, mit dieser Aktion seine Karriere als Drogenschmuggler und Händler zu beenden. Er weiß noch nicht ganz, was er machen will aber er kann sich jetzt noch ein paar Jahre mit der Wäsche seiner Kohle beschäftigen. Wenn er nicht allzu sehr übertreibt, per Privatjet verreist und Autos für eine halbe Million kaufen muss, dann schafft er es nie mehr, den angehäuften Zaster auszugeben. Von den zwei Zentnern hier sind schon fünfzehn Kilo verkauft. In ein paar Monaten ist alles weg und dann kommt ihm davon nichts mehr ins Haus. Er hat mal einen Film über einen der ersten Kokainschmuggler gesehen. Der hatte eine ganze Flugzeugflotte und hat das Geld im Garten vergraben. Am Ende wusste er gar nicht mehr, wo. So etwas gibt es bei Helmut nicht. Eines seiner Verstecke für das Geld ist ein Gebäude im Industriegebiet, aber nicht etwa irgendwo im Haus, sondern unter dem Haus. Um daran zu kommen, muss er jedes Mal mit einem riesigen Schlagbohrer den Boden aufbrechen, und jedes Mal, wenn er wieder was darin verstaut hat, dann wird der Boden frisch betoniert. Er hat eine Methode gefunden, bei der der Beton dann schon leicht gealtert aussieht. Auf das Versteck kommt keiner. Und das weiß außer ihm auch niemand. Helmut hat schon mal überlegt, was passiert, wenn er sterben würde. Vermutlich wird die Hütte ja irgendwann mal abgerissen und dann ist die Frage, ob sie dabei die Kohle finden und wenn ja, ob der Euro noch aktuell ist. Aber den Gedanken wischt er jedes Mal weg. Er muss einfach demnächst mit der Wäsche beginnen.

Der Star des Films war Tom Cruise. Helmut hat der Streifen gut gefallen und er gefiel sich auch in dessen Rolle, wobei er zugeben muss, dass Tom Cruise ein anderer Typ, als er ist. Er ist knapp eins neunzig groß, hat dunkles Haar, ein hartes Gesicht und ist das, was man vierschrötig nennen würde. Dazu hat er noch einen Ranzen, einen Bauch. Nein, so ein *charming boy* wie Cruise ist er nicht.

Einmal hat er noch mehr Glück als Verstand gehabt, als er recht frühzeitig begonnen hat, Bitcoins zur Bezahlung zu benutzen. Da hat er von den Dingern plötzlich eine Menge gehabt, und auf einmal schossen die von zweihundert Dollar auf dreißigtausend, und es ist kein Ende abzusehen. Zwischendrin krachen die mal wieder runter, kamen bisher aber immer wieder hoch. Wenn er die noch dazu zählt, dann kann er vermutlich doch künftig nur noch Privatjets benutzen.

Diskretion

»Gehrenberger.«

»Hallo Martin, hier ist Franz.«

»Franz, wie geht's, was kann ich für dich tun?«

»Ich würde dich gerne mal zum Essen einladen. Irgendwo, wo es dir gefällt.«

»Wenn du mich einlädst, dann darf das ja was kosten. Ich war neulich mal bei einem etwas gehobenen Italiener, ziemlich zentral. Ich vermute, du hast es eilig?«

»Ja schon ein bisschen. Wie wär's morgen Abend?«

»Mit Frauen?«

»Wenn deine alles wissen darf, was deinen Job angeht, dann ist das kein Problem.«

»Nein, das wäre nicht so gut. Die leidet schon genug darunter, mit einem Bullen verheiratet zu sein.«

»So schlimm?«

»Wenn ich überlege, wie oft ich am Abend oder am Wochenende weg muss, dann ist es nicht besonders lustig, mit einem Polizisten Tisch und Bett zu teilen.«

»Gut, dann morgen, passt das?«

»Passt, sechs Uhr!«

Am kommenden Tag setzten sie sich in seinen übermotorisierten Hobel und düsen nach Stuttgart. Lena setzt er bei ihren Freunden ab, er fährt weiter zu dem Italiener. Er ist ein paar Minuten zu spät. Als er in das italienische Restaurant reinkommt, ist von Martin weit und breit nichts zu sehen. Ein paar Minuten später trudelt er aber ein.

»Ich habe dir doch gesagt, bei uns kommt immer was dazwischen.«

Schnaufend zieht Martin seine dicke Jacke aus und hängt sie über den Stuhl.

»An dem Laden gefällt mir, dass sie sehr gutes Essen ohne jegliches scheißfeine Getue bieten. Du kannst herkommen und einfach nur einen Teller Spaghetti essen und wieder gehen. Es gibt keine hochnäsigen Kellner, die dich schief anschauen, wenn du keine vier Gänge nimmst. Einfach normal. Wie geht es dir?«

»Mir geht's prima.«

Walzer kennt Martin Gehrenberger schon eine halbe Ewigkeit. Der Martin ist so ein bisschen stämmig, aber nicht dick, um die fünfzig, hat immer noch volles, fast dunkles Haar, so leicht gelockt. Er wirkt auf den ersten Blick ein bisschen wie ein Riesenbaby. Franz hat aber im Lauf der Jahre gelernt, dass man ihn auf gar keinen Fall unterschätzen sollte. Er ist nicht Franz einziger Kontakt zur Stuttgarter Polizei aber der beste. Mit Kollegen von Martin hat er schon erlebt, dass die Sachen an die große Glocke gehängt haben, bei denen es besser gewesen wäre, wenn man sie noch ein paar Tage unter dem Deckel gehalten hätte. Das ist ihm bei Martin noch nie passiert.

»Franz, was liegt an?«

»Martin, an dir gefällt mir, dass du immer gleich zur Sache kommst.«

Franz erzählt Martin die Eckpunkte der ganzen Geschichte um das Schiff.

»Ich weiß, du hast mit dem Drogendezernat nichts zu tun, aber vielleicht könntest du dich mal umhören, ob da ein gewisser Helmut Lohmers bekannt ist, der nach meinen Recherchen noch ein paar Bars und einen Puff hat.«

Franz hat anhand der Adresse im Industriegebiet und seinen guten Kontakten zu anderen Behörden recht schnell herausgefunden, dass das Gebäude einer GmbH gehört, hinter der wiederum dieser Helmut Lohmers steckt. Der gehören auch die Volkswagen Passat und der Mercedes.

»Den kenne ich sogar. Ist eigentlich ein ganz vernünftiger Mensch. Aber ich weiß, dass die Drogenfritzen schon zigmal versucht haben, ihm irgendwas nachzuweisen und nie hat man was gefunden, außer vielleicht kleine Mengen. Er hat so ein paar Burschen an der Hand, die Jahre ihres Lebens im Knast verbracht haben und die gegen gute Bezahlung für ihn im Zweifel den Kopf hinhalten und sagen, dass das Zeug, was man irgendwo in einem seiner Läden gefunden hat, ihnen gehört. Der ist leider ziemlich gut organisiert, kalkuliert alles ein, was ihm passieren kann und wappnet sich dagegen. Die Drogenfritzen meinen, dass der größere Mengen handelt. Aber wenn du zehn Mal seine Bude auf den Kopf gestellt hast und nichts findest, dann lässt du es bleiben.«

»Weißt du ungefähr, wie viele Leute der um sich herum hat?«

»Soweit ich weiß, hat er vier Bars und das Puff, allein damit muss er eine ganze Menge Leute haben.«

»Sind die gewalttätig?«

»Weiß ich nicht. Ich kann aber mal seine Akte anschauen und dir ein bisschen mehr erzählen. Weißt du, das Problem ist ja, dass solche Gastronomen von dem Moment an, an dem sie ihre Kneipen öffnen mit ansehen müssen, wie irgendwelche Dealer in ihren Buden Drogen verkaufen. Dann kommen sie drauf, dass das noch ein viel besseres Geschäft ist, als ihre Bar oder ihr Puff und können nicht widerstehen. So wie du fragst, steckt er hinter der Sache mit dem Schiff und du weißt was, was du mir nicht erzählen magst, weil ihr Schiss vor seiner Rache habt. Zu Recht, wie ich annehme, weil es um viel Geld geht und dann sind die Herren doch ziemlich skrupellos.«

»Martin, bleibt das unter uns?«

»Großes Indianerehrenwort.« Martin hält sich den Mund zu.

»Das darf man ja heute sicher nicht mehr sagen.«

Beide lachen.

»Hast völlig recht, wir haben Schiss vor ihm. Wir haben sie verfolgt, vom Hafen in Palma an die italienische Küste und von da mit drei Autos bis ins Industriegebiet. Eine Chance wäre für euch, das Gebäude im Industriegebiet zu beobachten. Kann sein, dass er das Koks noch da hat und er muss ja gelegentlich mal Nachschub holen. Du würdest mir aber einen großen Gefallen tun, wenn du das noch ein paar Wochen unter dem Deckel halten könntest, zumindest so lange, bis er nicht mehr auf uns als Quelle kommt.«

»Hast du Beweise? Also außer euren Aussagen?«

»Ja, Fotos.«

»In flagranti?«

»Ja.«

»Aber die rückst du aus Angst vor ihm nicht raus?«

»Exakt.«

»Aber wenn ich warte, bekommen wir alles?«

»Ja!«

»Wie viel Koks ist es?«

»Zwei Zentner?«

Martin pfeift durch die Zähne.

»Na gut, dafür braucht er eine Weile, dann sichere ich dir das zu. Dieses Gespräch hat nicht stattgefunden. Du hast mir schon einige schwere Jungs geliefert und ich verstehe sehr gut, dass du nicht den Rest deines Lebens mit dem Risiko leben möchtest, von einem Drogengangster abgeknallt zu werden. So nützt du uns nämlich auch nichts mehr.«

Kurz nach acht Uhr haben sie noch eine Flasche Rotwein bestellt und Martin bekommt seine drolligen Minuten.

»Franz, i will dai Bweise.«

»Kriegst du noch nicht.«

»I werd di in Beugehafd nehma.«

Dummerweise hat in dem Moment der Franz einen Schluck Rotwein im Mund und prustet ihn über die rotweiße Tischdecke. Er entschuldigt sich tausendmal beim Kellner, der behauptet, dass ihm das gar nichts ausmache, wenn *i signori* ihm die Tischdecke versauen. Er will sogar eine neue bringen. Das lehnen sie aber ab. Dafür bekommt er vom Franz hinterher ein für einen Schwaben außerordentlich stolzes Trinkgeld.

Sie haben einen schönen Abend, essen gut, trinken etwas zu viel und fahren zusammen mit dem Taxi heim. Das Taxi bringt zuerst Martin heim, dann Franz zu ihren Freunden. Die haben ein schönes Gästezimmer.

Aktionismus

»So Leute«, verkündet Franz, »jetzt wissen wir, wer der Gegner ist.«

»Und woher?«

»Durch meine hervorragenden Kontakte zur Polizei und zu anderen Behörden.«

Lena, André und Tonio schauen ihn fragend an.

»Es handelt sich um Helmut Lohmers. Er ist ein leidlich kriminelles Subjekt, bisher nur durch Körperverletzung, Raub, Betrug und Unterschlagung aufgefallen. Der Mann ist Mitte fünfzig, und er hat eine Truppe von Leuten um sich, von denen zwei oder drei etwa im gleichen Alter sind wie er, und der Rest ist Ende zwanzig bis Anfang dreißig. Er besitzt ein paar Bars und einen Puff in einem Industriegebiet. Die Polizei hat ihn schon länger im Visier, konnte ihm bloß bisher nichts nachweisen. Seine letzte Verurteilung liegt fünf Jahre zurück. Man kann sagen, der Mann hat dazugelernt.

Es steht ja immer noch die Theorie im Raum, dass Socholoff damit zu tun hat, aber Beweise haben wir keine. Dafür spräche höchstens, dass er mal in Kolumbien gelebt hat.«

»Und woher wussten unsere schwäbischen Drogenbarone, zu welchem Zeitpunkt das Schiff Antigua verlässt?«, wendet André ein.

»Ach André, da langt es doch, wenn man dem Hafenmeister ein bisschen was bezahlt, der bekommt doch mit, wenn das Schiff ausläuft.«

»Ich frage mich, ob ihr überhaupt was unternehmen müsst. Ihr leidet ja immer unter so einer Art Aktionismus. Ihr könnt die Kerle natürlich alle erschießen, aber ich besuche euch nicht im Knast«, stellt Lena klar.

Lena sitzt auf der Fensterbank von Franz Büro, Walzer auf seinem Mahagonitisch und André und Tonio lümmeln sich in den zwei Sesseln herum. Draußen ist es wieder kälter geworden, das Wetter ist schön, die Sonne scheint.

»Ich habe mit Gehrenberger gesprochen, der hält still. Ich verpfeife die Kerle nicht, nicht heute und auch nicht in einem Jahr, denn dann müssten wir Beweise auf den Tisch legen, Aussagen machen, vor Gericht erscheinen. Ich möchte nicht gegen so einen Drecksack aussagen. Die sind doch nicht besser als die Mafia. Wenn denen was nicht passt, dann stehen plötzlich zwei Leute auf einem Motorrad vor deiner Haustür und der eine hat so einen länglichen Gegenstand in der Hand, und zwar der, der hinten sitzt. Klar stinkt mir, dass die Kerle mit dem Dreckszeug handeln, aber ich setz mir doch keine Laus in den Pelz, die ich nicht wieder loswerde. Ich habe keine Lust, den Rest meines Lebens in Angst zu leben. Da bin ich gerne feige. Die Polizei kann dich sicher nicht schützen«, sagt Franz.

Lena setzt noch einen drauf.

»Lasst sie doch einfach in Ruhe, vielleicht ergibt sich

irgendwann eine bessere Gelegenheit. Und André, du lässt das Schiff einfach in Europa. Dann passiert nichts. Oder, wenn ihr in die Karibik segelt, dann tut ihr das so, dass kein Mensch etwas davon merkt. Ihr haut einfach ab. Du kannst ja auch den Kiel reparieren lassen. Hast das Schiff eben am Saisonende mal rausgenommen und dann zu deiner riesengroßen Überraschung festgestellt, dass da ein Fach im Kiel ist. Ich weiß nicht, wie man so etwas macht, aber wenn das Fach mit Blei ausgefüllt ist, dann ist die Sache erledigt. Lehnt euch bloß nicht wieder so weit aus dem Fenster.«

»Also gut, wir machen gar nichts. Ich würde in ein oder zwei Wochen mal nach dem Schiff sehen und noch ein paar Vorbereitungen treffen. Anfang Mai geht die Saison los. Ich habe Buchungen bis in den September. Und ich lasse den Kiel machen«, beschließt André.

Wuffi

In der ersten Januarwoche ist André auf der Fähre von Barcelona nach Mallorca unterwegs. Er war eben an Deck, es ist so richtig kalt, der Wind bläst mit bestimmt sieben Beaufort und so hat er sich wieder in das angenehm warme Innere der Fähre zurückgezogen. Die Überfahrt dauert etwa sechs Stunden. In Palma angekommen, parkt er sein Auto nahe am Hafen und geht zu seinem Boot. Das sieht ein wenig verschmutzt aus. Bleibt nicht aus, wenn man es wochenlang herumliegen lässt. Manche Leute gehen davon aus, dass Boote nicht dreckig werden, weil sie im Wasser liegen, aber das stimmt überhaupt nicht. Die Kunststoffflächen an Deck verschmutzen und auch das Unterwasserschiff verdreckt ordentlich, auch wenn sogenannte Antifoulings das Ansetzen von Lebewesen wie Muscheln verhindern sollen, was auch nicht immer gut funktioniert. Bei Langfahrtschiffen hat man nach Tausenden von Seemeilen und vielen Monaten oder Jahren im Wasser schon fünf Zentimetern hohen Bewuchs abkratzen müssen.

André wird einige Tage hierbleiben. Er hat sich in einem Hotel in Palma eingemietet, wird ein paar Sachen am Schiff überprüfen, ein bisschen was reparieren und wenn er fertig ist, dann muss er noch etwas mitnehmen. Er geht in das sehr spartanische Schiffsinnere. Im vorderen Bereich, dem Bug, steht eine Seetoilette, die durch einen Vorhang vor den Blicken der anderen Segler geschützt ist. Dann gibt es noch ein paar Rohrkojen, primitive Gestelle zum Schlafen, in die so ein Stück fester Stoff gespannt ist. Sonderlich bequem ist das nicht. Weil im Rennen sowieso einige immer Wache hatten, gab es nur halb so viele Kojen, wie Besatzung an Bord war. Gewicht ist eben alles.

André geht ganz nach vorne in die Bugsektion, wo er schon bei der Inspektion des Schiffes in Antigua eine sehr schwer zugängliche Stelle gefunden hat, eigentlich eher ein von außen nicht einsehbarer Spalt zwischen einer Schottwand und einem Einbau. Er greift hinein, zieht es heraus und danach noch zwei weitere Päckchen. Er schiebt sie wieder zurück. Er ist beruhigt. Sie sind noch da. So ein Schiff ist ja kein Tresor, es gibt zwar ein Schloss am Luk, aber wenn man da kräftig dagegen drückt, dann ist das Schiff offen.

André hat ziemlich viel Schiss vor der Rückfahrt, aber irgendwie muss er die drei Päckchen nach Deutschland bringen, die er in einem passenden Augenblick dort verstaut hat.

Er konnte einfach nicht widerstehen. So ein Päckchen kann man sicher für fünfzigtausend verkaufen. Das sind hundertfünfzigtausend in bar für ihn, oder gar mehr. Mit diesem zusätzlichen Polster macht er sich um seine finanzielle Zukunft überhaupt keine Sorgen mehr. Er hat noch befürchtet, dass Tom, Jerry oder Tonio dieses Versteck gesehen haben. Aber warum soll einer darauf kommen, dass hier irgendwelche Päckchen versteckt sind. Er hat lange überlegt, wie er nach Mallorca kommen soll, aber das Einfachste schien die Fähre zu sein. Fliegen ist zu gefährlich.

Die Polizei findet auf diesen Fähren immer wieder in Autos verstecktes Marihuana, Kokain, Heroin oder Ecstasy. Anschließend klicken die Handschellen. Zuerst hat André überlegt, das Zeug mit einem Boot ans Festland zu schaffen. Ein Boot dafür hätte er ja, aber damit allein zu segeln ist absolut ausgeschlossen. Dazu ist der Pott einfach zu groß. Und wenn er in Seenot geriete, dann wäre die Küstenwache leider ziemlich misstrauisch. Was macht denn im Dezember ein Mann mit einem zwanzig Meter langen Segelboot allein zwischen Mallorca und dem spanischen Festland. Das fällt also aus.

André fährt einen etwas älteren Volkswagen Touareg. Das ist eine grundsolide Karre mit einem ziemlich gewaltigen Motor, überaus langlebig. Für einen wie ihn, der zurzeit unter akuter Geldknappheit leidet, ist es das ideale Gefährt, weil trotz über hunderttausend Kilometern Laufleistung ein Ende nicht im Geringsten absehbar ist. André hat weiter gehirnt. Da ist ihm natürlich der Tank in den Sinn gekommen. Das ist eigentlich keine neue Idee in Drogenschmuggler-Kreisen, aber es erschien ihm nach reichlichem Abwägen immer noch die beste Methode zu sein. Zum Glück ist André handwerklich ziemlich talentiert, was man bei Juristen auch nicht jeden Tag findet und so hat er ganz geschickt in den Kofferraum ein rechteckiges Loch reingeschnitten, was er sehr gut versteckt hat. Um darauf zu kommen, müsste man schon den Teppich im Kofferraum vom Boden reißen und er glaubt kaum, dass das einer so schnell tut.

Wenn er den Deckel öffnet, dann kommt er an eine große Öffnung im Tank heran, die mit einem runden Deckel verschlossen ist. Genau genommen hat der Tank zwei dieser Öffnungen. Das alles hat er in seiner Garage in größter Enge vollbracht, weil leider der Touareg selbst die Garage schon fast komplett ausfüllt. Eigentlich sind diese SUVs ihm zuwider, weil die Karren immer größer und immer sperriger werden und er sich in einem alten engen Parkhaus in Freiburg die Mühle hintenrum ziemlich eingedellt hat. Er denkt, dass es ziemlich unwahrscheinlich ist, dass die Wuffis, die sie möglicherweise zum Schnuppern auf die Fähre lassen, das Koks durch das Benzin hindurch riechen können. Ganz sicher ist er sich aber nicht.

Yoga

Eine gute Woche später ist das Wetter nicht besser. Die Fähre von Mallorca nach Barcelona ist ein ziemliches Trumm von einem Schiff und die schlingert deutlich. Die Temperatur beträgt wahrscheinlich fünf Grad über null, zusammen mit mindestens sieben Windstärken ergibt das eine eisige Luft. André war nur kurz draußen, um sich das mal anzuschauen, aber jetzt sitzt er wieder drinnen. Die Päckchen hat er wirklich in den Tank rein gewürgt bekommen und hofft, dass nichts passiert. Er hat jede Menge Meldungen über Drogenfunde und Verhaftungen auf Mallorca-Fähren gelesen, tröstet sich allerdings damit, dass alle diese Meldungen Verhaftungen auf Fähren vom Festland nach Mallorca zum Thema hatten. Ist klar, die Insel muss mit Stoff versorgt werden. Dass der Stoff von der Insel ans Festland transportiert wird, das dürfte eher selten vorkommen.

Sie sind jetzt etwa eine Stunde von den geschätzten sieben unterwegs, die das Schiff benötigen wird. Es ist zehn Uhr morgens. André ist total nervös. Wenn ihn ein Polizist etwas fragen würde, dann hätte er dieses verräterische Tremolo in der Stimme und leider gibt es viele Polizisten, die das richtig deuten können. In seinem Kopf gehen wilde Geschichten ab, wie sein Auto in der Garage der Polizei steht und wie die anfangen, den Karren zu zerlegen. Er weiß ungefähr, dass die heute mobile Röntgengeräte haben, die ganze Sattelauflieger prüfen können. Wenn die seinen Touareg vor so ein Ding schöben, hätten die ganz schnell raus, dass im Tank etwas drin steckt, was da nicht hingehört.

Dann denkt er noch über die Heimfahrt nach. Selbst wenn er das hier übersteht, hat er noch irgendwas um die tausend Kilometer vor sich, wobei er allerdings da weniger Anlass zur Sorge hat, dass ihn jemand auf Drogen kontrolliert.

Er muss sich irgendwie ablenken. Denkt darüber nach, was er mit dem Zeug weiter machen soll. Auf keinen Fall wird er es strecken und tütchenweise Gramm für Gramm auf der Straße verhökern. Dann müsste er ja dreitausend Touren machen, bis er die Kohle im Sack hat und dann ist die Wahrscheinlichkeit, bei einer dieser Touren erwischt zu werden, doch ziemlich groß. Er verkauft es lieber billiger an einen Großabnehmer. Da kommt ihm Schmidt in den Sinn. Das war der Mandant, dem er damals das Geld gewaschen hat. Der sitzt aber immer noch im Knast.

Warum hat er das bloß getan? Er denkt, er sei einfach ein schwacher kleiner Mensch. Könnte schwer Verführungen widerstehen. Seine Situation ist finanziell immer noch angespannt. Er hat zwar das Schiff, er hat auch noch das

Geld, um diesen Werkstattwagen und ein paar Profis für einige Monate zu bezahlen. Er hat mit Tom und Jerry gesprochen und sie haben für den Mai und den Juni schon zugesagt. Ab Juli sind sie bei einem Milliardär engagiert, der so ein Luxusschiff von über sechzig Metern Länge sein eigen nennt und damit an schicken Events teilnehmen möchte. Aber wenn bis Mai kein Geld hereinkommt, dann müsste er an seine letzten Reserven herangehen. Und da konnte er halt der Versuchung, eine hübsche sechsstellige Summe mal so eben in ein Versteck zu legen einfach nicht widerstehen. Nun gut, da muss er durch.

André schließt die Augen und versucht, sich zu entspannen. Er hat mal ein Buch über autogenes Training gelesen, kann sich aber kaum noch entsinnen, wie das funktioniert. Er merkt, wie er doch um einiges ruhiger wird, schlägt die Augen wieder auf, schaut auf die große Borduhr, schaut auf sein iPhone und fühlt seinen Puls. Na gut, etwa achtzig Schläge pro Minute. Normal liegt seiner so kurz über sechzig. Aber gefühlt hat er vorhin über hundert gehabt. Er macht die Augen wieder zu, versucht, langsam und rhythmisch zu atmen. André hat auch mal Yoga gemacht und da ging es auch viel um Atmung. Er kann ja in diesem Raum unter zweihundert Passagieren nicht mit einem Sonnengruß anfangen. Seine derzeitige Verfassung fühlt sich auch nicht nach Yoga und Ruhe an. Er erinnert sich, dass er damals verzweifelt versucht hat, Frauen kennenzulernen und da ist er auf die abenteuerlichsten Ideen gekommen. Zuerst hat er es in Bars und Clubs probiert, aber das hat ihm meist nur belanglose Gespräche eingebracht und zu der Überzeugung geführt, dass Leute wie er von den Mädels in Clubs nicht gesucht werden. André hat durchaus ein recht ordentliches Selbstwertgefühl, aber nach diesem Erlebnis hat er gedacht, es müsste eine neue Strategie her. Dann hat er es am Samstagvormittag in Supermärkten probiert. Nach seiner Bewertung war dort die größte Ansammlung attraktiver Frauen in seinem Alter anzutreffen, weit mehr als zum Beispiel in Clubs, denn dort traten sie nur völlig aufgebrezelt und geschminkt auf und manchmal hat ihn der Unterschied zwischen der geschminkten und der originalen Version erschreckt. Etwas gehobene Supermärkte oder auch Lebensmittelabteilungen von Kaufhäusern waren nach seiner Ansicht das deutlich bessere Pflaster. Allerdings hat er dort herbe Abfuhren kassiert. Eine hat er mal gefragt, ob sie schon eine Einladung zum Abendessen habe, und da hat sie ein Geschrei angefangen, als ob er sie unsittlich berührt hätte. Hat er das auch wieder bleiben lassen. Dann ist er auf die glorreiche Idee gekommen, zum Reiten zu gehen, denn dort ist der Anteil von Frauen irrwitzig hoch. Das hat dann aber auch nicht weitergeführt, denn André hatte wohl kein großes Talent für diese Sportart und so hat er eine beschissene Figur auf dem Ross abgegeben, und alle haben seinen Anbaggerungsversuchen widerstanden. So ist er auf Yoga gekommen. Er hat tatsächlich ein paar Bekanntschaften gemacht, aber irgendwie ist da auch nichts draus geworden.

André schlägt die Augen wieder auf, fühlt sich nach diesem Abschweifen seines Geistes gerade ziemlich entspannt, da sieht er quer durch den großen Raum zwei spanische Polizisten mit suchendem Blick genau in seine Richtung kommen. In Nullkommanichts ist der Puls wieder auf über hundert.

Kann es denn sein, dass ein Drogen-Wuffi bei seinem Auto Laut gegeben hat? Aber selbst wenn dem so sei, woher sollen die denn wissen, dass das sein Auto ist. Der Puls geht wieder leicht runter. Die beiden Polizisten, ein älterer und ein etwas jüngerer Mann sind vielleicht noch zehn Meter von ihm entfernt, schauen langsam alle dort Sitzenden an und drehen dann in Richtung Heck des Schiffs ab.

Der Rest der Überfahrt geht ohne weitere Störung vorbei. Als er zu seinem Auto kommt, ist das nicht von Polizisten umstellt, sondern er kann sich ganz normal reinsetzen und über die Rampe ans Festland fahren. Er düst dann von Tankstopps und einem kleinen Imbiss in einem Schnellrestaurant abgesehen bis zur Insel Reichenau. Er hat die Fähre um vier Uhr nachmittags verlassen und kommt um drei Uhr morgens in seine Wohnung. André schafft es gerade noch, die Hose und die Schuhe auszuziehen, dann fällt er ins Bett und ist ein paar Sekunden später weg.

Darknet

Als er am nächsten Morgen um halb zehn aufwacht, fällt ihm etwas wieder ein, das ihm auf der Fähre in den Sinn gekommen ist. Er kennt einen Kunden seines damaligen Drogenhändler-Mandanten, der das Zeug weiter vertickte. Charly hieß der. Der Typ hatte damals selbst verkauft und noch einige kleine Dealer am Laufen, die über ihn das Koks bezogen haben. Der Kokainhandel ist ein mehrstufiges System, wie es in vielen normalen Branchen auch existiert. Am wenigsten verdienen die Bauern, die das Koka ernten und die kleinen Dealer am anderen Ende der ganzen Kette. Mächtig verdient wird zwischendrin. Soweit er sich noch erinnern kann, konnte der schon mal zweihundert Gramm in der Woche absetzen. Das wäre doch eine Chance, wenngleich der sicher jetzt andere Quellen hat. Er müsste ihn nur finden. André – durchaus davon überzeugt, ein helles Köpfchen zu sein – will das Zeug risikolos verkaufen, er kann es keinem live überreichen, das wäre ihm viel zu riskant. Er hat schon überlegt, ob er seinen ehemaligen Mandanten im Knast besuchen soll, aber dann hätte er schon einen Mitwisser. Wie wird man drei Kilo Koks anonym los?

André hat auch schon über das Darknet nachgedacht, das ist die dunkle Seite des Internets, in die man mit einem sogenannten Tor-Browser recht einfach rein kommt, aber seit kürzlich die Polizei in einem Bunker ein Darknet-Rechenzentrum ausgehoben hat, traut er der Geschichte auch nicht so mehr so richtig über den Weg. Er hirnt und hirnt.

Ihm fällt Dagobert ein. Das war ein Kaufhaus-Erpresser in den achtziger oder neunziger Jahren, der die Verstecke so schlau angelegt hat, dass ihn die Polizei lange nicht erwischt hat. Er hat zum Beispiel einen Mülleimer als Versteck gewählt, die Polizei hat sich rund um den Mülleimer auf die Lauer gelegt, aber er ist durch einen unterirdischen Schacht von unten an den Mülleimer herangekommen, hat ihn geleert und war weg. Für André steht Anonymität ganz oben. Wenn das Ganze ein bisschen zeitaufwendiger ist, soll ihm das völlig egal sein, denn er hat Zeit. Die Saison beginnt im Mai, die Geschichte mit dem Werkstattfahrzeug hat er weitgehend erledigt. Von ihm aus kann er das Zeug ruhig billiger verkaufen als alle anderen, Geld ist ihm nicht so wichtig wie Sicherheit.

Er sitzt in seiner Wohnung am Fenster und schaut auf den an den Ufern langsam zufrierenden See, es schneit ein wenig. Noch reicht es nicht, um das Gras ganz zu bedecken. Es ist Sonntagmorgen, überall Ruhe auf den Straßen, eine märchenhafte Landschaft. Von seiner Wohnung kann er über den See in Richtung Kanton Thurgau und auf die Höri – die Halbinsel im Westen – schauen. Da kommt ihm eine Idee – er könnte sich in Bitcoin bezahlen lassen. Vorkasse. Wenn er das Geld auf einen privaten Ledger bekommt, ist es nicht nachvollziehbar. Und damit wäre doch die Sache mit dem Versteck total einfach. Er muss jetzt nur noch einem oder mehreren einschlägigen Dealern ein Angebot per E-Mail zukommen lassen. Nein, völliger Blödsinn. Natürlich kann man die Herkunft von E-Mails ziemlich gut verschleiern, aber das wird er nicht tun. Er wird mit der guten alten Post arbeiten. Oder noch besser, er wird dem Typen einen Umschlag in den Briefkasten schmeißen, stopp. Nein, auch das wird er nicht tun, denn heutzutage gibt es überall Kameras, also wird er bei der guten alten Post bleiben.

Er wird es mit Charly probieren. Muss nur herausfinden, ob der noch im Geschäft ist. Der Mann arbeitet in Rottweil. Man sollte eigentlich nicht glauben, dass in so einem idyllischen mittelalterlichen Städtchen mit Koks gehandelt wird, aber es wird. André rechnet sich das durch. Angeblich gehen in Deutschland pro Jahr zwanzig Tonnen Koks durch die Nasen. Das sind zwanzig Millionen Gramm, und das macht pro Nase der Bevölkerung im Schnitt, Kinder und Greise eingeschlossen, ein viertel Gramm pro Jahr. In Rottweil und Umgebung leben geschätzt achtzigtausend Einwohner und das wären dann im Jahr zwanzig Kilo. Es entspricht bei einem Straßenpreis von nur siebzigtausend etwa einskommavier Millionen. André sitzt da, schaut auf die weißer werdende Landschaft, denkt über diese Zahlen nach und schüttelt den Kopf. Wahnsinn. Von diesen einskommavier Millionen bleiben sicherlich vierhunderttausend beim Dealer hängen. Gut, es gibt vermutlich noch einige andere dort, aber wenn man sich überlegt, was man heutzutage mit einem kleinen Unternehmen anstellen muss, um auf einen Jahresgewinn von vierhunderttausend zu kommen, dann ist es einfach nicht zu fassen. Da läuft so ein Typ jeden Abend ein bisschen auf der Straße rum, steuert ein paar Plätze an, wo er bekannt ist und macht solche Geschäfte und auch noch steuerfrei. Ab und zu landet mal einer im Knast, aber sonderlich hoch fallen die Strafen meistens nicht aus.

André denkt über sein Gewissen nach. Gut, Kokain macht süchtig, aber Kokain wird in der Regel nicht von Jugendlichen benutzt, und so hält sich sein Mitleid in Grenzen. Das hier ist eine einmalige Sache, er wird es nie wieder tun.

Am späteren Abend fährt er nach Rottweil und geht in eine Bar, von der weiß, dass sich Charly dort früher regelmäßig blicken ließ. Er trinkt ein alkoholfreies Bier und wartet. Er wartet etwa eineinhalb Stunden, trinkt in der Zeit noch ein alkoholfreies Bier und dann geht er wieder, nachdem Charly nicht aufgetaucht ist. Er geht in die nächste Bar und dort passiert ihm genau dasselbe. Die Bars sind ziemlich leer. Scheint sonntags nichts los zu sein. Er kann sich ums Verrecken nicht an den wirklichen Namen von dem Kerl erinnern. André fällt ein, dass der früher auch immer in einem bestimmten Areal herumgelaufen ist. Er verlässt die zweite Bar, findet aber draußen wieder keinen Charly. Könnte auch sein, das sie ihn geschnappt haben und er für ein Weilchen einsitzt. Er könnte aber auch Karriere gemacht haben und jetzt zum Zwischenhändler avanciert sein. Oder er hat selbst zu viel davon genommen und weilt nicht mehr unter den Lebenden. Vielleicht hat er auch auf härtere Sachen umgesattelt. Aber André will nicht so weit gehen, sich bei einem Barkeeper nach Charly zu erkundigen, das wäre dann eine Spur und er will keine Spuren legen. Er geht noch mal zurück in die erste Bar, schaut nur kurz hinein und sieht wieder keinen Charly. André gibt es für heute auf, er wird in ein paar Tagen wiederkommen.

Drei Tage später ist er wieder da. Läuft durch die halbe Rottweiler Innenstadt, was nicht allzu weit ist. Es ist wärmer geworden, der Schnee ist weggetaut, Anfang Januar liegen die Temperaturen jetzt selbst am Abend bei um die fünf Grad über null. Er steuert wieder die bekannten Bars an, findet dann noch eine weitere Bar, geht rein und siehe da, da sitzt Charly am Tresen, vor sich ein Glas und glotzt nach unten, als ob er auf dem verkratzten Tresen irgendetwas lesen könnte. Seine Körperhaltung zeigt keine Spur von Spannung, die Schultern hängen schlaff nach vorne runter, der Kopf hängt dazwischen, der Rücken krumm wie ein Fragezeichen. André tut so, als ob er sich suchend umschauen würde, dreht aber sofort den Kopf weg, denn er möchte nicht von Charly erkannt werden. Er verlässt die Bar wieder und postiert sich auf der anderen Straßenseite in einer engen Gasse. Ihm bleibt nichts anderes übrig, als diesem kleinen Ganoven durch das Mittelalteridyll zu verfolgen. Er muss wissen, wo der wohnt.

André hat Glück, schon nach weniger als einer halben Stunde schlappt Charly aus der Bar raus, die Hände in den Taschen vergraben, die Birne hängt immer noch nach unten. Es sieht aus, als ob die Nackenmuskulatur kaum noch vorhanden ist. Die Bar war etwas voller als die zwei, die er am Sonntag besucht hat. Das kann aber auch daran liegen, dass sie beliebter ist. Charly ist grau geworden. Der Mann muss in den Vierzigern sein. Heute zumindest scheint er von seinem Zeugs nichts genommen zu haben, sonst würde man eine etwas euphorischere Körperhaltung erwarten. Charly schlurft ein paar Hundert Meter geradeaus, dann biegt er rechts ab, und André ahnt, dass er die Bar ansteuert, in der er Sonntagabend zuerst war. Genauso ist es. Charly verschwindet und André sucht sich wieder einen Platz, wo er die Tür beobachten kann, ohne allzu sichtbar zu sein. Wie ein Mensch, der pro Jahr eine sechsstellige Summe verdient, wirkt Charly nicht. Sieht eher aus wie ein Hartz-IV-Empfänger. Vielleicht hat er ja heftige Konkurrenz bekommen und bei ihm bleibt nur ein kleines Stück vom Kuchen hängen. André hofft, dass Charly heute nicht noch weitere Bars abklappert, denn ihm kriecht die Kälte von allen Seiten in seinen Körper. Er kann auch hier nicht herumhopsen, um sich warm zu machen. Aber er hat wieder Glück, nach zehn Minuten kommt Charly heraus, schlurft ungefähr achthundert Meter weiter und verschwindet dann in einem Haus. André ist ihm in einem ziemlich sicheren Abstand gefolgt, sieht nach einer Minute im zweiten Stock dieses unauffälligen Hauses aus den achtziger Jahren ein Licht angehen. Sonderlich gemütlich sieht es da nicht aus, es geht dann in einem weiteren Fenster noch ein Licht an. André nimmt sein Smartphone, macht die Taschenlampe an und geht zur Klingel. Und siehe da, die Dritte von unten ist mit dem Namen *Karl Saumers* beschriftet. Er prüft noch die anderen Namen, aber da gibt es nur noch einen Meyer, einen Geiger, vier türkisch klingende und einen italienischen Namen. Also Karl Saumers. Sehr schön. Er prüft auch noch die Briefkästen im Hausflur, aber die Namen stimmen mit denen bei den Klingeln überein.

Bitcoin

Charly reißt den Briefumschlag auf und liest. Der Brief ist mit der Hand geschrieben, die Buchstaben sind allerdings nicht in einer Handschrift geschrieben, sondern als Druckbuchstaben. Der Absender möchte nicht, dass ein Grafologe seine Schrift zuordnen kann. Er soll Geld auf eine Bitcoin-Adresse übertragen und er bekäme dafür fünfzig Gramm Koks. Charly überschlägt kurz. Das ist für reines Kokain außerordentlich günstig. Sein Interesse steigt. Mit Bitcoins kennt er sich aus. Kein Problem, das hat er schon öfter gemacht. Sowas muss man in seiner Branche kennen. Ist ganz einfach. Sobald das Geld da ist, bekommt er das Versteck genannt. Dieser Typ will das Koks offensichtlich anonym loswerden. Ist ihm egal, solange es günstig ist. Er will für die fünfzig Gramm zweitausend Euro haben, das ist eine überschaubare Summe. Charly setzt sich an seinen PC und überträgt das Geld.

Drei Tage später findet Charly in seinem Briefkasten wieder einen Umschlag, von der Post gebracht. Darin steht, dass er zehn Meter hinter einer Bushaltestelle außerhalb von Rottweil unter einem Baum nach einem Erdhaufen suchen soll. Der Baum sei mit einem grünen Punkt markiert. Er holt sein Auto, fährt zu der Bushaltestelle. Im Gartenhäuschen des Mehrfamilienhauses hat er sich eine Schaufel geholt. Er parkt, marschiert zu dem Baum, findet die grüne Markierung und gräbt ungefähr dreißig Zentimeter tief. Dort findet er die Päckchen. Alles wunderbar. Er wird die fünfzig Gramm jetzt auf hundert Gramm strecken und dann verlangt er pro Gramm siebzig Euro und hat auf diese Art und Weise in kürzester Zeit fünftausend Euro verdient. Das ist toll, Charly verkauft im Jahr etwa fünfzehn Kilo. Der Lieferant hat ihm noch geschrieben, dass er beim nächsten Mal auch das Doppelte haben könnte, sogar mehr. Er solle mehr Bitcoin überweisen. Charly überlegt. Der Kerl könnte ihn natürlich auch bescheißen. Wenn er jetzt ein Kilo bezahlen würde, könnte der einfach gar nichts liefern. Nee, er wird das Risiko gering halten und zweihundert bestellen. Die ersten fünfzig Gramm hat er nach ein paar Tagen schon verkauft. Das Zeug ist spitze.

Hightech

Helmut hat die Burschen überprüft, die mit dem ehemaligen Socholoff-Schiff seine Ware über den Atlantik gebracht haben, soweit es auf die Schnelle ging. Einer von den Kolumbianern, die ihm das Koks liefern, wohnt auf Antigua. Sie sind eine kleine Gruppierung, die sich von den großen Kartellen, die das Zeug gleich tonnenweise verschiffen und einen gewissen Schwund einkalkulieren, durch eine fast hundertprozentige Erfolgsquote abhebt. Sie sind sozusagen die Hightech-Variante der großen Kartelle. Darauf bilden sie sich etwas ein. Deswegen kleben sie auf ihre Päckchen zum Beispiel auch Apple-Aufkleber oder Markennamen von anderen Hightech-Unternehmen.

Er hat ihm erzählt, dass sie ein Projekt haben, bei dem das Koks in Unterwasserdrohnen mit starken Magneten reingepackt wird. Diese Unterwasserdrohnen lassen sie dann in Häfen auf große Schiffe los. Wenn die nahe genug am Schiffsboden sind, greift der Magnet und das flache Teil hängt unten an dem Schiff dran. Bei der Ankunft im Zielhafen bekommt die Unterwasserdrohne ein Signal gefunkt und fällt ab. Dann brauchen sie nur noch mit dem Boot hinterherzufahren und die Dinger aufzusammeln. Aber sie sind noch in der Entwicklungsphase. Es funktioniert bis jetzt nicht so ganz.

Der Kolumbianer ist zum Flughafen marschiert und hat sich die Passagierlisten in den Tagen vor dem Auslaufen des Volvo Ocean Racers organisiert und ihm gemailt. Helmut hat die Namen der Passagiere gecheckt. Den Namen von diesem André Gernbach hat er schon in Mallorca von einer Mitarbeiterin des Hafenkapitäns erfahren. Dann hat er gesehen, dass ein gewisser Tonio Passert mit ihm zusammen angekommen ist. Die haben beide was mit Segeln am Hut. In Mallorca hat er auch erfahren, dass noch zwei Engländer dabei waren, und die hat er auch in den Passagierlisten gefunden.

Die Engländer scheinen völlig harmlos zu sein. Das sind offensichtlich Segelprofis. Der André Gernbach ist ein ehemaliger Anwalt, der wegen Geldwäsche mal im Knast saß. Dem würde er es noch am ehesten zutrauen. Dieser Tonio Passert hat vor Kurzem seinen Abschluss an einer Fachhochschule für Schiffbau gemacht, taucht nur in irgendwelchen Seglerkreisen im Internet auf. Dem würde er es nicht zutrauen. André Gernbach ist ein ehemaliger Anwalt, der Leute in heiklen Steuerfragen berät.

Er gibt seinem Bürostuhl im Puff einen kräftigen Schubs, rollt nach hinten, bis die Wand ihn stoppt und überlegt. Was passiert denn, wenn so ein Pott mitten auf dem Meer gegen ein Hindernis knallt. Die Mannschaft wird vermutlich sofort nachschauen, ob irgendetwas passiert ist, ob sie einen Wassereinbruch haben. Schauen die nach dem Kiel? Wahrscheinlich schon. Dann werden sie wohl erst mal die Segel runter nehmen, bis der Kahn steht, einer wird vorher schon ins Bootsinnere geschaut haben, ob da Wasser steht, und dann werden sie das ganze Boot von innen und von außen inspizieren und dabei werden sie vermutlich auch den Kiel anschauen. Und da dürfte ihnen das Fach aufgefallen sein. Aber warum haben sie es nicht wieder geschlossen? Helmut versucht, sich in die Situation hineinzuversetzen. Es könnte ja sein, dass einige Päckchen durch die Öffnung geflutscht sind und auf dem Meer trieben. Oder sie haben den Kiel doch nicht angeschaut und es sind einfach nur die zwölf Päckchen rausgerutscht. Das ist aber eher unwahrscheinlich. Der Kahn marschiert garantiert mehr als zehn Knoten. Dass bei dem Druck nur zwölf Päckchen rausgerutscht sind, ist fast unmöglich. Vielleicht haben sie ja auch die Päckchen wieder eingesammelt und in den Kiel geschoben.

Aha, die wissen mit ziemlicher Sicherheit, was los ist, und haben Schiss vor ihnen. *Zu Recht, zu Recht! Vor Drogenhändlern hätte ich auch Angst.* Helmut lacht. Die wissen vermutlich genau Bescheid, denn er weiß, dass selbst bei Charterbooten der Kiel bei Rückgabe des Schiffs von einem Taucher inspiziert wird. Und wenn die das schon machen, dann werden solche Profis das ganz sicher auch tun.

Also, was ist Erkenntnis Nummer eins? Die Kerle wissen Bescheid. Das ist schon mal ganz schlecht. Wissen die auch, wer er ist? Warum sollten sie das wissen. Dann müssten sie ihn von Mallorca aus verfolgt haben. Er denkt nach. In Zürich ist ihm ein VW Golf mit italienischer Nummer aufgefallen. Der stand da so komisch auf der Straße in der Nähe von Walters Villa. Aber er hat sich nichts weiter dabei gedacht. Was macht ein Golf mit italienischer Nummer in Zürich? Na gut, Zürich ist nicht so weit von Italien entfernt. Er überlegt, ob er dort Leute gesehen hat. Es fällt ihm nicht ein.

So weit ist es nicht sonderlich schlimm, wenn diese vier Typen wissen, was in ihrem Schiff transportiert wird, falls sie keine Spur zu ihm haben. Da muss er nichts unternehmen. Wenn sie aber wüssten, wer er ist, dann hätte er ein Problem. Und dann müsste er wiederum dafür sorgen, dass diese vier entweder verschwinden oder hundertprozentig sicher daran gehindert werden, ihr Wissen weiter zu geben.

Allerdings, widerspricht er sich gedanklich selbst, wären die Bullen längst bei ihm aufgekreuzt, wenn sie eine Spur zu ihm hätten. Der Gedanke überzeugt ihn.

Was für ein Interesse könnten sie haben? Die wollen wahrscheinlich wissen, mit wem sie es zu tun haben. Wenn sie zum Beispiel mit der ’Ndrangheta zu tun hätten, dann würden sie sich vermutlich anders verhalten, als wenn es sich nur um einen kleinen regionalen Drogenschmuggler wie ihn handelt. Aber auf jeden Fall würden die ihn bei den Bullen verpfeifen, damit er und seine Männer möglichst lange von der Bildfläche verschwänden. Und das ist nun mal nicht passiert. Also braucht er sich erst mal keine Sorgen zu machen.

Die zweite Frage ist, wohin die Päckchen verschwunden sind. Er versucht, sich die Lage auf dem Meer nach dem Crash vorzustellen. Es ist schon gut möglich, dass von den ursprünglich hundert Päckchen zwölf verschwunden sind. Es kann natürlich auch sein, dass einer seiner Leute die Gunst der Stunde für ein kleines Zusatzeinkommen genutzt hat. Die arbeiten auch nur für ihn, weil er sie exorbitant gut bezahlt.

Er seufzt. Dieses Geschäft ist zwar sehr gewinnträchtig, aber es ist immer irgendetwas los. Dieser Kick macht ja gerade den Reiz an der Sache aus. Sicher?

Allergie

Charly war lange arbeitslos. Eigentlich hat er mal Bäcker gelernt, bekam dann aber tatsächlich eine Mehlallergie. Er hat jede Menge Umschulungen versucht, aber so richtig geklappt hat nichts. Nachdem er bei Bewerbungsgesprächen immer gezittert hat, hat er sich eines Tages ein bisschen Koks besorgt, um das abzustellen. Er hat dadurch tatsächlich einen Job bekommen, den er aber nicht lange behalten hat. Das war ihm auch ganz recht, denn er ist auf den Trichter gekommen, mit dem Zeug zu handeln. Um seriös zu wirken, hat er diverse Programmierkurse absolviert und das auch tatsächlich einigermaßen gelernt. Manchen seiner Kunden schreibt er ganz offiziell Rechnungen für Dienstleistungen. Er hat eine Firma angemeldet. So können findige Unternehmer ihrer Leidenschaft für das weiße Stöffchen dann auch noch steuerlich absetzbar frönen. Und Charly ist fein raus, der hat ein legales Einkommen. Seine Firma ist eine GmbH, und Charly ist Angestellter, er zahlt sogar Beiträge für die Rentenversicherung, Krankenversicherung und Arbeitslosenversicherung.

Charly hat noch nie so günstig Koks eingekauft. Um das Geschäft noch weiter anzukurbeln, verkauft er jetzt auch deutlich günstiger als die anderen. Der Straßenpreis für ein Gramm gestrecktes Koks liegt in Deutschland so um die siebzig Euro. Charly hat zuerst für siebzig, dann für sechzig verkauft. Jetzt nimmt er fünfzig. Das spricht sich schnell herum. Man kennt sich schließlich. Normalerweise setzt er im Monat ein gutes halbes Kilo oder auch mal ein ganzes ab. Aufs Jahr gerechnet kommt er auf acht Kilo. Von dem neuen Zeug hat er dank der günstigen Preise schon nach zwei Wochen fast ein Kilo verkauft. Die Kunden sind voll des Lobes über den Stoff und fragen ihn, ob er diese Preise für länger halten könne. Die Frage beantwortet er regelmäßig mit einem *Nein*. Was denken die sich eigentlich? Dass er blöd sei? Daraufhin decken die Leute sich ein und das gibt seinem Geschäft noch mal einen zusätzlichen Schub. Mittlerweile ordert er bei André, den er ja überhaupt nicht kennt, schon ein halbes Kilo auf einmal.

Sein Lieferant hat sich die ersten drei Male jedes Mal ein neues Versteck ausgedacht, beim vierten Mal hat er eins von vorher wieder benutzt. Aber dennoch ist es für Charly unmöglich, etwas über seine Identität zu erfahren, denn er kann nicht an vier Stellen gleichzeitig sein. Er wüsste zu gerne, wer das ist. Charly will eigentlich schon lange aufhören. Er selbst schafft es, fast kein Kokain zu benutzen. Das Zeug ist zwar verführerisch, aber er sieht an seinen Kunden, was es mit einem anrichtet. Es bringt die Birne komplett durcheinander. Er hat einen Zahnarzt, der mittlerweile arbeitsunfähig ist, weil er einfach am Anfang seinen Wünschen freien Lauf gelassen hat und so viel von dem Zeug zu sich genommen hat, wie er wollte.

Zuerst nimmt man alle paar Tage mal ein Näschen, dann stellt sich eine Regelmäßigkeit ein, man nimmt es am Tag einmal, dann zweimal und so weiter. Am Ende findet man sich zwar ganz wahnsinnig toll, aber man ist es nicht. Charly hat auch schon Ehen in die Brüche und Vermögen verschwinden gehen sehen, und daher hält er sich massivst zurück.

Ihn kennen derart viele Leute als sogenannten Straßenläufer, dass es eigentlich ein Wunder ist, dass sie ihn noch nicht erwischt haben. Er versucht, immer nur mit einer kleinen Menge herumzulaufen. Das hat den Vorteil, dass die Strafe gering ist, falls sie ihn schnappen. Ein paar Mal haben sie ihn mitgenommen, aber er hatte jedes Mal nur zwei Gramm dabei. Dafür muss er halt ein bisschen mehr laufen. Aber das tut dem Körper gut. Er versteckt sein Zeug auch nicht zu Hause, er verteilt es an diversen Orten, auf die kein Mensch kommen würde. Teilweise vergräbt er es. Er versucht jetzt schon, weniger Leute zu beliefern als vorher, um den Kreis derer, die um seine Tätigkeit wissen, zu reduzieren.

Er denkt, dass er es in absehbarer Zeit schaffen wird, damit ganz aufzuhören. Aber diese Chance hier, die muss er einfach noch mitnehmen. Das knappe Kilo, das er jetzt verkauft hat, sind ja eigentlich gestreckt an die zwei Kilo, und dafür hat er etwa hunderttausend Euro bekommen. Bezahlt hat er fünfzigtausend. Er wird noch ein paar Kurse machen und es dann probieren, von seinem IT-Geschäft zu leben.

Gelegentlich hatte er schon einige kleinere Aufträge, die ganz gut gelaufen sind. Charly wird demnächst ein ehrlicher Mann sein. Aber wenn er noch mal ein Kilo von dem Typ bekommen könnte und es auch wieder loswürde, das wäre schon ein feines Startkapital – zusätzlich zu dem, was er bis jetzt schon auf die Seite geschafft hat.

Glomb

Helmut verlässt das Büro einer seiner Bars in der Stuttgarter Innenstadt und setzt sich an die Theke, bestellt noch was. Er besucht immer noch jede Woche mindestens einmal jeden seiner Läden, und zwar immer zu anderen Zeiten. Ein gewisses Überraschungsmoment muss sein. Helmut hat im Laufe seiner gastronomischen Karriere festgestellt, dass zumindest in seinem Marktsegment die meisten Kellner und auch die Geschäftsführer der Bars ihren Chef auf irgendeine Art und Weise bescheißen. Am Anfang hat er sich darüber tierisch aufgeregt, aber nach dem vierten rausgeschmissenen Geschäftsführer hat er begonnen, es zu akzeptieren. Er hat sich verschiedenste Methoden ausgedacht, wie man die Leute überprüfen kann, aber so richtig hundertprozentig funktioniert keine. Da hat er sich irgendwann mal hingesetzt und überlegt, was ihm so eine Bar einbringen sollte, und dann hat er das Ganze so eingerichtet, dass er sich bescheißen lässt, aber nicht zu viel. Wenn es einer übertreibt, dann kann er sehr eklig werden. Er hat keine Ahnung, ob seine Leute wissen, wie er das sieht, gesagt hat er es ihnen zumindest noch nie. Er vergleicht die Ergebnisse der einzelnen Läden, und er glaubt, in den Zahlen erkennen zu können, um wie viel er beschissen wird.

Manche Kellner bringen von daheim Getränke mit und verkaufen sie auf eigene Rechnung. Das ist eine verbreitete Methode. Er schaut, dass er seine Leute gelegentlich mal auswechselt, sodass nicht immer dieselben zusammenarbeiten, was naturgemäß zu größerer Nähe und Vertrautheit führt. Das Puff und die Bars wird Helmut weiter betreiben, nur vom Koksgeschäft will er weg. Er hat damit acht Jahre lang jede Menge Erfahrungen gemacht und gelernt, dass es zwar im materiellen Sinne sehr einträglich ist, aber ansonsten nur Nachteile hat.

Er selbst nimmt höchst selten mal ein Näschen, weil er Leute erlebt hat, die nach und nach von dem Zeug abhängig geworden sind, sich immer mehr reingepfiffen haben und am Ende noch nicht mal mehr in der Lage waren, normal zu arbeiten. Es verändert einfach einiges im Kopf.

Ganz schlimm an dem Koksgeschäft ist, dass man auf der einen Seite dafür sorgen muss, dass die einschlägigen Leute wissen, was man tut. Sonst kauft einem keiner was ab. Je mehr Leute aber davon wissen, desto gefährlicher wird die ganze Sache.

Bei ihm kann man nur geringfügige Mengen finden. Dafür muss er sich halt etwas mehr bewegen. Er hat zwei oder drei Leute, die den Kopf hinhalten, wenn die Bullen bei ihm irgendwo etwas finden. Diese Leute haben schon einige Jahre im Knast verbracht, haben es aufgegeben, in dieser Gesellschaft noch mal *etwas* darstellen zu wollen. Auf Deutsch gesagt ist denen alles scheißegal. Er bezahlt sie gut dafür, dass sie zur Not wieder für ein paar Monate in den Knast wandern.

Er hat als kleiner Dealer in seinen eigenen Läden angefangen, irgendwann wurde es von selbst mehr und er hat angefangen, beim Großhändler einzukaufen, und heute kauft er den Stoff direkt von denen, die auch die sogenannten Labore in den kolumbianischen Wäldern nahe an der Grenze zu Venezuela betreiben. Labore, was für ein hochtrabendes Wort für ein paar Planen über einigen Ästen. Seit zwei Jahren versucht er krampfhaft, das Direktgeschäft vom Hals zu bekommen. Er schickt die Leute einfach zu einem seiner Straßenverteiler und bei den meisten klappt es auch. Er erzählt, er sei aus dem Geschäft ausgestiegen. Aber auch aus dem Großhandel will er raus, der letzte Transport war wirklich der letzte. Da fällt ihm ein Wort ein: *Räumungsverkauf*. Genau das ist das, was er im Moment macht. Er räumt sein Lager leer.

»Mensch Helmut, lange nicht mehr gesehen. Sag mal, hast du was dabei?«

Helmut war total in Gedanken versunken, hat gar nicht bemerkt, dass einer seiner alten Kunden sich neben ihn gesetzt hat.

»Du weisschd do, dess i ufgehörd han!«

»Ja, ist ja gut, Entschuldigung.«

»Gang zom Fulgerrr!«

Muss immer aufpassen, dass er so ein Mittelmaß zwischen deutlicher Abweisung und Freundlichkeit bewahrt, sonst ist jeder von denen einer, der ihm was anhängen könnte. Er klopft dem Mann auf die Schulter, und fragt ihn, was er trinken möchte. Der hätte gern einen Whisky und er weist das Bar-Mädchen an, ihm einen Teuren auf Kosten des Hauses zu kredenzen.

»In Roddweil isch des Glomb jedzd vil billigr als bei dir.«

Das ist ihm neu. Das Gelumpe gibt es jetzt mit Rabatt? Nie, wo kämen wir denn da hin? Er fragt den Mann, bei wem es denn billiger sei. Der nennt den Namen *Charly*. Helmut kennt Charly, so ein kleiner Straßenverteiler, der früher bei ihm eingekauft hat. Charly muss andere Quellen haben, was ja kein Problem ist.

Er fragt nach, um wie viel es denn bei dem weniger koste

und erfährt, dass das Gramm dort für fünfzig zu haben sei. Helmut war schon so ein bisschen in einer *Ich-gehe-jetzt-nach-Hause-Laune*, aber jetzt ist er schlagartig wach. Fünfzig Euro, das ist ein absoluter Kampfpreis. Der Vorteil am Kokaingeschäft ist, dass man sich daran dumm und dämlich verdient. Daher sind sich die Dealer fast immer einig und unterbieten sich nicht gegenseitig. Aber wenn hier einer den Stoff so billig auf den Markt schmeißt, dann ist da etwas ungewöhnlich und da muss Helmut sofort an seine fehlenden zwölf Päckchen denken. Das macht ihn wütend. Er schaut auf die Uhr, halb zehn. Helmut schnappt sich sein Telefon. Wählt eine Nummer.

»Roland, es brennt, wir müssen nach Rottweil. Ich hole dich in zehn Minuten ab.«

Roland ist so etwas wie seine rechte Hand, er verdient bei ihm prächtig, aber wenn es denn mal sein muss, dann erwartet er auch, dass Roland alles stehen und liegen lässt, inklusive seiner aktuellen Bettgeschichte. Er hat sich dann gefälligst sofort in seine Hosen zu schmeißen und ihm so lange zur Verfügung zu stehen, wie er ihn braucht. Er rennt schon fast aus seiner Bar heraus, wirft sich in den in der Nähe stehenden Mercedes S-Klasse, der natürlich mit dem größtmöglichen Motor und jeder Menge Extras ausgestattet ungefähr zweihunderttausend Euro teuer war und rast im Rahmen dessen, was halbwegs erlaubt ist zu Rolands Wohnung. Der besitzt etwas außerhalb ein ziemlich luxuriöses Penthouse. Roland steht unten an der Straße. Helmut hält kurz an, er springt rein und los geht es wieder.

»Roland, du kennst doch diesen Charly aus Rottweil. Hat früher mal bei uns eingekauft.«

»Ja, kenne ich.«

»Diese Arschgeige verkauft in Rottweil angeblich für fünfzig Euro das Gramm.«

Roland antwortet nicht, Helmut schaut rüber und sieht, dass die Antwort extrem steil hochgezogene Augenbrauen sind.

»Der schbinnd wohl!«

»Da fahra mir jedzd hin!«

Nach Rottweil brauchen sie nicht allzu lange. Helmut erklärt Roland, dass er glaube, er wisse noch, wo dieser Charly wohnt, und steuert die Luxuskarosse vor ein Mehrfamilienhaus. Sie finden Charlys bürgerlichen Namen an der Klingel und drücken auf den Knopf. Der Summer ertönt, die Tür geht auf. Die beiden gehen die Treppen hoch, Charly steht in einem Feinripp-Unterhemd in Weiß in der offenen Wohnungstür, braucht einige Sekunden, um zu realisieren, wenn er da vor sich hat. Dieser Augenblick der Erkenntnis gibt Roland die Möglichkeit, etwas näher zu treten. Er streckt den Arm aus, greift Charly an der Schulter, sieht, dass vorne aus dem Feinripphemd Haare herausquellen, und dass auf der Schulter einige Pickel blühen. Roland verzieht das Gesicht angewidert, lässt seine Hand aber dennoch auf der Schulter, denn er weiß genau, er kann sich bei seinem Chef nicht erlauben, Ekelgefühlen nachzugeben und den Griff zu lockern.

Sie schieben ihn in die Wohnung rein und schließen die Tür.

»Charly, warum verkaufsch so billich?«

Der braucht ein paar Sekunden, bis er reagieren kann.

»Mir hat einer das Zeug für fünfzigtausend pro Kilo angeboten. Und weil ich es schnell loswerden möchte, verkaufe ich es halt ein bisschen billiger. Das ist ja wohl nicht verboten, oder?«

Charly hat nur einen ganz leichten schwäbischen Akzent. Er ist in Osnabrück geboren und seine Eltern sind erst in den Süden Deutschlands gezogen, als Charly schon zwölf Jahre alt war.

»Hanoi, isch's ned.«

Helmut verklickert ihm ganz ruhig, dass ihm eine größere Menge des teuren Stoffes abhanden gekommen sei, und er keine besondere Lust verspüre, sich beklauen zu lassen. Er weiß, dass Charly nicht die hellste Kerze am Baum ist und daher spricht er betont langsam. Nach seiner Erfahrung geraten solche armen Würstchen wie Charly angesichts zweier solcher Brocken wie ihm und Roland schnell in Panik und wer in Panik gerät, dem geht die Fähigkeit zum Nachdenken und zu vernünftigen Handlungen verloren. Einem Dealer wie Charly gegenüber kann er ruhig zugeben, dass er immer noch aktiv im Geschäft ist, denn auf diese Kollegen kann man sich verlassen. Die verpfeifen einen nicht. Helmut bemüht sich jetzt auch, Hochdeutsch zu reden:

»Charly, ich will nur wissen, wer es ist.«

»Helmut, das kann ich dir beim besten Willen nicht sagen. Ich habe ihn nie gesehen, ich bezahle in Bitcoin und er nennt mir dann ein Versteck, wo ich es abhole. Er liefert schnell und zuverlässig.«

»Charly, wie viel hast du noch?«

»Nur ein paar Gramm.«

»Also bestellst du sowieso wieder?«

Charly nickt eifrig. Er hat mit Prügeln gerechnet, aber der Kelch scheint an ihm vorüberzugehen. Er wirkt jetzt ein wenig lockerer.

»Wie viel bestellst du immer auf einmal?«

»Beim letzten Mal dreihundert.«

»Gut, Charly. Ich würde dich um einen Gefallen bitten. Bestell bitte morgen so viel, wie auch immer du willst. Wie benachrichtigt er dich über den Ort des Verstecks?«

»Per Post.«

»Wenn du heute bestellst, dann hast du übermorgen den Brief in deinem Briefkasten?«

»Ja, wahrscheinlich.«

Helmut denkt ein paar Sekunden nach.

»Charly, du bestellst morgen Mittag. Nicht vor zwölf Uhr. Tust du das für mich?«

»Ja, mache ich.«

»Und gib mir bitte noch mal die Briefe, die du bekommen hast!«

»Hab ich weggeworfen.«

»Idiot. Wohin denn?«

Charly braucht einen Moment, bis er begreift.

»Einer oder zwei müssten noch im Papierkorb sein.« Er geht vom Wohnzimmer in den anderen Raum, wo Roland und Helmut einen Schreibtisch stehen sehen und greift in den danebenstehenden furchtbar altmodischen Papierkorb, findet nichts, nimmt den ganzen Papierkorb und schüttet den Inhalt auf den Schreibtisch. Dann wühlt er in dem Papier rum.

»Hier, bitte!«

»Gib her.«

Helmut sieht sich den Text an, sieht sich die Umschläge an und muss seine Brille rauskramen.

»Kein Anhaltspunkt.«

Er steckt die Briefumschläge und die Briefe in seine Jackentasche.

»Nehme ich mit.«

Helmut und Roland verlassen die Wohnung und fahren mit dem Mercedes wieder nach Stuttgart zurück. Als sie dort ankommen, steht ihr Plan.

Insulaner

André schaut um die Mittagszeit herum in seinen Bitcoin-Ledger und sieht zu seiner Freude, dass der Charly schon wieder dreihundert Gramm bestellt hat. Er schaut auf die Uhr, und denkt, das könnte noch reichen. Er packt die Menge ab. Jetzt ist schon fast die Hälfte von dem Zeug weg. Dann verlässt er das Haus, geht zu seiner Garage, holt den Touareg raus und fährt über den Reichenau-Damm ans Festland und von dort links ab, Richtung Autobahn nach Stuttgart. An einer Baustellenampel schaut er in den Rückspiegel, da steht hinter ihm ein silberner Passat mit einer Stuttgarter Nummer. Ja die Schwaben.

Die Reichenauer haben so ein kollektives Insulaner-Bewusstsein, sehen sich als speziellen Typus des Deutschen. Und natürlich als Badener, denn am Bodensee liegt die Grenze zwischen Baden und Württemberg beziehungsweise Schwaben zwischen Meersburg und Hagnau. Es gibt ja so eine nicht ganz ernst gemeinte Feindschaft zwischen Badenern und Schwaben. Besonders auf der Reichenau gibt es sehr viele davon, sie besitzen oder mieten dort Ferienwohnungen, haben Boote im Hafen liegen. Der Tourismus der Insel ist in ziemlich hohem Maße von den Schwaben abhängig. Vor vielen Jahren im Sommer gab es mal ein paar junge Burschen von der Insel, die als Witz nachts ein Transparent über die Straße auf dem Reichenaudamm zwischen zwei Bäumen aufgehängt haben, auf dem *schwabenfreies Wochenende* stand. Allerdings hat das irgendeiner von der Gemeinde morgens um fünf spitzgekriegt und um sechs Uhr war es schon wieder weg.

André fährt in Rottweil raus, steuert sein Auto zu einem Briefkasten, den er schon dreimal benutzt hat, und schmeißt den Brief ein. Danach biegt er auf einen Waldweg ab. Zum Glück hat er ja den Touareg, dem die Löcher in dem Waldweg nichts ausmachen. Nach etwa einhundert Metern kommt er an eine Stelle, die er schon mal benutzt hat, hält an, holt eine kleine Schaufel und das Tütchen aus dem Kofferraum, geht ungefähr fünfzig Schritte rechtwinklig zum Weg in den Wald hinein und findet seinen Baum. Die Spuren vom letzten Loch sind noch zu sehen. An dem Baum ist eine orangefarbige Markierung. Er setzt sich hin, fängt an zu buddeln. Da hört er ein Motorengeräusch, stoppt mit Graben, kommt aus der Hocke wieder hoch. Er lauscht, aber das Motorengeräusch ist schon wieder weg.

André hockt sich wieder hin und gräbt weiter. Bei ungefähr vierzig Zentimetern Tiefe langt es ihm. Er legt das Tütchen in das Loch und fängt an, mit der Schaufel den Erdhaufen um das Loch herum wieder rein zu buddeln. Am Ende schiebt er noch ein paar Tannennadeln und ein paar Äste über das Loch, schaut es noch mal prüfend an. Er ist mit seiner Arbeit zufrieden. Kommt aus der Hocke wieder hoch, dreht sich um und geht zu seinem Touareg zurück. Er läuft um das Auto herum. Als er an der Heckklappe vorbei ist, erhebt sich plötzlich etwas vor ihm und dieses etwas wird plötzlich viel größer, ein Mann kommt aus der Hocke hoch, André dreht sich blitzartig um, aber da steht jetzt noch einer.

Der, den er zuerst gesehen hat, keucht jetzt mächtig und sagt:

»Da hanne wega dir durch den Wald saua miaßa!«

»Häh?«

»Aha der Herr versteht koin Schwäbisch. Dann muss ich eben Hochdeutsch schwätze. Ich musste wegen dir durch den Wald rennen und jetzt musste ich auch noch die Luft anhalten, damit du uns nicht hörst. Dich kenne ich doch. Ich habe dich in Zürich bei der Villa von Walter gesehen. Da bist du ganz scheinheilig in der Gegend herum gelaufen. Da war aber noch einer dabei. Du bist also dieser André Gernbach. Und jetzt gehst du zu dem Loch und gräbst mein Koks wieder aus, du Saukerl, sofort!«

André ist schneeweiß im Gesicht, Schockwellen durchfluten seinen Körper. Das ist jetzt alles völlig anders gelaufen, als geplant. Der Mensch deutet auf Andrés Auto und sagt zu dem anderen Menschen:

»Den nehmen wir mit, du fährst mit dem Touareg.«

Und zu André:

»Kerle, gib den Schlüssel her.«

André gibt ihm den Autoschlüssel.

Dann gehen sie zurück zu dem Baum und André gräbt die dreihundert Gramm Koks wieder aus. Helmut schnappt sich das Tütchen und feixt:

»So schnell geht es mein Lieber. Besser aufpassen, wenn du dich mit Profis anlegst. Das ist gar nicht gut. Mal schauen was wir mit dir machen, aber ich mag keine Leute die mich beklauen.«

»Und ich mag keine Leute, die mein Boot als Transportmittel benutzen«, erwidert André mit allem Trotz in der Stimme, zu dem er gerade noch fähig ist.

André bekommt als Antwort eine Backpfeife oder eine Maulschelle oder wie man immer dazu sagt. Auf jeden Fall etwas sehr Kräftiges, geschlagen von Roland. Dieser Mensch trägt ein schwarzes Sakko über einem schwarzen Rollkragenpullover und das Sakko ist straff gespannt. Der ist offenbar sehr stark. Geht wahrscheinlich laufend in die Muckibude, so wie er aussieht. Leicht orange gebräunt, pechschwarze Haare und Augenbrauen in einem harten kantigen Gesicht mit dominantem Kinn, sagenhaft weiße Zähne, blenden einen.

Roland zaubert Kabelbinder aus der Tasche seines Sakkos und sie setzen André hinten in sein eigenes Auto. Er muss die Hände vor strecken, bekommt sie mit dem Kabelbinder gefesselt. Das Gleiche machen sie mit den Füßen, sobald er im Auto sitzt. Dann haut Roland die Tür zu, setzt sich ans Steuer, Helmut springt auf den Beifahrersitz und sie fahren los, Richtung Waldrand. Ein paar Hundert Meter weiter steht ein Passat, silbern. André dämmert etwas.

Helmut stellt den Touareg neben den Passat und sie schieben André vom Rücksitz des Touareg in den Passat. Die beiden Herren sind wirklich sehr kräftig, denn André ist nicht gerade leicht, so um die neunzig Kilo. André muss sich in dem Passat auf die Rückbank legen. Einmal hat er versucht, nach oben zu schauen, da kam von vorne schon ein warnendes:

»Rüb nondr!«

Das soll sagen, dass er seinen Kopf runter nehmen soll.

Sie fahren in ein nahe gelegenes Industriegebiet. Dort stellen sie den Touareg ab, der hier vermutlich nicht so schnell auffällt.

André hat Zeit zum Verschnaufen, sieht meistens nur den Himmel und irgendwann werden sie langsamer, er sieht Bäume, Wald. Eigentlich ist jeder Wald schön, aber nicht, wenn man zwecks Folter hingefahren wird.

Ihm ist schon klar, was sie von ihm wollen. Sie wollen ihr Geld zurückhaben und Klarheit darüber, wer über sie Bescheid weiß. Er kann ihnen ihr Koks oder das damit erlöste Geld wiedergeben und er wird das auch freiwillig tun. Aber er kann unmöglich ausplaudern, dass Walzer, Lena, Tonio, Alex und Max über sie und ihre Identität Bescheid wissen. Was würden solche Typen machen? Alle abmurksen? Tom und Jerry wissen immerhin keine Namen. Alex und Max auch nicht. Er denkt fieberhaft nach. Sein Herz schlägt wie verrückt, der Puls ist wahrscheinlich bei weit über hundert.

Er muss einen klaren Kopf behalten. Alex und Max kann er nicht aus der Sache heraushalten, denn allein die Tatsache, dass sie wissen, dass Alex die Übergabe in Zürich gesehen hat, lässt darauf schließen, dass Alex und damit auch Max wissen, wer sie sind. Das Gleiche gilt natürlich für ihn. Kann er dafür sorgen, dass Tonio geschont wird? Schwer, der war auf dem Schiff dabei. Das wissen sie. Wenn er Bescheid weiß, wer dieser Helmut ist, dann wird er kaum behaupten können, dass Tonio das nicht mitbekommen hat. Von Franz und Lena wissen sie zum Glück nichts. So ein Scheiß aber auch, dass sie ihn und Alex gesehen haben.

Sie halten auf einem Feldweg an, ziehen ihn aus dem Passat heraus, schneiden den Kabelbinder an den Füßen auf und schleifen ihn einen guten halben Kilometer über eine Wiese, durch Dickicht und dann durch ein kleines Wäldchen, bis plötzlich ein alter Bunker vor ihnen erscheint. Ihm rutscht bei dem Anblick das Herz noch weiter in die Hose. Sie verfrachten ihn in einen Raum mit einer vergammelten alten Matratze, auf der ein paar Wolldecken liegen, stellen ihm eine Tüte mit Brezeln hin.

Dieser Helmut sagt, er wolle erstens sein Kokain zurück oder, falls er es schon verkauft habe, dann wolle er die Kohle dafür und er würde ihm eine schöne fünfstellige Summe für den Transport bezahlen. Das findet André erstaunlich. Sollte er es doch nicht mit eiskalten Mördern zu tun haben? Er glaubt aber schon, dass die schon mal jemanden abgemurkst haben. Helmut sagt noch, er wolle genau wissen, wer über ihre Identität Bescheid wisse.

André sagt ihm die Wahrheit, so einigermaßen jedenfalls. Tom und Jerry wüssten nichts, Max, Alex, er und Tonio schon.

Helmut meint daraufhin, das könne ja stimmen oder auch nicht. Sie hätten eine bewährte Methode zur Wahrheitsfindung. Sie würden ihn jetzt hier allein lassen. Er habe auch was zu essen und in zwei Tagen kämen sie wieder und er sei absolut sicher, dass André dann die Wahrheit sagen würde.

»Erfriera wirsch wahrscheinlich ned, abr vielleichd verdurschde.«

Jetzt erst kapiert André, was sie vorhaben. Das ist ja sowas von einfach. Dann lassen sie einem auch noch Salzbrezeln da. Oh mein Gott. André rutscht das Herz noch weiter in die Hose. Sie machen die Metalltür zu. Der Raum ist komplett fensterlos. Der Boden ist aus Beton, die einzige Tür ist aus Eisen. Hier kommt er nicht raus. Und stockdunkel ist es natürlich auch.

Drecksack

Charly ist stinksauer. Schon am Montag hat er den Brief bekommen und wollte am Nachmittag die Ware holen. Das Versteck kannte er schon, er hat aufgepasst, dass kein Mensch in der Nähe war, ist zu dem Baum gegangen und hat gesehen, dass da zwar ein Loch ist, aber der passende Inhalt fehlt. Er hat mit seiner mitgebrachten Hacke die ganze Gegend um den Baum durchwühlt und nichts, aber auch gar nichts gefunden.

Früher war Charly waldbegeistert. Er fand besonders naturnahe Wälder, in denen man umgefallene Bäume einfach liegen lässt, faszinierend. Tagelang konnte er sich im Wald herumtreiben und sich schier nicht sattsehen an der Pracht, zu allen Jahreszeiten. Die Begeisterung hat er im Prinzip heute noch, aber eben nur im Prinzip. In diesem Moment ist ihm der Wald völlig wurscht.

Das ist ja so ein Scheißdreck. Erst wird man mit niedrigen Preisen geködert, dann wird einige Male anständig geliefert, um Vertrauen aufzubauen, und am Ende, wenn es sich einigermaßen lohnt, dann wird gar nicht geliefert. Dieser Drecksack!

Er hat für insgesamt zwölfhundert Gramm sechzigtausend Euro bezahlt, aber nur neunhundert Gramm erhalten. Die hat er auf das Doppelte gestreckt und verkauft, hat etwa hunderttausend eingenommen. Na gut, auch so ist es ein gutes Geschäft gewesen, aber geplant war wesentlich mehr. Wenn er diesen Typ bloß erwischen würde. Aber wenn der den Helmut und den Roland auf den Hacken hat, dann wird dieser Idiot auch nicht mehr glücklich werden.

Brezeln

Beim Kauf der Brezeln hat sich Helmut noch einen Ast gelacht.

»I wedde, der kann ned widerschdeha ond noh gohds no nore.«

Jetzt schlägt er auf das Lenkrad des Passats ein. Das ist natürlich nicht sein Auto, seiner ist der übermäßig ausgestattete Mercedes, aber der steht bei ihm zu Hause. Für diese Aktion hier wollten die beiden nicht auffallen.

»Hettat mir's no bleiba lassa!«

Roland sitzt neben ihm und nickt. Wenn André richtigen Hunger kriegt und den Salzbrezeln nicht widerstehen kann, dann geht es mit dem Durst noch schneller. Die Methode hat sich bewährt. Die Burschen singen nach spätestens zwei Tagen wie die Lerchen – bisher alle.

Helmut ist mitleidlos, wenn ihn einer bescheißen will. Allerdings muss er sich widerstrebend gestehen, dass er diesen Typen tatsächlich ausgenutzt hat. Er bedauert jetzt schon, dass er die Operation überhaupt gestartet hat. Er hat doch vorher schon genug Geld gehabt. Aber jetzt ist es halt so, wie es ist. Wer ahnt auch schon, dass man heutzutage mitten auf dem Atlantik gegen unter Wasser treibende Hindernisse knallen kann. Helmut hat gelesen, dass laufend größere Mengen von Containern ins Meer fallen und nicht alle auf den Grund sinken, sondern einige an oder kurz unter der Wasseroberfläche herumdümpeln. Aber klar, der europäische und der amerikanische Teil der Menschheit muss ja auch noch den letzten Mist aus China und anderen Ländern in Südostasien herschippern lassen. Neulich hat er gelesen, dass neuerdings in bestimmten Meeresregionen Orcawale ihren Schabernack mit Segelbooten treiben, indem sie ihnen Teile der Ruderblätter abknabbern. Denen stinkt der Verkehr über ihnen ganz einfach und weil Frachter anknabbern mühsam ist, haben sie sich auf kleine Segeljachten verlegt.

Die Welt wird nicht besser. Früher hätte man mal die Welt umsegeln sollen und in jedem schönen Hafen festmachen. Wenn du heute durch die Straße von Malakka fährst – das ist irgendwo zwischen Sumatra und Malaysia – dann kannst du mit ziemlicher Sicherheit davon ausgehen, dass du irgendwo mit durchschnittener Kehle aufgefunden wirst. Piraten. Oder fahr doch mal an Somalia vorbei. Natürlich haben die Fischer, die zu Seeräubern mutiert sind, auch eine gewisse Berechtigung für ihr Tun. Gigantische Fangflotten aus Europa und Asien fischen ihnen das Meer vor ihrer Nase leer und dann haben sie nichts mehr zu essen. Da sind sie halt auf eine andere Art von Fang umgestiegen. Es ist eine komische Welt. Ihn zwickt es in der Magengegend. Das ist bei ihm ein untrügliches Zeichen dafür, dass irgendetwas nicht so läuft, wie es laufen sollte.

Dieser André hat beim Abschied ein paar Sätze gesagt, die Helmut schwer in eben diesem Magen liegen. Die Fotos von der Koksübergabe in der Luxusvilla in Erlenbach lägen bei einem Anwalt. Der soll bei einem etwaigen Verschwinden von André die Fotos mitsamt Ortsangabe und Namen des Besitzers der Villa sowie dem Namen von Helmut der Polizei übergeben.

Normalerweise fällt Helmut auf solche Aussagen nicht herein. Aber André klang verdammt ernst. Er hat gesagt:

»Du glaubst doch nicht im Ernst, dass ich nicht auf die Idee kommen würde, dass man mir auf die Schliche kommt. Ich war schließlich mal Anwalt und habe für einen Kollegen von dir gearbeitet und für den Geld gewaschen. Ich schaue immer, dass ich eine Rückversicherung habe.«

Bei diesen Sätzen klang die Stimme dieses André plötzlich auch anders, fester, ohne jedes Tremolo, das Angst und Unsicherheit signalisiert. Er hat dann noch gesagt:

»Aber riskier das ruhig! Wenn ich länger als drei Tage nicht aufkreuze, dann gibt es einen Anruf.«

Helmut hat ihn gefragt, wie denn der Anwalt normalerweise erfahre, dass es ihm gut gehe.

»Wir telefonieren regelmäßig miteinander, wir haben ein Vokabular vereinbart, aus dem er entnehmen kann, dass es mir wirklich gut geht. Und dieses Vokabular wirst du nicht verstehen. Du glaubst wohl immer noch nicht, dass ich mit so ziemlich allen Wassern gewaschen bin, oder? Wenn du denkst, du könntest mich einfach mit ihm telefonieren lassen und mir ein Messer an den Hals setzen, dann bist du schief gewickelt. Du kannst es schon machen, aber es bringt dir nichts. Wenn du darüber nachdenkst, mich umzubringen, um dein Problem zu lösen, dann mal los. Würde mir zwar nicht gefallen, aber dir auch nicht.«

Helmut setzt Roland zu Hause ab und fährt dann selbst heim. Seine Kinder sind erwachsen und aus dem Haus, seine Frau ist mit ihrer Freundin unterwegs, er ist alleine. Heute ist er froh darüber. Bis vor Kurzem hat er immer nur ans Geldverdienen gedacht, aber in letzter Zeit beschäftigt ihn der Gedanke mehr, wie er Risiken vermeiden kann. Seine Kunden, die machen ihm wenig Kopfzerbrechen. Leute, die Kokain konsumieren, sind keine Leute, die zur Polizei gehen und ihren Dealer verpfeifen. Außerdem kann man ihm da immer nur geringe Mengen nachweisen.

Aber ein Foto von ihm und Walter, auf dem Roland dem Walter zehn Kilo Koks in den Waschkorb schaufelt, das hätte eine ziemliche Sprengkraft. Und es ist gut möglich, dass dieser André nicht lügt. Verdammt, das Risiko kann er nicht eingehen. André selbst ist eigentlich ungefährlich für ihn. Er hat zugegeben, dass er drei Kilo geklaut hat. Dann fehlen immer noch neun Päckchen. André hat erzählt, dass nach dem Crash jede Menge Päckchen auf dem Meer herumgeschwommen sind. Also ist es wahrscheinlich, dass die neun Päckchen als Fischfutter auf dem Atlantik herumtreiben oder trieben. Er stellt sich vor, wie so ein Hai da hineinbeißt. Der wird schön abgehen. Aber die Wirkung ist ja vermutlich mit dem durch die Nase ziehen nicht zu vergleichen. Und Fische haben keine Nasen, sondern Kiemen. Aber es kann natürlich trotzdem sein, dass der eine oder andere noch mal ein Päckchen beiseite gebracht hat. Ist ihm jetzt auch egal. Der André hat gesagt, er würde zahlen. Und daraufhin hat er ihm sogar eine anständige Summe für den Transport zugesagt. Problematisch sind die Mitwisser. André hat gesagt:

»Auf dem Schiff waren die zwei Engländer dabei, Tonio und ich. Aber die Engländer haben nicht an der Verfolgung teilgenommen, kennen deinen Namen nicht.«

Da hat Helmut dann ganz genau wissen wollen, wer denn dabei war. André hat zugegeben, dass er und dieser Alex dabei war, dann dieser Max und der Tonio. Sie hätten im Hafen von Palma auf sie gewartet und sie mit einem Schlauchboot verfolgt.

»Da seid ihr also mit drei Autos hinter den zwei Passats und meinem Mercedes hergefahren.«

»Genauso. Du hast an dem Mercedes sogar noch einen Tracker dran hängen.«

Helmut hat nur den Kopf geschüttelt. Es ist schon möglich, dass es so gelaufen ist. Helmut hat ihm die Geschichte abgekauft.

Er geht auf seine Terrasse und zündet sich eine Zigarette an. Er raucht nur noch in Stresssituationen aus alter Gewohnheit. Dann holt er sich noch einen Cognäckchen zur Beruhigung der Nerven. Dazu gibt es ein großes Stück leckere italienische Milchschokolade. Haben sie bei ihrem Trip an der Tanke gekauft. Die muss er vor seiner Frau verstecken, weil die versucht, seinen anschwellenden Ranzen zu kontrollieren. Rauchen darf er in der Bude auch nicht mehr. Aber Gott sei Dank ist so eine Zigarette ja schneller geraucht, als man frieren kann. Er hätte – so gesehen – nur drei Probleme und die heißen Tonio, Max und Alex. Der Tonio kennt seinen Namen, der kann jederzeit dumm herumschwätzen. Er muss sich was überlegen.

Jogi

André fühlt sich gar nicht gut. Es ist stockdunkel, sie haben ihm sein Handy abgenommen und eine Uhr hat er sowieso nicht. Sein Zeitgefühl, so glaubt er, funktioniere noch ganz gut und er denkt, dass er jetzt etwa einen Tag hier drin sitzt. Die Temperatur schätzt er auf plus fünf Grad. Er friert jämmerlich. Zeitweise hat er sich sogar unter die Matratze verzogen. Die paar dünnen Decken nützen nicht allzu viel. Außerdem muss er laufend pinkeln. Er hat vierundzwanzig Stunden keine Flüssigkeit zu sich genommen. Die Mistkerle wollen, dass er alles sagt, was er weiß, um einen Schluck Wasser zu bekommen und er weiß, dass das eine seiner schwersten Übungen werden wird.

Gleichzeitig weiß er auch, dass sie ihn vermutlich nicht sterben lassen werden. Bevor sie verschwunden sind, hat er ihnen die Geschichte mit dem Anwalt erzählt. Selbstverständlich hat er nichts bei irgendeinem Anwalt deponiert, aber so ganz gelogen war das nicht. Franz hat diese Fotos und Franz würde sich vermutlich nach einer Weile Gedanken machen. Er denkt, der Franz der habe Antennen. Der hat immer schon stark auf sein Gefühl gehört und lag oft richtig damit.

Er hat sich gefragt, wie Helmut ihm auf die Schliche gekommen ist. Aber das ist vermutlich relativ leicht zu erklären. In Antigua ist es einfach, herauszufinden, wem das Boot gehört und man findet im Internet auch noch seine Geschichte mit dem Drogenhändler. Die haben sich vermutlich gefragt, wo die Päckchen abgeblieben sind, und er ist der Einzige mit einer kriminellen Vergangenheit. Wahrscheinlich haben sie mitbekommen, dass in Rottweil viel Koks aufgetaucht ist. Daran hat er nicht gedacht, hätte vielleicht besser nach Schleswig-Holstein verkauft oder nach Dänemark. Vielleicht waren sie bei Charly und haben den ausgequetscht. Hätte aber nichts genützt. Der hätte höchstens die Verstecke verraten können, aber sie haben es andersrum gemacht. Sie haben ihm auf der Reichenau aufgelauert. Er muss bei der Geschichte bleiben, die er erzählt hat. Er kann Franz und Lena da nicht mit reinziehen. Schlimm genug, dass sie über Max, Alex und Tonio Bescheid wissen.

Sein Urin stinkt grauenvoll, er hat einen trockenen Mund und seine Zunge fühlt sich seltsam an. Er weiß, dass irgendwelche Leute schon mal zehn Tage oder mehr ohne Flüssigkeit überstanden haben, aber wahrscheinlich waren das spindeldürre indische Jogis, die vermutlich in der Lage sind, die Feuchtigkeit aus der Luft herauszufiltern oder sonst irgendetwas. Wenn er sich in seinem mittelmäßigen Trainingszustand anschaut, dann wird er wahrscheinlich drei Tage durchhalten. Die Bude hier stinkt sowieso furchtbar, die Wände sind feucht, aber nicht so feucht, dass er sie abschlecken könnte. Er hat keine Idee. Ganz am Anfang hat er sich mal gegen die Tür geworfen, aber das Ding ist dermaßen massiv, das hat noch nicht mal einen Mucks getan. Da hat er beschlossen, die Energie besser zu sparen.

Sie haben von ihm noch wissen wollen, was sie denn jetzt unternehmen wollten. Da hat er ihnen erzählt, dass sie eigentlich nur wissen wollten, wer ihn als Transporteur benutzt. Sie hätten Angst gehabt, es mit der Mafia zu tun zu haben. Da hat Helmut gesagt, so viel besser sei es mit ihm ja auch nicht und sie haben sogar beide zusammen gelacht.

Er hat Helmut gesagt, dass sie beschlossen haben, gar nichts zu tun, denn die Optionen seien nicht so zahlreich. Wenn sie zur Polizei gingen, würde er, Helmut, möglicherweise für eine Weile einfahren, aber es stünde zu befürchten, dass er sich rächen würde, wenn er wieder raus käme. Ihr einziger Beschluss sei gewesen, den Kiel einfach wieder in den Originalzustand zu versetzen.

Da hat ihm Helmut erzählt, es sei sowieso seine letzte Tour und er hätte eigentlich überhaupt nichts unternehmen müssen. Und da hat André zu Helmut gesagt, es wäre besser gewesen, man hätte sich mal vorher vernünftig unterhalten. Helmut hat bedächtig genickt und gesagt:

»Genau, so von Drogendealer zu Drogendealer!«

André legt sich wieder auf seine Matratze und versucht zu schlafen. Er nimmt an, dass er im Schlaf weniger Flüssigkeit verliert. Er hofft, dass sie morgen wiederkommen, sicher ist er sich aber nicht.

Trottel

Helmut hat was mit André gemeinsam. Er fühlt sich schlecht. Er muss dauernd an diesen Tonio denken. Er verbarrikadiert sich in seinem Puff-Büro und denkt über die ganze Geschichte nach. Andauernd. Stellt sich die Szene in Mallorca vor, wie dieser Alex und der Max zusammen mit André und Tonio sie beim Umladen beobachtet haben, anschließend mit dem Schlauchboot hinter ihnen her sind. Dann müssen sie schnell nach Malle zurückgefahren sein und sich einen Flug nach Italien besorgt haben, dort Autos gemietet und sie alle einzeln verfolgt haben. Und er Trottel hat nichts gemerkt. Ausgerechnet beim letzten Deal. Immer ist alles gut gegangen. Er hat sich eingebildet, er könne diesen André als Transporteur benutzen. Was müssen die auch genau da lang fahren, wo dieser Scheiß-Container schwimmt. Solche verdammten Idioten. Aber wie er die Sache auch dreht und wendet, er muss etwas gegen diese drei unternehmen.

Helmut hat in seiner gesamten Karriere keinen Mord begangen. Und er hat auch keinen Mord begehen lassen. Na gut, einmal hat er einen Mitwisser verpetzt. Leider war der dann plötzlich verschwunden, wurde nie wieder gesehen. Seine Lieferanten haben das organisiert, er musste gar nichts tun. Das wäre auch noch eine Idee. Sind nicht zimperlich, wenn man Leute verschwinden lassen muss. Aber damals war es so, dass der verschwundene Mann über seine Lieferanten Bescheid wusste. Da waren sie natürlich interessiert. Wenn sie nicht selbst betroffen sind, dann ist ihnen das völlig egal. Die haben das Zeug verkauft, die haben ihr Geld, alles Weitere ist allein sein Problem.

Da draußen laufen drei Kerle herum, kennen seinen Namen, haben Beweisfotos für die Übergabe von zehn Kilo an Walter. Und der André weiß auch noch Bescheid. Aber der wird schon seinen Mund halten. Es sei denn, er wird von irgendjemanden unter Druck gesetzt. Helmut könnte sich vorstellen, dass er dann sein Mäulchen relativ schnell aufmacht, so wie bei ihnen. Ach ja, den müssen sie spätestens morgen aus seinem Verlies befreien. Sonst krepiert er ihnen noch.

Er schläft extrem schlecht. Seit dieser Geschichte haut er sich abends meistens mindestens eine Flasche Wein rein und noch ein paar leckere Schnäpschen hinterher, geht quasi betäubt ins Bett und wacht dann morgens um drei oder um vier auf und hirnt. Gegen fünf schläft er dann wieder ein und wacht völlig gerädert auf. Das stinkt ihm dermaßen.

Helmut überlegt, ob er irgendwas fingieren könnte, dass jemand anders das für ihn erledigt. Er könnte denen natürlich auch Kokain unterschieben und dann dafür sorgen, dass die Bullen das finden. Aber das funktioniert auch nicht, denn dann würden die natürlich sofort auspacken, weil sie genau wissen, wo es herkommt. Es ist zum Kotzen.

Natürlich gibt es Leute, die für ein paar Tausender einen Mord begehen. Manche können das, ohne mit der Wimper zu zucken. Aber dann hat er ja wieder einen Mitwisser.

Er könnte es natürlich so einfädeln, wie der André das mit Charly gemacht hat. Anonym. Aber dann braucht bloß etwas schief zu gehen, einer von denen überlebt und rennt sofort zu den Bullen und er sitzt wegen zwei Zentnern Kokain. Ein Zentner würde auch reichen oder weniger. Da käme einiges auf ihn zu. Soweit er weiß, fährt man dafür bis zu fünfzehn Jahre ein. Die Bullen haben ihn schon lange im Verdacht, konnten ihm bloß nie was nachweisen. Die Strafe reicht von zwei bis fünfzehn Jahren und mit seiner Vorgeschichte und der Menge wäre er da sicher eher an der Höchststrafe. Er glaubt, er könnte sich so auf über zehn Jahre einrichten. Na gut, bei guter Führung vielleicht ein bisschen weniger. Er hat aber überhaupt keine Lust, seinen siebzigsten Geburtstag im Knast zu feiern. Wie zum Teufel kommt er aus der Nummer raus? Der einzige Lichtblick ist, dass die ganzen Drogendelikte nach fünf Jahren verjähren. Aber wie übersteht man die fünf Jahre?

Folter

André hat es nicht geschafft. Er hatte solch einen Hunger, dass er eine von den Salzbrezeln gegessen hat. Davon ist das Hungergefühl zwar nicht weggegangen, aber sein Zustand hat sich in kurzer Zeit deutlich verschlechtert. Die Zunge liegt ihm quer im Maul, ist furztrocken und fühlt sich an wie ein Stück Styropor. Er hat tierische Kopfschmerzen, ist hundemüde, kann aber nicht schlafen und muss immer noch pinkeln und das Zeug ist schon dunkelgelb, vermutet er. Sehen kann er es ja nicht. Keine Ahnung, woher er die Flüssigkeit noch nimmt, vermutlich aus Zellen, die immer mehr vertrocknen. Seine Lippen fühlen sich komisch an, ihm ist schwindlig und er kann sich kein bisschen konzentrieren. Er liegt auf der verdammten Matratze, würde alles für einen Schluck Wasser geben.

Sein übrig gebliebenes Zeitgefühl sagt ihm, dass er seit deutlich mehr als zwei Tagen hier drin sitzt. Er hat mal versucht zu sprechen, fällt ihm sehr schwer.

Er hört ein Geräusch. Aber er traut seinen Sinnen schon länger nicht mehr. Aber doch, da ist so ein Klappern, das näher kommt. Jetzt hört er etwas an der Tür, so als ob wer daran rumfummelt. Plötzlich ist da Licht. An der Decke ist ein Haken, in den wird die Lichtquelle eingehängt. Sie leuchtet den Raum einigermaßen aus. André erinnert sich, dass das genauso war, als sie ihn hierher gebracht haben. Natürlich hat der Bunker keine Stromversorgung. Das muss eine Akkulampe sein. Das Licht blendet ihn, er ist ja hier in kompletter Dunkelheit gesessen. Er schließt die Augen, öffnet sie einen Spalt, öffnet sie ein bisschen mehr, muss blinzeln, macht die Augen wieder zu. Er liegt immer noch auf seiner Matratze.

»Des schdingd ja grausam!«

Die Stimme klingt wie die von Helmut. Durch seine halb zugekniffenen Augen sieht er einen zweiten Mann und erkennt Roland. Der trägt etwas herein, André erkennt zwei gestapelte Stühle. Roland stellt einen vor die Matratze, den anderen daneben und hält André die Hand hin.

»Steh auf.«

André ergreift die Hand.

Roland zieht André hoch, der große Mühe hat, sich auf den Beinen zu halten. Roland hält ihn und schiebt ihn zu dem Stuhl, André setzt sich drauf.

»Also André, was ist dir seit unserem letzten Treffen noch Neues eingefallen, was du uns erzählen möchtest? Vielleicht noch ein paar weitere Mitwisser? Und schau mal, was du dafür bekommst!«

André sieht, wie Roland eine Eineinhalb-Liter-Mineralwasser-Flasche und einen Becher aus Plastik hochhält.

»Bekommst du nur, wenn du was zu sagen hast, sonst gehen wir wieder.«

André fühlt sich als Wesen zu fast hundert Prozent vom Durst beherrscht. Das ist ein übermächtiges Gefühl. Ganz klein in einer versteckten Ecke gibt es noch einen winzigen Gedanken, der sagt, dass die Burschen ihn nicht länger hier lassen werden, weil sie Angst vor seiner Story über den Anwalt haben und dass sie ihn auch nicht verdursten lassen werden. Ihre Drohung ist nur Show. André ist kurz vor dem Durchdrehen. Der Gedanke an die Show wird wieder schwächer, als er das Wasser betrachtet. Dann schaut er weg und er wird wieder stärker, aber Willensstärke ist nicht seine Spezialität.

Er ist als junger Mann mit einem Freund zusammen im Sommer auf einen einfachen Dreitausender in den Schweizer Alpen gestiegen. Unvorsichtigerweise haben sie nichts zum Trinken dabei gehabt. Da haben sie zum Schluss schmutzigen Schnee in den Mund genommen, bis er aufgetaut ist. Er dachte damals, er wüsste, was Durst ist – nein, das wusste er nicht, aber jetzt weiß er es. Seine sieben Sinne sind stark eingeschränkt, er fühlt sich wie im Nebel oder wie in einem Fiebertraum.

Der Gedanke an die Show wird wieder stärker.

»Nein, ich habe euch alles gesagt«, lallt er. Er bringt die Worte nur ganz langsam heraus, er hat Schmerzen im Mund, im Hals, alles ist trocken.

»Gut, dann glauben wir dir das mal. Bescheid wissen also nur dieser Alex und sein Kumpel aus dem Elsass?«

»Ja, habe ich euch ja gesagt. Und der Tonio.«

»Wo wohnt der?«

»Der wohnt offiziell bei seinen Eltern, ist aber meistens unterwegs und wohnt dann irgendwo in der Wohnung von einem Freund oder so. Demnächst geht er nach Thailand.«

»Was machd der in Thailändle, Urlaub?«, fragt Helmut.

»Der holt ein Segelboot ab.«

André sieht, wie Helmut Roland zunickt. Der öffnet die Wasserflasche und schüttet etwas davon in den Becher, den er André reicht. Mit beiden Händen nimmt André den Becher, kann ihn kaum halten und führt ihn zum Mund. Ganz langsam nimmt er in fünf Schlucken den Inhalt zu sich. Am liebsten würde er Roland die Flasche wegnehmen, an den Hals setzen und in einem Zug austrinken.

Er schaut bittend zu Roland und hält ihm den Becher wieder hin. Der gießt noch mal ein, diesmal etwas voller.

André kocht gerne, er hat in seiner Küche immer ein Basilikumbäumchen. An das muss er denken. Einmal hat er vergessen, es zu gießen, und war ein paar Tage weg. Als er wieder kam, war das Bäumchen völlig verschrumpelt und vertrocknet. Er wollte es zunächst wegschmeißen, hat dann aber gedacht, das Bäumchen sollte doch noch eine letzte Chance bekommen und hat es gegossen. Er konnte förmlich zuschauen, wie das Grünzeug sich in einem irren Tempo erholte und aufrichtete. So fühlt er sich jetzt gerade.

»André, wir gehen.«

André sieht, wie sie die Lampe runternehmen, den Teller für die Brezeln sowie die Decken in eine große Plastiktüte packen, sich in dem Raum noch mal prüfend umschauen. Roland stellt sich neben ihn, legt André den Arm um die Mitte und der legt seinen auf Rolands Schulter. Dann verlassen sie den Bunker. Draußen ist helllichter Tag. In einiger

Entfernung von dem Bunker steht Helmuts Mercedes und Andrés Touareg. Es dauert eine Weile, bis André und Roland die Autos erreicht haben. Sie setzen ihn quer auf den Fahrersitz seines VW. Helmut hält André, der in der Zwischenzeit etwa ein Drittel der Flasche ausgetrunken hat und sich schon deutlich besser fühlt, ein Papier hin.

»Lies!«

André liest. Auch das geht noch verlangsamt. Es ist eine Aussage, in der er zugibt, drei Kilo Kokain an Charly verkauft zu haben. André überlegt, ob das in Helmuts Hand eine echte Waffe ist. Wirkt so flüchtig hingeknallt.

»Es waren aber nur einskommazwei Kilo.«

»Schlaubergr«, knurrt Helmut.

Er korrigiert das Papier handschriftlich. André wundert sich. Der Typ hat Schiss vor ihm. Er freut sich aber, dass sein Gehirn schon wieder ein bisschen besser funktioniert und unterschreibt. Das Geständnis ist durch Folter erzwungen, quasi wertlos.

Roland sagt ihm, sie ließen ihn jetzt laufen, er müsse ihnen nur noch sagen, wo genau sie diesen Tonio finden würden. Und er müsse auch für sie herausfinden, wann er nach Thailand fliegen würde und mit welchem Flug.

»Wenn du nicht spurst, dann weißt du, was wir beim nächsten Mal mit dir machen. Ich glaube nicht, dass du um Polizeischutz betteln wirst. Ach, noch was«, ergänzt Roland, »dein Anwalt hat sich ja anscheinend noch nicht mit der Polizei in Verbindung gesetzt?«

»Nein, der kontrolliert das nur gelegentlich. Wie lange war ich eigentlich hier drin?«

»Fast drei Tage.«

»Ich würde dir empfehlen, den Rest der Flasche ganz langsam zu trinken und etwas zu warten, bevor du fährst.«

Roland übergibt ihm eine Tüte.

»Hier, wir haben dir noch ein paar Brötchen und Landjäger mitgebracht. Aber ganz langsam essen bitte. Konntest den Brezeln doch nicht widerstehen, gell? Wenn der Mensch nichts zu trinken hat, dann verwechselt er Hunger und Durst. Das war gemein von uns.«

Lachend geht er zu dem Mercedes, besteigt ihn durch die Beifahrertür. Helmut sitzt schon hinter dem Steuer und die beiden rauschen ab. André isst ganz langsam ein halbes Brötchen, trinkt den Rest der Flasche Wasser. Von der Wurst rät ihm sein Körper ab. Es geht ihm tatsächlich schon etwas besser. André ist ein bisschen stolz auf sich.

Prepaid

Helmut geht es von Tag zu Tag schlechter. Er hat gute Nerven, aber nur im Prinzip. Ausgerechnet jetzt, wo er alles etwas ruhiger angehen lassen wollte, da steht er unter Druck wie noch nie. Diese ganzen potenziellen Mitwisser seiner letzten Aktion machen ihn wahnsinnig. Und noch verrückter macht ihn die Vorstellung, dass die jederzeit ihr Wissen weiter tratschen könnten. Diese Aussagen sind zwar vor Gericht nicht viel wert, aber so ganz ungefährlich sind sie auch nicht.

Er verkriecht sich immer öfter in einem seiner Büros. Zu Hause kann er sich nicht konzentrieren. Seine Frau weiß über seine Geschäfte Bescheid, und zwar auch über die illegalen. Aber mit ihr will er darüber gar nicht sprechen. Sein Sohn studiert in Zürich, seine Tochter in Berlin und die wissen auch nichts Genaues, aber er glaubt, sie ahnen, dass er kein Kind von Traurigkeit ist.

Heute sitzt er wieder mal im Puff-Büro. Das mit der

Schlaferei wird auch nicht besser, er kommt höchstens auf fünf Stunden. In normalen Zeiten schläft Helmut mindestens acht Stunden und fühlt sich morgens pudelwohl. Jetzt quält er sich aus dem Bett. Er will seine Frau nicht beunruhigen und daher versucht er, es vor ihr zu verbergen. Aber da seine Nerven blank liegen, gibt es teilweise aus nichtigem Grund schon mal Zoff. Dabei war er immer stolz auf seine ziemlich streitfreie Ehe.

Das Puff liegt in einem Industriegebiet, ist ein unscheinbarer, zweckmäßiger Bau, aber nur von außen. Innen ist alles total plüschig. Von hier oben im zweiten Obergeschoss hat er einen ganz netten Ausblick auf einen Wald. Bei dem Stichwort *Wald* fällt ihm Andi ein. Mit Andi hat er in grauer Vorzeit so eine Art Swingerclub mitten im Wald betrieben. Das muss mehr als fünfundzwanzig Jahre her sein. In den letzten Jahren haben sie sich ein wenig aus den Augen verloren, telefonieren nur noch zu Geburtstagen miteinander. Andi besitzt mehrere Puffs, hat auch immer schon mit Drogen aller Art gehandelt. Überhaupt hat Andi immer alles verhökert, was irgendeiner gesucht hat. Einmal haben sie einen Waffendeal zusammen durchgezogen, für den man heutzutage ziemlich sicher in den Knast wandern würde. Ist aber auch schon über zwanzig Jahre her. Das ist eine Idee. Er wird Andi anrufen, und zwar sofort.

»Hallo Andi, hier ist Helmut.«

»Helmut, altes Haus, wie geht's wie steht's?«

»Gestern stand's noch.«

Mit dieser krachend männlichen Machofloskel begrüßen sie sich jedes Mal. Das Gewerbe färbt doch ab.

»Hast du ein Prepaid?«

Andi gibt ihm die Nummer. In ihren Kreisen bespricht man Heikles nicht mit dem eigenen Smartphone. Nach ein wenig Small Talk auf den Prepaids fragt Andi geradeheraus, was Helmut denn auf dem Herzen habe. Sein Geburtstag sei doch erst im April.

Helmut schilderte ihm die Lage. Nicht in allen Details, aber genau genug, um einen Profi wie Andi in die Lage zu versetzen, die ganze Chose zu beurteilen.

»Soweit ich das sehe, hast du keine andere Möglichkeit, als die Leute verschwinden zu lassen. Diese beiden Security-Typen aus dem Elsass müssen weg und der Bootsbauer auch.«

»Dann habe ich wieder einen neuen Mitwisser.«

»Aber der hat dann selbst so viel Dreck am Stecken, dass du sicher sein kannst, dass der nicht singt. Ich wüsste da jemanden. Ich kaufe mein Zeug mittlerweile zum Teil auch direkt beim Erzeuger und die haben solche Leute. Ich bräuchte von dir nur die Adressen, die Namen und ein paar Fotos. Der fliegt ein, erledigt das und verschwindet wieder nach Südamerika. Betritt Deutschland oder Frankreich in seinem Leben nie wieder.«

»Hast du damit gute Erfahrungen gemacht?«

Andi lacht nur.

»Was für eine Antwort erwartest du jetzt?«

»Was kostet der Spaß?«

»Die sind nicht billig. Rechne mal so mit fünf- bis zehntausend. Pro Kopf.«

»Andi, weißt du was, ich werde dich morgen besuchen, passt das?«

»Ja das passt, du kannst bei uns übernachten.«

»Ja, gerne. Komme am späten Nachmittag. Bis dann.«

Etwas später meldet sich André auf dem Prepaidhandy und gibt Helmut die Nummer des Fluges, mit dem Tonio übermorgen nach Bangkok fliegen wird. Helmut wird noch nervöser, als er eh schon ist. Dann ist dieser Tonio also für einige Wochen weg.

Helmut fährt zwei Tage später morgens bei Andi ab, schnappt sich das Prepaidhandy, ruft Roland an, schreit:

»Du musschd nochher zu mir komma!«

Roland steht später vor ihm, Helmut erklärt ihm seinen Plan, seinen Ausweg aus der verfahrenen Situation.

»Roland, du hängst mit drin. Du musst mir helfen, denn es geht auch um dich. Wenn ich einfahre, bekommst du vielleicht eine etwas geringere Strafe als ich, weil ich der Anführer bin, aber empfindlich wird sie auch.«

»Ja klar, wenn du dran bist, bin ich mit dran. Ich weiß schon.«

In Krisensituationen wird Helmuts ziemlich starkes Schwäbisch deutlich schwächer. Das war schon immer so.

»Roland, wir probieren jetzt, ob wir dich noch auf den Flug gebucht bekommen. Er geht ab Zürich.«

Roland nickt.

»Du musst schauen, dass du ihm hundert Gramm in sein Gepäck manövrierst. Ihn ablenken oder so. Wenn du das nicht schaffst, dann musst du ihm das Zeug im Flieger in sein Handgepäck reinpacken. Ich kenne einen Thai und würde dafür sorgen, dass die Polizei oder der Zoll oder wer auch immer da zuständig ist, ihn bei der Ankunft schnappt. Dann ist der Kerl mindestens fünf Jahre weg. Wenn er Pech hat, auch länger oder es gibt die Todesstrafe. In fünf Jahren ist der ganze Scheiß verjährt. Das ist die einzige Chance, die ich sehe, um diesen Typ vom Hals zu bekommen.«

»Und die anderen beiden, Alex und Max?«

»Keine Sorge, für die habe ich schon eine Lösung. Aber die braucht Zeit und Tonio ist jetzt erst mal für länger weg und ich sehe darin unsere einzige Chance. Damit hätten wir dann drei Baustellen weniger, könnten wieder sorgenfrei leben. Ich weiß ja nicht, ob die in der Zwischenzeit noch mehr Leute informiert haben, aber davon müssen wir einfach ausgehen, können uns nicht um noch mehr kümmern.«

»Aber Helmut, wenn der Typ in Thailand im Knast sitzt, dann kann er doch immer noch eine Aussage gegen uns machen.«

»Glaubst du im Ernst, dass einem inhaftierten Drogenschmuggler ein deutscher Richter glaubt? Ein Restrisiko bleibt, aber das haben wir schon immer gehabt.«

Gehirn

Langsam geht es André besser. Er kann wieder klar denken, sitzt in seiner Bude auf der Insel Reichenau. Morgen wird er mit dem Rest von dem Koks zu Helmut fahren und es ihm übergeben. Dann wird er mit ihm darüber sprechen, wie viel Geld der von ihm verlangt. Er hofft, dass er halbwegs glimpflich davonkommt. Mittlerweile wäre er froh, wenn er wenigstens noch ein bisschen was übrig behalten würde. Langsam nervt ihn auch dieses ewige Hin und Her auf der Autobahn 81, auch Spätzle-Highway genannt. Aber was soll's, es muss ja sein.

Er fragt sich, warum die ihn so intensiv nach Alex, Max und Tonio befragt haben. Seit sie ihn aus seinem Gefängnis entlassen haben, geistert dieser Gedanke in seinem Hirn herum. Wenn er richtig darüber nachdenkt, dann hat allerdings dieses Gehirn genau diesen Gedanken die ganze Zeit in irgendeine entfernte Schublade geschoben. Allerdings hat es diese jetzt geöffnet. Erstaunlich, was so ein Gehirn alles kann.

Das kann doch eigentlich nur bedeuten, dass Helmut seine Zukunft durch Tonio, Alex und Max bedroht sieht.

Er weiß, dass die über ihn Bescheid wissen und jetzt beißt er um sich. Plötzlich steht dieser Gedanke glasklar mitten im Raum. Der wird versuchen, sie umzubringen. Könnte durchaus sein, dass der Mann Zugriff auf einen bezahlten Killer hat. Wenn die Gerüchte stimmen, dann bekommt man ein Leben in Deutschland ungefähr ab sechstausend Euro beseitigt.

André war in seinem Leben sicher nie das, was man systemkonform nennt. Er war nicht brav und gesetzestreu, aber so etwas ist von seinen Gaunereien schon sehr weit entfernt. Es ist ganz einfach. Er muss alle drei warnen. Mit Alex und Max hat er keinen so engen Kontakt gehabt wie mit Tonio, und um die macht er sich schon wegen deren Beruf weniger Gedanken. Aber Tonio, um den hat er regelrecht Angst. Das ist so ein netter junger Kerl und jetzt trachten ihm so ein paar verdammte Drogengangster nach dem Leben, nur weil er über den Atlantik gesegelt ist, und zwar auf dem falschen Schiff. Die ganze Sache ist zum Kotzen.

André gibt eigene Fehler zu, sich selbst und anderen gegenüber. Natürlich war es verkehrt von ihm, diese drei Päckchen abzugreifen. Aber er hat es auch aus Angst über seine finanzielle Zukunft getan, weil es sich abgezeichnet hat, dass er möglicherweise auf die Karibik-Regatten im Winter wird verzichten müssen. Dieser verdammte Helmut. Und dann macht er noch so auf halbwegs nett, dabei ist er ein eiskalter Verbrecher.

Er muss die drei warnen. Bloß, wie soll er das anstellen? Wenn er sie warnt, dann fragen die sich, wo er die Information her hat. Die kann er nur von Helmut haben. Also muss er Kontakt mit ihm gehabt haben. Wie soll er das begründen. Er könnte die Wahrheit sagen, dass sie ihn geschnappt und ausgequetscht haben. Er könnte sogar die ganze Geschichte mit dem Bunker erzählen, die Wahrheit vermittelt man anderen Leuten meist glaubhafter als irgendwelche erfundenen Storys. Aber dann müsste er eigentlich auch zugeben, dass er drei Päckchen geklaut hat. Muss er das wirklich? Für Helmut ist es ja ein Leichtes, seinen Namen herauszufinden. Das ist *die* Idee. Er behält für sich, dass er die drei Päckchen genommen hat, und stellt es so dar, als ob der Helmut ihn einfach geschnappt hat, um herauszubekommen, wer über ihn Bescheid weiß. Das ist total plausibel. In seinem Hinterkopf schleicht sich noch so ein Gedanke an, die Sache könnte ja irgendwann mal herauskommen, spätestens, wenn zum Beispiel die Polizei den Helmut schnappt. Aber diesen Gedanken den schiebt er gleich wieder weit weg.

André schnappt sich sein Telefon. Tonio geht nicht ran. André versucht es in der nächsten Stunde noch dreimal, dann macht er zwei Stunden Pause, probiert es wieder, jedes Mal geht nur die Mailbox ran. Er hat ihm drauf gesprochen. André macht sich zunehmend Sorgen um ihn. Er denkt, er sollte dann wenigstens die anderen beiden informieren.

»Hallo Alex.«

»André, was gibt's, wie geht's?«

»Du Alex, ich möchte euch vor diesem Helmut warnen.«

»Wie kommst du denn darauf, André?«

»Die Burschen haben mich geschnappt und drei Tage ohne Flüssigkeit in einen Bunker gesteckt. Sie haben mich eingeschlossen. Und dann haben die Drecksäcke mir auch noch Salzbrezeln hingestellt. Nach drei Tagen sind sie wieder gekommen und wollten von mir wissen, wer über sie Bescheid wissen könnte.«

»Ah, und du hast alle Namen gesagt, unsere, Franz, Lena und Lisa und vielleicht noch Tom und Jerry, oder?«

Alex hat jetzt eine gewisse Aggressivität in der Stimme. Kein Wunder, vermutlich macht er sich Sorgen um Lisa, Lena und Franz, um sich selbst und Max.

»Die haben mich beim Joggen im Wald geschnappt. Dann haben sie mich irgendwo hingefahren und in diesen Bunker gesperrt. Ich glaube, die haben mir vor meiner Haustür aufgelauert. Ist doch für den kein Problem, meinen Namen zum Beispiel in Antigua oder in Mallorca zu erfahren. Außerdem haben sie mich zusammen mit dir am Zürichsee gesehen. Die haben mir klipp und klar gesagt, dass sie mir kein Wort glauben würden, wenn ich ihnen erzählen würde, dass du und Max oder Tonio nicht über sie Bescheid wissen. Franz, Lena und Lisa habe ich herausgehalten. Über die wissen sie nichts. Und wegen der Geschichte in Zürich wussten sie auch, dass wir sie verfolgt haben. Und da es drei Boote waren, kann ich schlecht behaupten, dass ich es mit dir alleine gemacht habe.«

Alex schweigt.

»Und jetzt wollen sie uns umbringen oder?«

»Alex, ich fürchte ja, sie haben viel nach euch gefragt. Ich hoffe, dass Tonio auf dem Boot unterwegs ist. So lange wäre er sicher. Erreicht habe ich ihn nicht.«

»Und wieso hast du mir das alles nicht früher gesagt?«

»Ich bin gerade erst nach Hause gekommen. War völlig dehydriert. Noch einen Tag in dem Scheiß-Bunker und ich wäre wahrscheinlich nicht mehr am Leben. Alex, das ist kein Spaß ich weiß auch nicht was wir tun sollen. Vielleicht sollten wir lieber diesen Helmut umbringen.«

Business Class

Helmut fühlt sich etwas erleichtert. Für Roland haben sie noch einen Platz auf dem Flug nach Bangkok bekommen. Der hat ziemlich geflucht, dass er Economy fliegen muss.

Drogenschmuggler pflegen nämlich Business Class zu fliegen – wenn es was Besseres gibt, auch das. Man sollte also in der Business Class nie denken, dass alle anderen dort ihr Geld unbedingt mit ehrlicher Arbeit verdienen.

Andi aus München hat sich als echter Freund erwiesen. Bei dem Besuch ging es leider etwas feuchtfröhlich zu. Sie hatten sich ja jahrelang nicht mehr gesehen und daher hatte Andi gleich mal einen Begrüßungs-Champagner in der Hand, als er Helmut vor seiner Prachtvilla empfangen hat. Seine neueste Eroberung stand neben ihm und bei deren Anblick ist Helmut das Wasser im Munde zusammengelaufen. Auch die hatte ein Glas in der Hand. So haben sie gleich die erste Flasche gelenzt und dann sagte Madame, man könne doch nicht auf einem Bein stehen. Passend zu dem Spruch hat Helmut ein paar anzügliche Bemerkungen über ihre Beine vom Stapel gelassen und dann hat sie noch eine Buddel geholt. So war es weitergegangen und später haben sie gegessen – mit Wein natürlich und bei der geschäftlichen Besprechung haben die Herren Cognac geschlürft. Na ja, sie haben schon über das Thema gesprochen, aber nicht ganz so intensiv wie geplant.

Andi hat einen Tag später angerufen und da haben sie das Thema noch mehrfach intensiv erörtert und auch Alternativen gesucht. Leider ist ihnen nichts eingefallen.

Sie haben auch in den Tagen danach noch einige Male am Telefon miteinander gesprochen. Wieder und wieder haben sie andere Wege erörtert. Am Ende hat Andi seine zuerst geäußerte Meinung noch mal bekräftigt, hatte aber einen Einwand:

»Besser wäre es gewesen, auch den Tonio endgültig verschwinden zu lassen. Ich sehe aber ein, dass es unter dem gegebenen Zeitdruck auch so eine ganz gute Lösung ist.«

Für Max und Alex hat er einen Kolumbianer bestellt. Helmut hat sofort bar bezahlt und sie haben dem Mann alle benötigten Informationen über die beiden gegeben. Der wird sehr bald starten.

Auf der Rückfahrt auf der A 8 hat Helmut sogar ein bisschen zum Radio mitgesungen.

Tötungsmaschine

Alex steht bei Max in der Küche. Max sitzt am Küchentisch, löffelt sein Beeren-Müsli. Vom Crunchy-Müsli hat er sich verabschiedet, weil sich bei ihm vorne so eine kleine Beule gebildet hat und da Max ein eitler Fatzke ist, hat er natürlich sofort Gegenmaßnahmen ergriffen. Der Max ist schon sehr körperbewusst. Er schaut immer missbilligend auf Alex, weil der sich nicht so gut beherrschen kann und leider zu einer gewissen Fülle neigt. Fällt bei ihm allerdings weniger auf, da er ein ziemlich großer und breiter Kerl ist.

Alex verabschiedet sich von jemandem am Telefon und lässt die Hand mit dem Handy sinken, legt es auf den Küchentisch.

»Das war André. Warnt uns vor einem Killer, den Helmut angeblich auf uns angesetzt hat.«

»Man, ich habe von Tötungsmaschinen die Schnauze voll. Woher weiß er das denn?«

»Helmut und sein Gehilfe haben ihn beim Joggen im Wald geschnappt. Dann haben sie ihn drei Tage in einem alten Bunker eingesperrt und ihm nichts zu trinken gegeben.«

»Man, die schrecken ja vor nichts zurück. Welche Informationen haben sie ihm entlockt?«

»Na die wollten wissen, wer alles über sie Bescheid weiß.«

»Ja, das war zu erwarten. Und wen hat er alles verpetzt?«

»Nur uns beide und Tonio. Mich haben die beiden zusammen mit André am Zürichsee gesehen. So ein Mist. Und Andrés Namen und Adresse haben sie in Antigua oder in Mallorca rausbekommen. So schwer ist das nicht. Wegen der Sache am Zürichsee haben sie ihm auf den Kopf zugesagt, dass wir sie verfolgt haben und er kann ja schlecht drei Autos alleine verfolgen. Max, das ist eine blöde Situation. André meint, Tonio sei erst mal aus dem Schneider, weil er in Thailand ist. Er meint, solange der mit dem Boot unterwegs ist, sei er relativ sicher. Nur um uns beide macht er sich Sorgen.«

»Und woraus schließt er das mit dem Killer?«

»Die haben ihn wegen uns und Tonio ausgequetscht. Zum Glück hat er Franz, Lena und Lisa nicht erwähnt. Das ist sowieso eine hirnrissige Aktion, jeder von uns könnte es schon fünf weiteren Leuten erzählt haben. Die können doch nicht dutzendweise Massenmord begehen.«

»Können sie schon«, wirft Max ganz trocken zwischen zwei Löffeln Müsli ein. Er nimmt einen Schluck Cappuccino.

»Hat er gesagt, wann der Killer kommt?«, fragt Max.

»Er hat keine Ahnung.«

»Na wunderbar, dann können wir uns auf Besuch einrichten. Na gut, wir sind ja eigentlich immer vorbereitet. Dann gibt es für unsere Damen nebst Kindern ab sofort eine Ausgangssperre. Und wir verbarrikadieren uns in meinem Haus. Das ist noch am ehesten eine Festung.«

»Gut, dann gehe ich mit den Mädels noch mal zum Einkaufen und du passt auf die Kinderchen auf«, beschließt Alex.

»Warte noch einen Moment, wieso haben sie André wieder laufen lassen?«

»Das ist eine sehr gute Frage. Habe ich vergessen. Muss ihn nochmals anrufen.«

Max nickt mit vollem Mund. Alex geht zum Haus der beiden Frauen rüber und erzählt ihnen, was auf sie zukommt. Die beiden schnappen ihre Kinder, packen ein paar Sachen und gehen mit Alex zum Haus von Max rüber. Es war in ihrer etwas exotischen Beziehung von Anfang an klar, dass so etwas geschehen kann, ist jetzt zum ersten Mal eingetreten.

Max und Alex haben diese Ferme, dieses elsässische landwirtschaftliche Anwesen oberhalb des Fußes des Grand Ballon, wie man zum großen Belchen in den Vogesen sagt, vor fünfzehn Jahren in völlig heruntergekommenen Zustand erworben. Aus den Resten des alten Bauernhauses haben sie mit einigem finanziellen Aufwand und eigener Beteiligung ein sehr schickes restauriertes Anwesen gemacht, nur leider haben sie festgestellt, dass sie zwar jede Menge Gemeinsamkeiten haben, aber Max ein ganz pingeliger Typ und Alex ein Schlamper ist. Das war für Max unerträglich und so hat sich Alex ein Stück weiter ein eigenes Haus gebaut.

Alex sind wegen seiner Unordnung schon jede Menge Elsässer Putzfrauen davon gelaufen. Seit einem Jahr hat er eine Russin, die offensichtlich härter im Nehmen ist als die Elsässerinnen. Max hat schon eine Wette abgeschlossen, wie lange es wohl dauert, bis sie das Durcheinander satthabe, aber bis heute hält sie durch. Alex entlohnt sie allerdings fürstlich.

Als sie dann zwei lesbische elsässische Kindergärtnerinnen kennengelernt, sich angefreundet haben und denen vorgeschlagen haben, miteinander zwei Kinder zu zeugen, da haben sie ein drittes Haus gebaut. Die drei Gebäude stehen in einem Abstand von ungefähr jeweils fünfzehn oder zwanzig Metern auf dem großen Areal. Das Familienleben funktioniert tatsächlich, zwar in neuer und ungewohnter Form, aber darauf kommt es ja nicht an.

Alex und Manon sehen sich schon vorsichtig um, als sie zu Alex Auto gehen, um ins nahe gelegene Dorf zu fahren. Nach der Rückkehr hilft Max beim Entladen der Lebensmittel.

»Alex, was hat André denn gesagt, seit wann er wieder in Freiheit ist?«

»Seit einem Tag.«

»Es ist ja in Drogenkreisen beliebt, Spezialisten aus Südamerika einzufliegen, weil die sofort wieder verschwinden und wenig Möglichkeiten haben, Spuren zu hinterlassen. Wenn wir davon ausgehen, dass André am Beginn seiner Haft schon was erzählt hat, dann hatten die jetzt über drei Tage Zeit, einen Killer zu besorgen. Das heißt aber, dass der schon unterwegs oder gar schon da sein könnte. Dann ist Vorsicht durchaus ratsam.«

Jachthafen

André sitzt in einem Restaurant in der Nähe vom Jachthafen auf der Reichenau. Er hat soeben mit großem Appetit einen Saibling verdrückt und bestellt sich noch ein leckeres Dessert und ein zweites Viertel Rotwein vom Winzerverein Reichenau. Da schießt ihm ein Gedanke in den Kopf. André ist stolz auf seine im Kopf eingebaute Wiedervorlagemappe. Viele Dinge fallen ihm gerade noch rechtzeitig ein, einfach so. Schon während seiner Anwaltskarriere hat ihn das vor manchen Fehlern bewahrt.

Seine Geschichte funktioniert nicht. Wenn Helmut Max, Alex und Tonio einen Killer auf den Hals hetzt, dann müssen sie ihn auch bedrohen, denn es ist überhaupt nicht plausibel, ihn in Ruhe lassen. Er kann ja schlecht zugeben, dass er ein paar Päckchen abgezweigt hat und dass die der wahre Grund dafür sind, dass sie ihn nicht verfolgen. Er muss ein Attentat auf sich inszenieren.

Schon schmeckt ihm das Dessert und der Cabernet-Mitos deutlich weniger gut als vor dieser Erkenntnis. Er muss Franz informieren. Der war für zehn Tage mit Lena im Urlaub und er wollte ihn nicht beunruhigen, aber er sollte übermorgen wieder da sein. Das Beste wäre es, wenn er bis dahin schon ein Attentat auf sich vermelden könnte.

André zahlt und geht nachdenklich zu Fuß nach Hause. Ist zwar ein ganz schöner Weg, tut ihm aber gut.

Besuch

»Unser Besuch ist da«, sagt Alex zu Max.

Ihr großes Grundstück liegt zum Teil im Wald. Sie haben eine Art elektronischen Zaun installiert, der meldet, wenn jemand das Grundstück betritt. Es funktioniert immer noch nicht hundertprozentig. Tiere, die größer sind, als Füchse, werden als Menschen gemeldet. Es ist abends um zehn Uhr, sie sitzen mit Manon und Sarah im Wohnzimmer, die Kinder schlafen einen Stock höher. Vor allem Max Haus ist elektronisch extrem abgesichert, es ist fast eine Festung. Bis zu einem gewissen Maß halten die Fenster auch Projektilen stand. Für einen normalen Einbrecher wäre es quasi unmöglich, da hereinzukommen.

Alex bedeutet den beiden Mädels, bitte eine Etage höher zu gehen. Oben sind die Fenster zusätzlich noch durch sehr solide Läden gesichert, unten haben sie die Läden noch offen, damit ihr Besucher nicht auf die Idee kommen könnte, dass man hier vorbereitet sei. Beide sitzen an einem großen Esstisch, Alex hat ein Notebook vor sich, auf dem sieht er durch eine am Dach angebrachte Kamera, wie jemand vorsichtig anschleicht, in der Hand ein Gewehr.

»Jetzt kommt die entscheidende Frage, was sollen wir mit dem Strolch machen?«

»Na ja, wenn wir ihn schnappen und die Polizei anrufen, dann nehmen die ihn mit, die Drogendealer schicken ihm einen guten Anwalt und in ein paar Tagen ist er wieder draußen. Der arme Kerl hat sich einfach nur verlaufen. Wenn wir ihn einfach erschießen, dann sind wir dran. Es bleibt eigentlich wirklich nur, dass wir uns erst erschießen lassen. Dann könnte ich in Notwehr zurückschießen. Kann ich aber nicht mehr, bin ja tot«, sagt Max und lacht.

»Dabei lass ich dir gerne den Vortritt. Du bist schließlich der Ältere.«

»Das ist gar nicht so einfach. Wir könnten als Zielscheibe hier sitzen bleiben, lassen ihn auf uns schießen, und fallen vom Stuhl. Wir machen die Tür auf, warten, bis er mit der Knarre in der Hand reinkommt, dann erschießen wir ihn. Auf jeden Fall kriegen wir Ärger mit der Polizei.«

»Und wenn wir die Leiche einfach verschwinden lassen?«

»Ach Alex, weißt du, wie viele Leichen schon wieder aufgetaucht sind? Wenn wir ihn vergraben, kommt vielleicht ein Hündchen mit guter Nase daher und schon graben sie ihn aus. Wenn wir ihn im See versenken, dann treibt er durch einen dummen Zufall doch eines Tages nach oben. Das ist alles Mist.«

»Ich löse jetzt unsere Alarmanlage aus, dann kommt die Polizei. Werden eine Weile brauchen. Das passt.«

Maxi

Tonio ist ein bisschen traurig. Er sitzt jetzt seit neun Stunden in diesem Flieger und wird langsam müde. Er musste saumäßig früh aufstehen und nach Zürich fahren. Schon da hat er Lisa vermisst. Eigentlich wollte sie ihn begleiten, aber er hat gesagt, das brächte doch überhaupt nichts. Da hat sie dann beschlossen, sie würde ihn wenigstens abholen. Und er hat gemeint, er freue sich schon jetzt drauf.

Diesen Auftrag hat er schon vor einem halben Jahr angenommen. Es geht um die Überführung eines Maxi Racers, einer achtzig Fuß langen völlig spartanisch ausgestatteten Rennjacht. Achtzig Fuß sind etwa fünfundzwanzig Meter Länge, der Mast von dem Ding ist noch deutlich länger als das Schiff. Es soll von Thailand wieder zum Eigner nach Freemantle in Australien zurückgebracht werden. Zuerst muss er in Thailand mit ein paar Kollegen aus verschiedenen Ländern dieser Welt die auf der dortigen Werft durchgeführten Reparaturen begutachten. Wenn da etwas nicht stimmt, dann muss die Werft noch nacharbeiten, aber sonst können sie gleich los. Er hofft, dass dem so ist. Er hat früher schon mal für den Milliardär, dem dieses Spielzeug gehört, gearbeitet und der war mit ihm sehr zufrieden und so kommt immer mal wieder ein Job zustande.

Erst als er aufwacht, merkt Tonio, dass er eingeschlafen ist. Kein Wunder, er ist jetzt seit über zwanzig Stunden auf den Beinen.

Das Flugzeug landet zum geplanten Zeitpunkt auf dem Flughafen in Bangkok. Es dauert eine Weile, bis sie sich alle aus dem Flieger heraus gequält haben und am Gepäckband muss er noch mal warten. Normalerweise versucht er immer, nur mit einem Rucksack zu reisen, aber er musste sein schweres Ölzeug mitnehmen und das braucht Platz. Er kommt zu dem Herrn mit dem strengen Blick, der in dem Glashäuschen sitzt, schiebt ihm seinen Pass durch den Spalt in der Scheibe, der nimmt ihn, schiebt ihn über den Scanner und gibt ihn ihm zurück. Tonio geht weiter, als sich ihm plötzlich zwei Männer in Uniform in den Weg stellen.

Ritt

Roland ist stinksauer. Er verdient zwar klotzig bei Helmut, aber dieser Ritt, der ist einfach zu viel. Zunächst hat er eine Höllenangst gehabt, als sie in Zürich so ein Drogenhündchen platziert haben. Blut und Wasser hat er geschwitzt. Erst als er fast im Flugzeug war, hat er sich etwas beruhigt. Dann hat er einen unmöglichen Platz bekommen, er sitzt in der mittleren Viererreihe auf einem der inneren Sitze. Für gewöhnlich fliegt er Business Class, da hat er solche Probleme nicht. Zum Glück ist er halbwegs in der Nähe von diesem Tonio. Ursprünglich wollte er ihm das Tütchen vor dem Check-in in das Gepäck schieben, aber da hat er ihn gar nicht gesehen. Er hat ihn erst im Warteraum gefunden. Helmut stellt sich immer alles so einfach vor und dann wird es regelmäßig schwierig.

Gott sei Dank wurde es irgendwann dunkel. Bis nach zehn Uhr haben sie gebraucht, bis sie mit dem Essen durch waren und die Lichter abgedunkelt haben. Da ist er aufgestanden, hat das Fach über den Sitzen geöffnet, das Tütchen geholt und gecheckt, ob dieser Tonio die Augen zu hat. Dann hat er so getan, als ob er seine Sachen suche und das Fach oberhalb von Tonio geöffnet und ihm das Tütchen in den Rucksack reingeschoben. Hat wieder Blut und Wasser geschwitzt.

Tütata

Max Haus ist ziemlich groß, über zweihundert Quadratmeter auf zwei Etagen. Als sie das Anwesen gekauft haben, haben sie quasi ein neues Haus genau in die Form des alten Bauernhauses hineingebaut. Unten ist ein großer Wohnraum sowie Max Büro und noch ein Spielzimmer. Oben gibt es ein Schlafzimmer und drei weitere Zimmer. Das alte Haus hatte ein Walmdach und das haben sie genauso übernommen. Der Keller ragt ungefähr eineinhalb Meter aus dem Boden, daher ist vor dem Eingang eine doppelte Treppe. Man kann also von beiden Seiten diese Treppe hochgehen und steht dann vor einer zweiflügeligen Eingangstür.

Die hölzerne Eingangstür hat einen Kern aus Stahl, die Fenster sind aus Sicherheitsglas. Um die Scheiben zu durchschießen, bräuchte man schon ein Projektil mit enormer Durchschlagskraft.

Ein Schuss, eine Scheibe splittert, Max kippt zur Seite, fällt auf den Boden. Alex springt auf, wird jetzt von der Position des Schützen aus sichtbar, schaut nach unten zu Max, ein weiterer Schuss ertönt, auch er geht zu Boden.

»Jetzt müsste er sich eigentlich noch von unserem Tod überzeugen, oder?«

»Das hoffe ich doch. Ich habe die Tür extra aufgeschlossen. Hoffentlich schießt er uns das Schloss nicht kaputt. Das würde dann wieder teuer.«

Beide robben auf dem Boden in Richtung Tür, setzen sich bereitliegende Helme auf.

»Nicht dass der noch auf die Idee kommt, mich in den Kopf zu schießen«, sagt Max.

Alex nickt.

»Läuft die Kamera? Dann haben wir auch noch einen Videobeweis?«, fragt er.

»Ja die läuft.« Alex steht auf, geht über den Flur in Max Büro, schaut um den Türrahmen herum vorsichtig Richtung Eingangstür. Max bleibt im Wohnzimmer, linst auch in den Flur.

»Mann, jetzt mach' schon.«

Alex Wunsch wird erfüllt, man hört ein Geräusch an der Tür. Sie geht auf, ein relativ kleiner dunkelhaariger und dunkelhäutiger Mann wird sichtbar, in der Hand hat er eine Pistole mit Schalldämpfer. Der Lauf der Waffe zeigt in Max Richtung, aber leicht nach unten.

»Los, Alex!«

Beide machen einen Schritt nach vorne, der Mann reißt den Revolver nach oben, zwei Schüsse ertönen, er fällt um. Max und Alex gehen die paar Schritte zu ihm hin, sehen, dass aus seinem Oberkörper Blut heraus quillt.

»Nicht mal eine Weste trägt er. Muss sich seiner Sache wohl sehr sicher gewesen sein. Nur gut, dass die Polizei so lange braucht. Alex, wir mussten sie ja in dem Moment alarmieren, wo wir gemerkt haben, dass er da ist. Stell dir vor, wir tun es nicht und irgendein Staatsanwalt wirft uns dann vor, dass wir den armen Mann hier in eine tödliche Falle gelockt haben. Oder stell dir vor, sie wären rechtzeitig mit Tatütata hier aufgekreuzt, hätten ihn noch verscheucht. Ach so, in Frankreich gibt es ja kein Tatütata.«

Ein Schuss. Max stand eben noch über die Leiche gebeugt, wird ein Stück weggeschleudert, fällt hin. Instinktiv beugt Alex sich zu Max runter. Er schaut entsetzt zur Tür. Da steht ein ihm unbekannter Mann.

Trotz seiner hervorragenden Reflexe schafft er es nicht, seine Pistole schnell genug hochzureißen, der andere schießt, trifft ihn an der linken Körperseite. Zum Glück haben er und Max Schutzwesten an, aber der Einschlag ist so hart, dass es ihn rückwärts ein Stück in Max Büro haut. Er ist in der Hocke. Blitzschnell überlegt er, ob er sich aufrichten soll, unterlässt es aber, hat sich jetzt stabilisiert und bleibt da unten. Er ist besser geschützt, als der Angreifer, denn er hat einen Helm auf dem Kopf. Alex bleibt einfach sitzen und denkt, der wird schon kommen. Er ist so weit in dem Büro drin, dass der andere ihn von draußen nicht sehen kann. Seine Hände sind nach vorne gerichtet, der andere kann eigentlich nur in sein Schussfeld hinein treten. Es dauert. Er muss was unternehmen, es ist jetzt bestimmt schon eine halbe Minute vergangen, ohne dass er ein Geräusch gehört hat. Er steckt den Kopf aus der Deckung, ein Schuss, daneben.

Das ist die Chance. Ein Schritt nach vorne, er hat den Mann vor sich, hält genau drauf und schießt. Der Mann ist ein ähnlicher Typ wie der andere, etwas größer, ungefähr eins fünfundsiebzig, dunkle Haut, dunkle lockige Haare und ein Schnauzbart. Er sieht so aus, wie man sich einen Mexikaner vorstellt. Der Mann sieht ihn erstaunt an und dann fällt er einfach um.

Max rappelt sich stöhnend auf.

»Das ist das erste Mal, dass wir den Trick mit der Scheibe ausprobieren. Das war eine gute Idee von dir, eine ganz normale Scheibe vor das Panzerglas zu setzen. Aber je nach Blickwinkel und Sonnenstand sieht man schon, dass da noch eine Scheibe ist«, sagt Alex.

Selbstverstümmelung

André war bei Helmut. Das ist recht glimpflich abgegangen. Der hat ihm ein ziemliches Bündel Geld wiedergegeben und gesagt, er sehe ein, dass es nicht die feine englische Art gewesen sei, ihn als Transporter zu benutzen.

Jetzt steht er im Wald bei Allensbach, gegenüber von der Insel Reichenau und muss sich selbst verletzen. Er hat lange überlegt, ob er es tun soll und wenn ja, wie er es tun soll. Dann ist er zu dem Schluss gekommen, dass alles, was ohne Verletzung für ihn abgeht, relativ schwer zu glauben wäre. Er hat auch überlegt, dass jeder Auftragskiller sicherlich eine Schusswaffe benutzen und nicht mit einem Messer auf ihn losgehen würde. Verzweifelt hat er probiert, sich noch eine andere Variante einfallen zu lassen, aber er kam auf keine Idee.

Aus seiner Zeit als Anwalt besitzt er noch eine Pistole mit Schalldämpfer und ein paar Schachteln Munition. Die hat ihm damals sein Mandant, der Drogenhändler zu seiner Sicherheit gegeben und ihm gesagt, die sei nicht registriert. André hat die Waffe in einem Wald bei Allensbach in etwa einem knappen Meter Tiefe vergraben. Da ist er nun hingefahren und hat sie ausgebuddelt.

Er hat die Waffe in der Hand. Er wird versuchen, sich in den Oberschenkel zu schießen. André hat einige Bücher über Anatomie durchgeschaut und gedacht, das sei eigentlich noch die ungefährlichste Stelle seines Körpers.

Er versucht, die Waffe möglichst weit von sich entfernt zu halten, aber das Problem ist, dass er zweifelt, ob er in dieser verkrümmten Körperhaltung die richtige Stelle trifft. Wenn er nämlich den Knochen erwischt, dann kann das nach seiner medizinischen Einschätzung dazu führen, dass er nur noch ein Bein hat. Und das möchte er auch wieder nicht.

Tagelang hat er nach einer Stelle gesucht, wo er reinballern kann und mit Sicherheit keine großen Schäden davon trägt. Ihm schwebt ein glatter Durchschuss vor, damit keine Spur zu ihm führt, falls die Waffe doch bekannt ist. Er steht hier schon seit einer Stunde, aber er traut sich nicht. In seinem Kopf spielen sich grauenhafte Szenarien ab. Was wäre denn, wenn es ihm gelänge, irgendwo hineinzuschießen, und er anschließend ohnmächtig wird. Wenn dann ein Spaziergänger vorbeikäme und den ohnmächtigen André mit einer Pistole und einem Loch im Bein da liegen sieht, würde er garantiert die Polizei einschalten und dann käme er doch in arge Erklärungsnot.

Wieder und wieder geht er alle Bereiche seines Körpers durch. Wenn er sich in den Fuß schießt, kann er womöglich den Rest seines Lebens nicht mehr laufen. Am Unterschenkel ist es auch problematisch, das Knie ist ganz schlimm. Er könnte sich in den Arsch schießen, aber auch da braucht er nur ein bisschen zu zittern oder daneben zu halten und schon schießt er seinen Darm zu Brei. In dem Moment denkt er an künstliche Darmausgänge und ihm wird ganz schlecht. Einmal hat er sogar an seinen Penis gedacht, den Gedanken aber sofort wieder weit von sich geschoben.

André ist zwar etwas fetter als früher, aber für einen sicheren Schuss quer durch den Bauch, reicht der Speck nun leider auch wieder nicht. Das wäre ja noch das Beste. André hat auch über sein Ohr nachgedacht, aber wenn er an die höllischen Schmerzen denkt, wenn er sich ein Loch ins Ohr schießt, dann wird ihm auch schon wieder schlecht. Van Gogh hat sich das Ohr abgeschnitten. André könnte das nicht. Irgendwann hat er dann gedacht, ein Streifschuss täte es vielleicht auch. Aber das wäre nicht glaubwürdig.

Dann ist er auf Schmauchspuren gekommen. Er müsste ja ins Krankenhaus gehen und sich verarzten lassen. Die könnten hinter seinem Rücken die Bullen benachrichtigen, obwohl sie das nicht müssen. Also müsste er schon selbst zur Polizei gehen und ihr eine glaubhafte Geschichte erzählen. Sollte einer von denen auf die Idee kommen, dass er sich selbst verstümmelt hat, würde es das Ganze schlimmer machen statt besser. Und es könnte tatsächlich sein, dass die seine Hand auf Schmauchspuren checken. Also wird er Handschuhe benutzen und seine Klamotten später verbrennen.

Also hat er sich mit viel Mühe aus ein paar Holzlatten ein Gestell gezimmert, wo er die Waffe einspannen und mit einer Umlenkrolle und einem Stück Leine den Abzug betätigen konnte. Das hat er dann im Wald aufgebaut, fand es aber ziemlich wackelig. Die Methode barg so viele Unsicherheiten, dass er sich damit wirklich hätte selbst töten könnte.

André musste bei der Aktion mit dem Gestell über die ganze absurde Geschichte lachen. Wenn er sich selbst umbrächte, das wäre dann doch übertrieben, allerdings hätte er damit die ultimative Glaubwürdigkeit erreicht. Dann hat er angefangen, sich mit einer dicken Metallplatte mit einem Loch drin zu panzern, damit die Kugel nicht an der falschen Stelle eindringt.

Er hat es ausprobiert, all seinen Mut zusammengenommen und an dem Seil gezogen. Die Pistole ist losgegangen und das Projektil hat tatsächlich die Metallplatte getroffen. Er hat über die Wucht des Schusses gestaunt, denn er ist sofort umgefallen. Die Metallplatte hatte an der Stelle eine sehr kräftige Delle. Er ist mit dem Thema nicht zu Potte gekommen.

Und dann kam noch die Überlegung hinzu, dass er ja glaubhaft begründen müsste, warum der Attentäter von ihm abgelassen habe. So entstand die Idee, dass der Attentäter nach dem Joggen beim Einsteigen in das Auto aufgekreuzt sei, er in das Auto gesprungen und abgehauen sei.

André wird langsam stinksauer. Er hat jetzt bestimmt schon viermal jeweils einige Stunden im Wald verbracht und bekommt langsam Schiss, dass ihn irgendeiner beobachten könnte.

Jetzt oder nie. So geht das nicht weiter. Kurzentschlossen nimmt er die Pistole mit dem Schalldämpfer, hält sie sich so weit wie möglich vom hinteren Rand seines linken Oberschenkels weg, zielt, so gut es eben geht, nimmt all seinen Mut zusammen und drückt ab. Die Waffe macht ihr obligates Plopp, das ist so ein kurzes Husten. André kriegt einen Schlag gegen das Bein, er spürt erst mal gar nichts, ist heilfroh, dass er noch bei Bewusstsein ist. Allmählich breitet sich in seinem linken Oberschenkel ein scheußlicher Schmerz aus. Das Hosenbein ist durchlöchert, Blut quillt heraus, er schiebt die Hose hoch, sieht auf beiden Seiten ein Loch. Alles gut. Trotz der Schmerzen breitet sich in seinem Kopf ein Glücksgefühl aus. Er hat es hinter sich.

André, erstaunt über seinen Mut, nimmt die Knarre, geht zu seinem Touareg, öffnet die Fahrertür und schaut sich noch mal im Wald um. Er sagt zu seinem Auto:

»Jetzt wirst du auch erschossen.«

Er ballert durch die Fahrertür, anschließend schließt er die Fahrertür, hält die Waffe etwas höher und schießt auf die Scheibe der Fahrertür. Das Projektil geht durch sie durch die auf der Beifahrerseite durch, die Scheiben zerbröseln.

Er geht an den Kofferraum, holt den Verbandskasten raus, lässt seine Hose runter und fängt an, sich das Bein zu verbinden.

Da fällt ihm siedend heiß ein, dass das vollendeter Quatsch ist, denn er will ja erzählen, dass er vom Joggen gekommen sei, beim Einsteigen in seinen Touareg der Angreifer aufgetaucht sei, und ohne Vorwarnung auf ihn geschossen habe. Er sei schon halb in dem Touareg drin gewesen, habe die Tür zugehauen und sei in Panik davon gerast. Dazu passt aber nicht, dass er sich in aller Seelenruhe sein Bein verbindet. Und so setzt er sich in das Auto rein, startet und fährt mit durchdrehenden Rädern davon. Könnte ja sein, dass irgendeiner die Spuren überprüft. Beim Allradler muss man fest drauf drücken, damit da was durchdreht.

Ihm stinkt, dass sein Blut jetzt auf die schönen braunen Ledersitze tropft. Die sind danach hinüber. Das wird ein verdammt teurer Spaß hier. Die Scheibe und die Tür sind schon nicht ganz billig.

André hält an, er ist jetzt auf einem Feldweg, der vom Wald wieder zur Straße führt. Ihm ist eine eventuelle Unstimmigkeit eingefallen. Er öffnet den Kofferraum, dort hat er von irgendeiner Reparatur an seinem Boot noch eine Gewindestange liegen. Er ist jetzt dankbar, dass er die nicht in den Keller geräumt hat. Er schiebt die Gewindestange durch das Loch in der Tür, wo die Kugel eingedrungen ist, und weiter durch das Loch in der Innenverkleidung, wo sie wieder ausgetreten ist. Wenn er die Tür ganz weit öffnet, dann zeigt die Gewindestange tatsächlich in Richtung Boden. Er stellt sich davor und überprüft, ob der Durchschuss in seinem Oberschenkel zu der Höhe des Schusskanals passt. Wenn man mal annimmt, dass er sich in dem Augenblick in leicht gebückter Haltung befand, dann könnte das durchaus hinkommen.

Er stand hinter der Tür, wollte ins Auto einsteigen, da taucht aus dem Nichts vor ihm der Angreifer auf, schießt auf die Tür. Er ist reingesprungen, Motor an und fort. Dieser Typ schießt in Richtung Kopf und trifft nicht. So war es, basta! André hat sich im Vorfeld im Internet schlaugemacht, und einen Artikel gefunden, in dem genau beschrieben wurde, wie welche Waffen ein Blech oder mehrere durchschlagen. Da stand noch drin, dass man darauf achten muss, dass man in den Autotüren nicht Fensterheber oder ähnliche Einbauteile trifft und so hat er sich vorher die Tür des Touareg angeschaut, um die richtige Stelle zu finden, wo die Kugel glatt durchschlägt und noch genügend Energie hat, um einmal durch sein Bein zu kommen.

Er verbindet die Wunde und fährt zum Konstanzer Krankenhaus. Sein Auto lässt er achtlos irgendwo stehen, wo es zwar nicht sonderlich stört, aber wo das Parken sicherlich nicht erlaubt ist. Er steigt aus, schaut seine Ledersitze an, die nun hässliche Blutflecken aufweisen, und humpelt in Richtung Notaufnahme. Die lassen ihn natürlich zuerst ein bisschen warten, dann schauen sie sich sein Bein an, reinigen die Wunden und verbinden es fachmännisch.

»Das sieht aber nach einer Schusswunde aus«, stellt die Schwester sachkundig fest.

»Es ist eine Schusswunde, mich hat im Wald so ein Typ überfallen.«

Die Dame schaut ihn etwas zweifelnd an und fügt noch hinzu:

»Sie wissen schon, dass wir Schusswunden melden müssen.«

»Nee, müssen Sie nicht, aber ich werde nachher bei der Polizei anrufen und das selbst tun. Ich bin Anwalt.«

»Ich meine ja bloß, es haben sich auch Leute schon selber ins Bein geschossen. Wissen Sie was, wir hatten mal einen hier, der hat es tatsächlich geschafft sich mitten in den Fuß zu schießen.«

»Wirklich?«, fragt André ganz scheinheilig.

»Wir hatten auch mal einen hier, der hat sich«, sie fängt an, immer lauter zu lachen, kann kaum noch reden, »in den Sack hat er sich geschossen.«

Sie lacht jetzt, lacht laut, sie lacht Tränen. André ist zwar nicht zum Lachen, das Bein tut noch höllisch weh, obwohl sie ihm eine Spritze gegeben haben, aber er kann nichts dagegen tun, er muss mitlachen.

»War er danach noch zeugungsfähig?«

Die Schwester versucht, sich zusammenzunehmen, ernst zu bleiben, das schafft sie aber nicht:

»Nein, wir mussten alles wegmachen, der hat ganze Arbeit geleistet. Ich glaube dieser Mann wird sich nie wieder eine Pistole in die Hosentasche stecken.«

Und schon prustet sie weiter. Die beiden brauchen ein paar Minuten, bis sie sich wieder beruhigt haben.

»Da haben Sie aber Glück gehabt, der Oberschenkel ist nicht so weit entfernt von den kritischen Stellen.«

Sie fängt schon wieder an, zu giggeln.

»Wir behalten sie mal zur Beobachtung über Nacht hier. Das ist schließlich nicht ganz ohne.«

André erkundigt sich noch, ob sein Auto an der Stelle richtig steht. Das tut es natürlich nicht. Sie lassen ihn noch mal kurz gehen, um das Auto umzuparken. Danach bekommt er ein Krankenhaus-Hemdchen und darf die Nacht dort verbringen.

Er ruft bei der Polizei an und erzählt die Geschichte. Muss ja alles seine Richtigkeit haben!

Ski

Franz kommt mit Lena nach einer guten Woche am Nachmittag nach Hause. Er verräumt die Ski in einem Abstellraum im Erdgeschoss des geräumigen Hauses, dann geht er die leicht schneebedeckte Außentreppe hoch, Lena ist schon oben. Als er die Tür zu der großen Wohnung öffnet, kommt ihm Lena mit dem Festnetztelefon in der Hand entgegen.

»Für dich!«

»Hier ist Franz.«

»Max hier, wir sind von zwei Auftragskillern überfallen worden. André hat uns noch gewarnt, und so waren wir ziemlich gut vorbereitet. Die beiden sind tot. Die Polizei ist gerade weg.«

»Wieso weiß ich nichts davon?«

»Der André wollte dich nicht beunruhigen. Der hat gegenüber dir ein schlechtes Gewissen, weil seine Sache so viel Arbeit macht. Er hat uns erzählt, dass dieser Helmut ihn zusammen mit seinem Gehilfen geschnappt und in einem Bunker im Wald für mehrere Tage eingesperrt hat, und zwar ohne was zu trinken. Die haben ihm beim Joggen aufgelauert und wollten wissen, wer etwas über seine Geschäfte und ihn weiß. Da hat er wohl preisgeben müssen, dass wir beide und Tonio Bescheid wissen. Er hat immerhin geschafft, dich und die Engländer rauszuhalten. Die haben Andrè und Alex in Zürich gesehen.«

Franz bekommt weiche Knie, muss sich hinsetzen. »Und was ist mit Tonio?«

»Keine Ahnung.«

»Ich ruf ihn gleich mal an. Aber das bedeutet ja, dass Helmut Lohmers Leute auf uns hetzt. Wie siehst du das, was sollen wir machen?«

»Würde sagen, jetzt ist dein Kollege von der Polizei gefragt. Dieser Helmut scheint gerade durchzudrehen. Vielleicht stinkt ihm seine eigene Dummheit. Das war ja nicht sonderlich geschickt, was er da veranstaltet hat. Gut, er kann auch nicht ahnen, dass die mit dem Kiel gegen einen Container fahren. Aber er ist ein Verbrecher. Nein, für mich ist es ganz klar.«

Franz verabschiedet sich von Max, nachdem er ihm noch mal versichert hat, dass es ihnen beiden gut ginge, und dass außer ein paar zerstörten Außenscheiben weiter nichts passiert sei.

Franz erzählt Lena, was geschehen ist. Die macht sich Sorgen um Tonio.

»Ich werde sofort versuchen, Tonio zu erreichen. Der ist auch in Gefahr. Er kann aber auch schon mit dem Boot nach Australien unterwegs sein.«

»Und ich ruf den Gehrenberger an.«

Franz nimmt sein Handy.

»Hallo Martin, tut mir leid, dass ich störe, aber es brennt.«

Franz klärt Martin in allen Details darüber auf, dass ganz offensichtlich Auftragskiller versucht haben, Max und Alex umzubringen. Er erzählte ihm auch, dass André drei Tage ohne Wasser in einem Bunker eingesperrt worden sei.

»Mich wundert bloß, dass sie den wieder haben gehen lassen.«

»Dann werden wir diesen Helmut wohl mal hops nehmen müssen oder? Das Zeug müsste doch eigentlich noch in dem Bau im Industriegebiet sein.«

»Davon bin ich überzeugt.«

»Vielleicht beobachten wir ihn besser zuerst eine Weile. Ich will vermeiden, dass wir wieder einen Typen festnehmen, seine Bude durchsuchen, nichts finden und dann nach Hause gehen dürfen und der Drecksack spaziert fröhlich davon. Er wird ja öfter was holen müssen. Ich glaube kaum, dass er zu Hause oder in einem seiner Schuppen irgendetwas davon aufbewahrt, kann ich mir einfach nicht vorstellen. Er scheint ja sehr clever zu sein, glaubt offensichtlich, dass dieses Konstrukt mit den verschiedenen Firmen, denen das Bürogebäude gehört, ausreicht, um den wahren Besitzer zu verschleiern. Wir beobachten die Bude, vielleicht auch einfach zuerst nur mal mit einer Kamera und dann schauen wir, ob er rein geht und mit etwas in der Hand das Gebäude wieder verlässt. Wenn dem so ist, dann schauen wir mal nach, wo er damit hingeht. Ich besorge mir einen Haftbefehl und einen Durchsuchungsbeschluss und dann stellen wir die Bude auf den Kopf.«

»Gut Martin, ich glaube aber, dass der sehr gute Verstecke hat. Es würde mich nicht wundern, wenn du Steine in der Außenmauer entfernen musst, um das Zeug zu finden. So clever, wie der das mit dem Boot gemacht hat, liegen die Päckchen nicht einfach in einem Lagerregal herum.«

»Wir haben auch Scanner für Hohlräume und Hunde gibt es auch noch. Ich werde das berücksichtigen. Und wenn wir nichts finden, dann hole ich dich, du selbst ernanntes Cleverle.«

Sie beenden das Gespräch. Franz schaut zu Lena rüber, die hat das Handy in der Hand, schüttelt nur den Kopf.

»Ich erreiche ihn nicht. Das muss allerdings noch nichts heißen. Aber gut ist es nicht.«

Stange

Die Polizei hat André einen Kriminalbeamten ins Krankenhaus geschickt, der seine Aussage aufgenommen und sich den Tatort einen Tag später mit ihm zusammen angesehen hat. Viele Erkenntnisse gab es nicht. André hat angegeben, der Täter sei maskiert gewesen und dass er sich vorstellen könne, dass es mit seiner früheren Tätigkeit als Anwalt zu tun gehabt habe. Er wollte Franz nicht vorgreifen.

Sein Handy klingelt, André sieht den Namen des Anrufers, ihm wird heiß. Er drückt auf den kleinen grünen Hörer:

»Hier ist André.«

»Franz hier, was ist denn geschehen?«

»Helmut und einer von seinen Leuten hat mich beim Joggen im Wald geschnappt und in einen Bunker eingesperrt, drei Tage ohne Wasser, nur mit Salzbrezeln.«

Das hat er so treuherzig herausgebracht, dass Franz am anderen Ende lachen muss.

»Das ist gemein.«

»Ja, finde ich auch.«

»Und warum haben sie dich wieder laufen lassen?«

In diesem Moment fällt André siedend heiß ein, dass seine Geschichte noch einen weiteren logischen Fehler hat. Ja, wieso haben sie ihn laufen lassen. Viel Zeit zum Nachdenken hat er nicht.

»Ich hab mich selbst befreit.«

»Wow, Respekt, wie hast du das denn gemacht?«

»Da lag eine Stange rum und mit der habe ich die Tür aufbekommen.«

Walzer staunt.

»Toll!«

»Vorgestern haben sie mir dann wieder aufgelauert und auf mich geschossen. Ich habe ein Loch im Bein, komme gerade aus dem Krankenhaus.«

»Warum sagst du mir das nicht?«

»Ich wollte dich im Urlaub in Ruhe lassen. Hast genug Scherereien wegen mir.«

»Du weißt ja schon, dass Max und Alex überfallen worden sind.«

»Nein, weiß ich nicht. Was ist passiert, erzähl!«

»Zwei Auftragskiller haben versucht, die beiden umzubringen. Aber sie sind selber dabei draufgegangen. Von

Tonio haben wir schon länger nichts mehr gehört, das macht mir große Sorgen. Ich habe jetzt die Polizei eingeschaltet. Helmut landet hinter Gittern, es geht scheinbar nicht anders. Wir können uns nicht von ihm erschießen lassen, nur weil ihm das so passt. Ich halte dich auf dem Laufenden.«

»Tschüss.«

André denkt fieberhaft nach. Er muss sich eine Stahlstange besorgen und damit die Tür im Bunker knacken. Wenn sie sich das anschauen würden, dann wäre er geliefert. Franz traut er zu, dass er es genau wissen will. Zweitens stellt sich ihm die Frage, was passiert, wenn Helmut oder Roland auspacken und von den drei Päckchen berichten. Soll er zum Mörder werden? Verdienen würden es die beiden. Eine Waffe hätte er. Soll er, soll er nicht?

Koks

Tonio ist völlig am Boden zerstört. Einer der beiden Polizisten hat ihm seinen Rucksack abgenommen, den Reißverschluss geöffnet und ein Tütchen mit weißem Pulver herausgenommen. Der Polizist hat es in der Hand abgewogen und gesagt, er schätze es auf hundert Gramm. Tonio hat weiche Knie bekommen, sein Puls schoss in die Höhe. Er hatte nur noch den Wunsch, der Boden möge sich unter ihm auftun und ihn verschlingen. Er weiß, dass hundert Gramm in Thailand irgendetwas zwischen zehn Jahren Knast und Todesstrafe bedeuten. Sein Leben ist vorbei, es ist alles aus. Bis vor einigen Minuten hat er sich seine Zukunft in rosigen Farben ausgemalt, Lisa hat das Glück ins fast Unermessliche gesteigert und jetzt das.

Natürlich hatte er kein Kokain dabei. Das weiß er ganz genau, und er fing sofort an, seine Unschuld zu beteuern, aber die beiden Polizisten haben so etwas wohl schon öfter gehört und nur abgewunken. Sie haben ihm alles abgenommen, seinen Rucksack seine Papiere, sein Handy und haben ihn in einem Polizeiwagen auf eine Polizeiwache geschleppt. Er hat Handschellen angelegt bekommen. Jetzt sitzt er in einer engen Zelle mit sechs anderen auf dem Boden, weil es keine Sitzplätze gibt. Er hat einmal geweint, aber nur kurz, dann ist er in eine komaartige Starre gefallen. Er hat keine Ahnung, wer das gewesen sein kann. Doch, denkt er, das hängt mit diesem Helmut, dem Drogenhändler aus Stuttgart zusammen. Ja natürlich. Die wollen ihn aus dem Verkehr ziehen. Er muss Franz informieren. Er steht auf, rüttelt am Gitter, ein Polizist kommt, schlägt ihm auf die Finger.

»Shut up!«

Das ist das Einzige, was er gesagt bekommt. Rechte hat man hier keine.

Natürlich, im Flugzeug hat er ihm dieses Tütchen in seinen Rucksack gesteckt. Ganz klar. Die haben ihn auch verpfiffen. Er hat schon von Leuten gehört und gelesen, denen so etwas passiert ist.

Fraglich, ob man hier zehn Jahre Knast überlebt. Hätte er doch bloß den Rucksack noch im Flugzeug durchsucht. Jetzt ist es zu spät. Die glauben ihm kein Wort. Vermutlich kommen hier jeden Tag Drogenschmuggler an. Er kann sich wenige Dinge vorstellen, die noch schlimmer sind als das, was ihm gerade hier passiert.

Kuhfuß

André hetzt zu dem Bunker in der Gegend von Rastatt, wo sie ihn eingesperrt haben. Er ist sauer auf sich, dass er die ganze Sache nicht so weit durchdacht hat, dass er jetzt nicht improvisieren müsste. Die hätten eine Eisenstange im Bunker liegen lassen. So ein Blödsinn. Er würde sich das selbst nicht glauben. Aber auf die Schnelle ist ihm halt nichts Besseres eingefallen. Er hofft nur, dass er den Bunker findet. Navis von Autos haben leider keine Bunker aus dem Zweiten Weltkrieg gespeichert. Wozu auch. Im dritten Weltkrieg wird man sicher keine Bunker mehr brauchen. Oder?

Er hat sich ein Örtchen in der Nähe gemerkt, von da findet er zu der Stelle, wo sie seinen Touareg geparkt haben. Er ist ganz früh morgens losgefahren. So hat er jetzt den ganzen Tag Zeit. Wenn er das gewusst hätte, dann hätte er versucht, sich den Weg zu merken. Mist.

Die Gegend hier ist wunderschön. Die alten Überflutungsgebiete, die Rheinauen, hat man zum Teil wieder renaturiert, sofern die Menschheit überhaupt in der Lage ist, zu so etwas ähnlichem wie dem originalen Zustand zurückzufinden, aber immerhin. Er fährt einen Feldweg lang, der ihm bekannt vorkommt. Hält an, schaut zurück, denn in diese Richtung hat er auf der Rückfahrt vom Bunker geschaut. In der Tat, das kommt ihm bekannt vor. Dann fährt er ein Stückchen weiter, schaut nach auffälligen Bäumen, Schildern, die er sich gemerkt haben könnte. Da vorne ist ein Schild auf einem Acker, das ihm wieder bekannt vorkommt. Da steht irgendetwas von der Maissorte, die sie da anbauen. Vermutlich so ein Turbogewächs, das man dann mit jeder Menge Pestiziden vor seinen natürlichen Feinden schützen muss. Doch, das kommt ihm auch bekannt vor und so schleicht er Stück für Stück weiter, bis er einen Waldweg findet, der es sein könnte. André lässt den reparierten Touareg stehen. Er will nicht dadurch auffallen, dass er mit dem Auto im Wald herumfährt, denn hier stehen überall Verbotsschilder.

Nachdem er im Krankenhaus übernachten musste, hat ein alter Freund von ihm netterweise den Touareg beim Krankenhaus abgeholt und in die Garage gestellt. André hat den waidwunden Touareg am Tag danach zur Werkstatt gebracht und die hatten die Scheiben vorrätig sowie eine Tür aus einem gleichfarbigen Unfallwagen. Ist ganz schnell gegangen.

Nach ein paar Hundert Metern im Wald findet er tatsächlich den Bunker. André hat sich eine eineinhalb Meter lange Metallstange mit quadratischem Profil besorgt und sich das Ende flach klopfen lassen, sodass das Ding jetzt ungefähr so aussieht wie ein langer Kuhfuß, ohne das aufgebogene Ende. Er hat auch eine starke Akkulampe dabei, freut sich zuerst darüber, dass sie die Tür offen gelassen haben. Hätten sie die abgeschlossen, wäre er eventuell noch nicht mal rein gekommen.

Soweit, so gut. André schaut sich die Scharniere genau an, dazu hat er in den drei Tagen seiner Haft keine Gelegenheit gehabt. Ein winziger Hoffnungsschimmer erhellt den Pessimismus, mit dem er an die Sache herangegangen ist. Es gelingt ihm, den selbst gebastelten Kingsize-Kuhfuß zwischen Scharnier und Mauer in einen Spalt zu würgen, er zieht an dem langen Ende, es knirscht im Mauerwerk, Hoffnung keimt auf, es knirscht weiter, und tatsächlich bricht das untere Scharnier aus dem Mauerwerk aus. Jetzt hängt die Tür leicht schief nur noch am oberen Scharnier, das er genau so knackt, er springt weg, die schwere Tür fällt nach innen um und es gibt eine riesige Staubwolke. André ist glücklich.

»Hier sperrt ihr keinen mehr ein, ihr Deppen.«

Ein Stückchen weiter beginnt eine Rheinaue, André wirft die Metallstange ans Ufer, da kann sie schön verrosten. Auf der Rückfahrt denkt André die ganze Zeit über seine Mordpläne nach.

Es kann ja auch so sein, dass dieser Helmut im Falle seiner Verhaftung zwar auspackt, aber ihm kein Mensch glaubt. Wer glaubt schon Leuten, die einen Mordanschlag in Auftrag gegeben haben und eventuell einen unschuldigen jungen Bootsbauer um die Ecke bringen wollen.

Rückflug

Franz und Lena machen sich jetzt ernsthaft Sorgen. Keine Spur von Tonio. Lisa haben sie noch nichts erzählt.

»Lena, das ist alles ein riesiger Mist, ich fühle mich dafür verantwortlich, aber ich kann ja eigentlich nicht ahnen, dass dem André einer zwei Zentner Koks in den Kiel packt. So viel Fantasie habe ich auch wieder nicht.«

Er hat einen Kontakt in Bangkok, einen Anwalt namens Nawin. Den hat er gleich losgeschickt, um herauszufinden ob und wenn ja, was passiert ist. Franz rennt in seinem Büro herum wie ein Tiger im Käfig.

»Ich hab eine Idee.«

Lena schaut ihn fragend an.

»Hör einfach zu!«

Franz nimmt das Handy, wählt eine Nummer.

»Grüezi Urs. Ich habe ein richtiges Problem. Der neue Freund von Lisa ist abgängig. Sollte in einem eurer Flugzeuge nach Bangkok fliegen und seither haben wir nichts mehr von ihm gehört. Ich lasse gerade in Bangkok nach ihm fahnden. Könntest du mir einen etwas außergewöhnlichen Gefallen tun?«

Lena hört, wie er nach einer Pause weiter spricht.

»Ist jemand am Mittwoch in der Economy nach Bangkok geflogen und vielleicht mit dem nächsten oder übernächsten Flug direkt wieder zurück? Und ich würde gerne wissen, ob der Tonio Passert in Thailand angekommen ist. Dazu müsstest du halt reinschauen. Ich weiß auch, dass du mir das höchstwahrscheinlich nicht sagen darfst, aber es ist arg wichtig für mich.«

»Das tust du für mich. Ich bin dir sehr dankbar. Ja, natürlich sage ich das keinem weiter.«

Lena schaut ihn an.

»Franz, du meinst, irgendwer hat ihn nach Bangkok verfolgt?«

»Ja, sowas meine ich. Und der würde dann ja wahrscheinlich mit dem nächstmöglichen Flug wieder zurückkommen. Und es könnte durchaus jemand sein, der zu diesem Helmut Kontakt hat. Wer sonst außer diesem Strolch sollte das mit Max, Alex und Tonio angestellt haben?«

»Du gehst also definitiv davon aus, dass was passiert ist.«

»Leider ja.«

»Dann müssen wir es wohl demnächst Lisa erzählen.«

Lena beugt ihren Kopf herunter, nimmt ihr Gesicht in die Hände, fängt an zu weinen.

Fiesta

Martin Gehrenbergers Abteilung hat in ihrem Fuhrpark einen steinalten angerosteten Ford Fiesta. Keiner in dem Verein hat noch eine Ahnung, wie sie an diese Karre gekommen sind, aber die wird immer wieder mit Ach und Krach über den TÜV gebracht, muss deutlich über zwanzig Jahre alt sein. Den haben sie in der Nähe des Eingangs von Helmut Bürohaus so abgestellt, dass die Überwachungskamera im Auto den Bereich vor dem Gebäude aufnimmt. Diese Karre ist extrem unauffällig.

Die Kamera ist etwas ganz Modernes, bewegungsgesteuert, zeichnet also nur auf, wenn vor der Linse etwas passiert und das kann man dann auch gleich online am PC anschauen.

Und siehe da, es gibt Bewegung um das Haus. Am ersten Abend kommen zwei junge Männer, die nicht so aussehen wie Bankangestellte, gehen in das Haus rein, kommen etwas später wieder heraus. Am nächsten Nachmittag rauscht der aufgemotzte Mercedes von Helmut vor die Tür, er geht rein und kommt wenig später tatsächlich mit etwas in der Hand wieder raus.

Martin hat ein wenig weiter zwei seiner Leute in einem zwar nicht ganz so alten, aber auch sehr unauffälligen Fahrzeug postiert. Er ruft sie an und gibt ihnen den Auftrag, Helmut zu verfolgen. Später berichten sie, dass er zu einem seiner Läden gefahren sei. Sie wollten nicht rein, weil Leute wie Helmut ein untrügliches Näschen für Polizisten haben. Martin hat es nie kapiert, aber irgendwas muss an ihnen dran sein, dass jeder Lude sie sofort als Polizisten identifiziert. Sie sagen noch, ein stadtbekannter Dealer sei in den Laden rein gegangen und kurz darauf wieder herausgekommen.

Roaming

Franz kann sich nicht erinnern, jemals einen derart unangenehmen Anruf vor sich gehabt zu haben. Er sitzt minutenlang mit dem Handy in der Hand da, und starrt auf den Bildschirm. Dann fasst er sich ein Herz, wählt die Nummer von Tonios Eltern und erklärt der Mutter, die sofort ran geht, er sei quasi der Stiefvater von Lisa. An der Stelle unterbricht Tonios Mutter lachend und erzählt, dass sie dieses nette Mädchen auch schon kennengelernt hätten, und es schiene ihnen, als ob das was Ernsteres sei.

Franz unterbricht sie ziemlich rüde und erzählt, dass Tonio bei ihm einen ehemaligen Partner von sich kennengelernt habe.

An der Stelle übernimmt die Mama wieder die Regie, die Frau hat scheinbar ein starkes Mitteilungsbedürfnis. Sie berichtet, dass sie wüssten, dass Tonio mit André das Boot aus der Karibik abgeholt habe. Und dass sie sich so freue, dass er mit diesem wahnsinnig netten Mädchen zusammen sei. Sie holt Luft und diesen Moment benutzt Franz, um sie brutal aus ihrem Hochgefühl herauszureißen. Er sagt ihr, dass sie sicher wisse, dass er nach Thailand unterwegs sei, fragt sie, ob sie einen Kontakt zu den Leuten habe, die er dort treffen wollte, weil er und Lena schon seit einiger Zeit Tonio nicht mehr erreicht hätten. Vielleicht seien sie ja schon auf dem Weg nach Australien.

Franz hört der Mama ihren emotionalen Absturz an, die Stimme verändert sich in Sekundenbruchteilen. Sie nennt Franz zwei Namen, sagt ihm aber gleich, dass sie die Leute selbst anrufen würden. Sie hätten die beiden Leute, den Inhaber und den Boat Captain in Spanien kennengelernt und daher würde sie das machen. Franz fällt ein Stein vom Herzen.

Er hat große Angst gehabt, dass Regine Passert ihn für die Sache in irgendeiner Weise verantwortlich machen würde.

»Frau Passert, ich habe keine Ahnung, was geschehen ist und ich unternehme gerade einiges, um es herauszufinden. Es wäre schön, wenn sie zu den Leuten Kontakt bekämen, um herauszubekommen, ob Tonio dort angekommen ist. Es kann ja auch sein, dass er das Roaming nicht angestellt hat oder sonst irgendetwas Dummes passiert ist.«

»Ach, Herr Walzer, das mache ich wirklich gerne. Und lassen Sie uns doch Du sagen. Ich heiße Regine.«

Franz beendet das Gespräch, ist sehr erleichtert. Lena sitzt neben ihm, lupft das Kinn leicht an.

»Erzähl!«

»Die Frau ist sehr vernünftig. Ruft jetzt zwei Leute an, mit denen er sich in Thailand treffen sollte. Vielleicht löst sich das Ganze ja in Wohlgefallen auf. Akku leer oder sonst irgendwas Blödes.«

Tamtam

Martin Gehrenberger sitzt ganz brav an seinem Schreibtisch und denkt nach. Hat er was vergessen? Ziel der Aktion ist, diesen Helmut für längere Zeit hinter Gitter zu bringen. Dreck am Stecken hat er allemal genug. Aber er muss es ihm diesmal beweisen. Die Drogenleute haben es bisher immer vergeigt, die Kavallerie ist mit riesigem Tamtam herbeigaloppiert, hat mit Haftbefehlen und Durchsuchungsbeschlüssen gewedelt und nie was gefunden. Ein paar Gramm höchstens. Da hat er sie frech angeranzt und gesagt, ab und an nehme er auch schon mal ein Näschen. Sie könnten ihn dafür gerne einbuchten. Davon haben die Herren dann mit betretenen Gesichtern Abstand genommen.

Nein, er wird jetzt loslegen. Eine bessere Gelegenheit bekommt er nicht. In seinem Kopf entsteht aus der Strategie eine Art Maßnahmenplan.

Zuerst ruft er den Franz noch mal an. Vielleicht fällt dem ja noch was ein. Franz geht sofort ans Handy.

»Martin, gut, dass du anrufst. Es gab einen Mordanschlag auf Max und Alex, aber das weißt du ja schon. Der Tonio Passert ist auf dem Weg nach Thailand verschollen. André hat irgendeiner ins Bein geschossen, wollte wohl eigentlich ein anderes Körperteil treffen.«

»Franz, ich wollte eigentlich loslegen und von dir nur noch mal wissen, ob dir noch was dazu einfällt. Ich würde als Erstes mal den Haftbefehl und den Durchsuchungsbeschluss für die Bude beschaffen, dann würde ich den Kollegen in Zürich die Adresse und die Fotos von diesem Walter geben, bei dem sie einen Teil von dem Koks abgeliefert haben. Helmut ist jetzt schon zweimal in das Bürogebäude reingegangen und nach kurzer Zeit wieder herausgekommen. Ich denke, dass er nach und nach was abholt. Damit fährt er dann in einen von seinen Schuppen, trifft sich dort mit Verteilern, so wie es aussieht. Ich würde abwarten, bis er das nächste Mal reingeht und dann die Falle zuschnappen lassen. Er wird beim Verlassen der Bude festgenommen. Wir schauen, was er dabei hat und gehen mit Hunden und allem möglichen technischen Gerät rein. Und dann schauen wir mal, was wir finden. Fällt dir dazu noch was ein?«

»Nein, das klingt gut so.«

»Jetzt marschiere ich zu den Drogenkollegen, denn die müssen die Aktion ausführen. Ich bin ja gar nicht zuständig. Es ist kein Mord dabei.«

»Aber zwei Mordversuche an Max und Alex, eventuell auch Tonio und André.«

»Da hast du recht.«

Tränen

»Franz Walzer hier.«

»Hier ist Regine Passert. Franz, Tonio ist nicht in Thailand angekommen. Er ist vielleicht schon in Thailand angekommen aber nicht am vereinbarten Treffpunkt erschienen. Das hätte ein paar Stunden nach seiner Landung sein sollen. Ich mach mir wirklich Sorgen. Was können wir jetzt noch tun?«

»Ich habe einen Anwalt in Bangkok beauftragt, herauszufinden, ob sie ihn verhaftet haben. Es könnte ja sein, dass ihm jemand was ins Handgepäck getan hat. Kommt öfter vor, als man denkt. Die Polizei wird diesen Stuttgarter Drogenschmuggler übrigens in allernächster Zeit festsetzen. Regine, es ist nett, dass ihr was tun möchtet, aber im Moment weiß ich nicht, was. Ich halte euch auf dem Laufenden.«

Lena kommt rein.

»Ich hab's Lisa am Telefon gesagt. Sie will gleich herkommen. Sie hat sich schon gewundert, dass Tonio nicht auf ihre WhatsApp-Nachrichten antwortet. Dachte, er sei beschäftigt.«

»Oh mein Gott.«

Zwanzig Minuten später hören sie, wie jemand die Metalltreppe in einem Höllentempo hoch stapft. Die Tür fliegt auf, Lisa kommt herein. Hochroter Kopf, die Augen weit aufgerissen.

»Was ist passiert?«

»Noch wissen wir nichts Genaues. Seine Mutter hat mit zwei von seinen Kollegen gesprochen, mit denen er sich in Thailand treffen wollte, und die sagen, er sei nicht dort angekommen«, berichtet Lena.

Franz Handy schellt. Er geht ran.

»Aha, also ist der Tonio am Flughafen angekommen und der Roland, wie heißt der?«

Er lauscht.

»Roland Hemmschuh ist mit diesem Flug gekommen und zwei Stunden später mit dem gleichen Flieger wieder zurückgeflogen? Diesmal in der Business Class. Aha, ich danke dir sehr. Nein, das bleibt komplett unter uns. Natürlich.«

Walzer ist froh, dass Lena ihm die ersten Sätze mit ihrer Tochter abgenommen hat. Er fühlt sich irgendwie schuldig, obwohl er weder was dafürkann, dass ein ehemaliger Kollege ein altes Regattaschiff kauft, noch dafür, dass der schwäbische Drogenbaron ihm Koks in den Kiel packt. In den letzten Stunden ist in seinem Kopf immer der gleiche Film abgegangen. Wäre er nicht auf die Idee gekommen, herauszufinden, wer die Burschen sind, dann wäre die ganze Situation hier womöglich gar nicht erst entstanden. Aber dann sagt er sich wieder, es hätte ja auch wirklich die Mafia dahinter stecken können und mit denen wäre vielleicht noch Schlimmeres passiert. Wenn man bloß immer vorher wüsste, was hinten rauskommt. Im Moment geht er davon aus, dass dieser Roland Hemmschuh dem Tonio was ins Gepäck gesteckt hat, um ihn für eine Weile hinter Gittern verschwinden zu lassen. Dieser Helmut muss ganz schön in Panik sein. Hemmschuh heißt der Stinker. Seine ganzen Hoffnungen liegen jetzt auf seinem Anwaltskollegen Nawin. Franz schaut auf die Uhr, das würde passen. Er wird ihn gleich anrufen und auf den neuesten Stand bringen.

Er will schon zum Telefon greifen, da kommt ihm noch etwas in den Sinn. Er kalkuliert kurz, wann dieser Roland in Thailand abgeflogen ist und wann er etwa wieder zurückgekommen sein müsste. Gut, dann hat diese Sache noch Zeit.

Franz nimmt jetzt wahr, dass Lena und Lisa in der anderen Ecke des Büros intensiv miteinander sprechen. Lisa laufen dicke Tränen runter, ihrer Mutter auch. Dann verändert sich Lisas Gesicht wieder von Trauer in Wut und dann in eine Mischung aus beidem.

»Wen soll ich denn jetzt dafür verantwortlich machen?«, fragt Lisa Walzer.

»Ich wollte bloß wissen, wer hinter diesem Drogenschmuggel steckt. Auf die Idee, dass sowas rauskommt, bin ich nicht gekommen. Es hätte ja auch die Mafia sein können. Und eigentlich wollten wir das nur ausschließen.«

»Und was machen wir jetzt?«, will Lisa wissen.

»Ich bin doch schon dran, auf allen Kanälen.«

Franz ruft Nawin an. Der spricht relativ gut Deutsch. Franz erklärt ihm, dass er herausgefunden habe, dass Tonio mit dem Flug in Thailand angekommen sei, aber sich nicht am Treffpunkt mit den anderen Seglern eingefunden habe. Nawin berichtet, dass er noch nicht wisse, was mit Tonio passiert sei.

Franz erklärt:

»Für mich ist der Fall relativ klar. Ich nehme an, jemand hat Tonio was ins Gepäck getan und der ist am Zoll verhaftet worden. Kannst du mal versuchen, herauszufinden, ob das so ist? Und dann habe ich noch erfahren, dass ein Deutscher mit dem gleichen Flug wie Tonio in der Economy Class hingeflogen und mit dem gleichen Flugzeug nach Zürich zurückgeflogen ist. Das ist für mich ziemlich auffällig. Ich werde jetzt mal versuchen herauszubekommen, wer der Mann ist.«

Franz hat das Handy noch in der Hand. Wählt Martins Nummer. Während er wartet, kommt Lisa auf ihn zu, nimmt ihn in den Arm und drückt ihn einmal, dann geht sie zu ihrer Mutter zurück und macht mit ihr dasselbe. Walzer bricht den Anruf ab.

»Dann bist du also nicht böse mit mir?«

»Nein, du kannst doch nichts dafür. Das kann doch kein Mensch ahnen, was da alles passiert«, stammelt sie schluchzend.

»Ich hatte richtig Schiss davor, es dir zu sagen«, entgegnet Franz.

Er ist sichtlich gerührt, aber er drückt schon wieder auf die Wahlwiederholung.

»Martin, schön, dass ich dich erreiche. Kennst du einen Roland Hemmschuh?«

Martin lacht schallend.

»Der Name ist gut, gell? Ja, den kenne ich, das ist die rechte Hand von Helmut.«

»Habe ich mir schon gedacht. Ich bedanke mich vielmals.«

»Die andere Aktion läuft jetzt an. Ich werde beizeiten berichten.«

»Wünsche gutes Gelingen, Herr Kriminalrat.«

Franz legt das Handy auf seinen Schreibtisch.

»So Mädels. Ich bin heilfroh, dass jetzt alle eingeweiht sind. Dann können wir ab sofort ganz offen reden. Ich möchte nämlich keine einsamen Entscheidungen treffen. Passt mal auf. Der Roland Hemmschuh ist die rechte Hand von Helmut.«

Zu Lisa gewandt sagt er:

»Helmut Lohmers ist der Drogendealer. Dem haben wir die ganze Scheiße zu verdanken. Der hat das Koks in einem unscheinbaren Bürogebäude gebunkert und holt in regelmäßigen Abständen kleine Mengen davon raus. Bei der nächsten Aktion wird er von der Polizei hops genommen. Die werden ihm die Bude auf den Kopf stellen. Wir haben ja gesehen, wie sie die zwei Zentner rein geschafft haben. Ich denke, der verschwindet für so lange Zeit im Knast, dass er als alter Knacker wieder rauskommt. Ursprünglich wollten wir ihn in Ruhe lassen, damit er sich nicht rächt. Nachdem er Tonio diesen Roland auf den Hals gehetzt hat, Max und Alex zwei kolumbianische Auftragsmörder und dem André scheinbar auch irgendeinen Attentäter, mussten wir zur Polizei gehen. Roland Hemmschuh ist mit Tonio im gleichen Flieger gewesen, und zwei Stunden später wieder zurückgeflogen.«

»Das hab ich schon mitbekommen«, sagt Lisa.

»Ich wiederhole es nur, weil ich nicht genau weiß, wie viel du weißt. Jetzt gibt es zwei Möglichkeiten. Wir verpfeifen Hemmschuh bei der Polizei, und die fragen ihn, was er denn für eine Stunde in Bangkok wollte. Das wäre sehr schwer zu begründen. Aber er kann auch einfach schweigen.«

»Ganz schlecht.« Lisa saß auf dem Schreibtisch und ist aufgestanden, läuft hin und her.

»Soweit ich weiß, funktioniert die Justiz in Thailand nicht so toll. Wenn wir mit einer Aussage von der Polizei in Stuttgart kommen, dann imponiert denen das möglicherweise oder auch nicht. Meine andere Idee wäre, zuerst mit Max und Alex zu ihm zu gehen, ihn zu schnappen und ein bisschen zu bearbeiten, damit er vielleicht gesprächiger wird. Soll ich oder soll ich nicht? Kann nicht garantieren, dass das was bringt.«

»Könnten wir ihn nicht nach Thailand entführen, und dort zur Polizei bringen?«, schlägt Lisa vor.

Lena mischt sich ein.

»Ich muss auch mal was sagen. Das ist nicht machbar

und auch sinnlos. Ich glaube kaum, dass der in Thailand freiwillig zugibt, mit hundert Gramm Koks in der Tasche das Land betreten zu haben. Wenn er überhaupt was zugibt, dann nur so lange, wie du die Daumenschrauben angezogen lässt. Sobald du sie lockerst, sagt der gar nichts, nimmt alles zurück.«

»Wisst ihr was, ich rufe Nawin an und frage ihn. Der muss es ja wissen.«

Franz schaut auf sein Handy.

»Ich habe das Handy leer gequatscht.« Er geht um seinen Schreibtisch herum, holt das Ladekabel und stöpselt es an seinen Mac.

Er wählt.

»Hallo Nawin. Wir überlegen, ob wir den Mann, der ihm gefolgt ist, und von dem ich annehme, dass er ihm das Tütchen in den Rucksack getan hat, schnappen und eine Aussage aus ihm herauskitzeln sollen. Würde das etwas nützen? Also nur in dem Fall, dass es so ist, wie ich denke?«

Franz lauscht eine Weile. Dann verabschiedet er sich von Nawin, wendet sich Lena und Lisa zu.

»Was ist?«, fragt Lena.

»Nawin hat herausgefunden, dass Tonio bei der Einreise mit Drogen im Gepäck verhaftet worden ist. Sie haben ihn auf eine Polizeistation gebracht. Später geht es ins Gefängnis. Dann gibt es nach vielen Monaten einen Prozess. Er meint, so eine Aussage könne was bringen, müsste dann aber offiziell von der Polizei kommen. Er meint auch, dass der vielleicht bei der Polizei gesprächiger wäre, wenn er es schon mal ausgespuckt habe. Wir sollten unbedingt die Botschaft einschalten, könnte seine Haftbedingungen verbessern. Er habe schon etwas Geld für ihn bezahlt, und wenn wir ihm noch etwas mehr schicken, dann würde er es für ihn verwenden. Damit kann man bessere Zellen bekommen, besseres Essen, alles Mögliche. Er sagt, die Rede sei von hundert Gramm, und dafür kannst du zehn Jahre Knast bekommen.«

Franz hört auf, zu reden, denn bei der Zahl zehn ist Lisa aus dem Stuhl auf den Boden gerutscht, kniet nieder, hält ihr Gesicht in den Händen und heult hemmungslos. Lena heult gerade mit und auch Walzer laufen die Tränen runter. Er weint im Gegensatz zu den Damen stumm. Ist halt aus der Generation, der als Kind eingebläut wurde, dass Jungs nicht weinen.

»Also was machen wir jetzt mit dem Hemmschuh? Überlassen wir ihn der sanften Polizei oder nicht?«

»Wir überlassen ihn nicht der sanften Polizei«, schreit Lisa.

Franz hängt schon wieder am Telefon.

»Hallo Max, der Gehilfe von Helmut heißt Roland Hemmschuh.«

Franz hält das Handy ein bisschen von seinem Ohr weg.

»Max, das ist kein Grund zum Lachen. Der Mann heißt wirklich so. Der war auf dem gleichen Flug wie Tonio, hat ihm hundert Gramm Koks in den Rucksack getan und ist mit dem gleichen Flieger wieder zurückgeflogen. Jetzt ist bei uns die Idee aufgekommen, ihn entweder bei der Polizei anzuzeigen, oder ihn zu schnappen und ein bisschen zu befragen. Was haltet ihr davon, er ist ein Verbrecher, er kann uns nicht verpfeifen, wenn wir ihn ein wenig härter anfassen. Wir können uns ja maskieren und ein bisschen Helium nehmen, dann klingen wir wie Micky Mäuse.«

Er lauscht einen Moment.

»Ihr macht das? Finde ich toll. Wir wissen ja, wo er wohnt. Ach so, noch was. Die Polizei wird Helmut in Kürze festsetzen. Der holt scheinbar öfter etwas Koks ab. Bei der nächsten Tour werden sie ihn schnappen, die Taschen durchwühlen und dann die Bude auf den Kopf stellen. Ich bete zu unserem Schöpfer, dass sie was finden. Wann machen wir das mit dem Hemmschuh? Morgen ganz früh. Ja, ist mir recht. Aber Leute, im Hellen. Ich weiß nicht. Also dann morgen Abend, ja. Wir treffen uns bei ihm vor dem Haus. Gut, tschüss.«

»Ihr habt es ja gehört. Morgen Abend steigt die Sache.«

Einsatzkommando

Die Kollegen von Martin Gehrenberger haben sogar ein Einsatzkommando mitgeschleppt. Martin hat herausgefunden, dass Helmut ziemlich regelmäßig jeden zweiten Abend hier erscheint. Da er sich nie länger als zehn bis fünfzehn Minuten dort aufhält, kann es eigentlich nur sein, dass er etwas abholt. Zusammen mit den Drogenleuten haben sie sich den Kopf zerbrochen, was einer sonst in zehn Minuten machen soll. Es sind witzige Ideen entstanden wie, dass er eine schwache Blase habe oder an Durchfall leide.

Sie haben sich großräumig um das Haus verteilt, hier kommt keiner mehr ungesehen davon. Sie haben die Autos weiter weg geparkt, um nicht aufzufallen und sich ziemlich weit entfernt von dem Gebäude aufgestellt. Martin hat Fantasie, er könnte sich bei diesem Helmut vorstellen, dass der vielleicht Kameras angebracht hat und überdurchschnittliche Umtriebe in der Nähe des Gebäudes bemerkt.

Sie warten. Das ist etwas, was man im Polizistenberuf können oder lernen muss. Bisher kam Helmut immer regelmäßig zwischen halb zehn und zehn Uhr abends. Sie stehen jetzt seit sieben Uhr hier, draußen ist es schaurig kalt geworden, kurz unter dem Gefrierpunkt. Es ist eine traurige Gegend hier. Trostlose Straßen, trostlose Gebäude, zwischendrin mal ein etwas modernerer Büropalast und dann wieder ganz alte vergammelte Schuppen, Handwerksbetriebe, die sich nicht mehr lohnen. Manche Gebäude stehen einfach leer, weil wegen der immer weiter ansteigenden Grundstückspreise die Leute ihre Bauten einfach so lange behalten, bis ihnen die astronomischen Preise passen.

Ab und an fährt mal ein Auto durch die Straße, aber nicht mehr als ein gutes halbes Dutzend pro Stunde. Um halb zehn Uhr ist noch nichts passiert, um zehn Uhr auch noch nicht und Martin und seinen Kollegen bekommen leise Zweifel, ob der gute Helmut nicht doch Wind bekommen hat.

Um Viertel nach zehn biegt ein dicker Mercedes in die Straße ein, die zu dem Gebäude führt. Er parkt davor, Helmut steigt aus, schließt auf und tritt ein.

Die Spannung steigt. Sie nähern sich von allen Seiten. Als nach gut zehn Minuten die Tür wieder aufgeht, packen sie ihn an den Armen, tasten ihn ab, halten ihm den Haftbefehl und den Durchsuchungsbeschluss vor die Nase, bugsieren ihn wieder in das Gebäude hinein. Ein Kollege kommt mit einem Hund, der schnüffelt an der rechten Seitentasche seines feinen Tuchmantels. Ein Beamter greift mit seiner gummibehandelten Hand in die Tasche und zieht zwei Tüten mit weißem Inhalt heraus.

»Zweihundert Gramm, schätze ich.«

Martin sagt zu Helmut:

»So Helmut, jetzt wollen wir mal schauen, was wir hier noch finden oder magst du es uns freiwillig sagen.«

Helmut schweigt eisern, verzieht keine Miene.

»Kooperation würde vor Gericht positiv gewertet.«

»Leck mich!«

»Dann eben nicht.«

Sie durchsuchen Helmuts Taschen noch komplett, nehmen ihm einen Schlüsselbund ab, führen Helmut zu einem draußen wartenden Wagen und fahren ihn davon. Ein Großteil des Teams verzieht sich, nur acht Beamte in Zivil oder in Uniform bleiben und machen sich an die Durchsuchung des Gebäudes.

Martin seufzt:

»Das wird eine lange Nacht.«

Sie fangen im Keller an. Das Gebäude hat eine Grundfläche von etwas über zweihundert Quadratmetern.

Dachboden gibt es keinen, das Haus hat ein Flachdach. Schon der Keller macht ihnen Mühe, lauter einzelne Räume, die sie minutiös filzen müssen. Die zwei Beamten mit Hunden sind dageblieben. Bei Hunden geht es relativ schnell, denn wenn da etwas zu schnuppern ist, dann finden die das auch gleich.

Ein Hund will die Treppe rauf, der Hundeführer lässt ihn. Der Hund läuft schwanzwedelnd im Zickzackkurs die Treppe hoch, will dann in eine Tür hinein, die abgeschlossen ist. Ein Mann geht die Treppe runter und holt den Schlüsselbund von Helmut. Sie probieren einige Schlüssel durch, bis sie den richtigen gefunden haben. Der Hund läuft im Zickzack durch das ganze Büro in eine Ecke, springt mit den beiden Vorderpfoten gegen die Wand, bleibt stehen, schaut nach oben und bellt. Einer der Beamten holt einen Stuhl, klettert drauf und schaut sich die Decke an. Das ist eine abgehängte Decke mit einzelnen Kunststoffelementen. Er drückt ein Element nach oben und schiebt es mit zwei Händen zur Seite, sodass eine Öffnung sichtbar wird. Eine Menge Staub und Dreck rieselt auf den Beamten runter. Er hustet. Der Mann ist relativ groß, er steckt den Kopf durch die Öffnung, nimmt eine Taschenlampe, leuchtet in alle Richtungen.

»Aha.«

Er greift nach oben und reicht nach und nach zehn Tüten nach unten.

»Das ist ja schon besser, aber das kann bei Weitem nicht alles sein, was in der Bude versteckt ist«, sagt Martin Gehrenberger. Er ruft:

»Kommt doch bitte alle mal her!«

»Leute, was haltet ihr davon, wenn wir ein paar Kollegen herholen, die über Nacht die Bude bewachen und morgen früh wiederkommen. Ich fühle mich nicht mehr in der Lage, hier konzentriert zu arbeiten.«

Alle stimmen ihm zu.

Schweinestall

Max und Alex treffen sich mit Franz in der Nähe der Wohnung von Roland Hemmschuh.

»Franz, wir sind schon ein bisschen früher gekommen und haben ihn beobachtet. Er ist vorhin mit einem Porsche in die Tiefgarage gefahren, hat ihn abgestellt und ist hochgegangen. Die Tiefgarage ist offen, das würde die Sache erleichtern. Unser Auto steht schon unten. Wie bekommen wir den Kerl in die Tiefgarage gelockt?«

Franz sagt was zu ihnen, die beiden lachen und machen sich auf den Weg in die Tiefgarage. Franz geht zur Haustür.

Er klingelt bei Hemmschuh, und als der antwortet, schreit er in die Anlage:

»Dai Borsche brennd!«

Dann rennt er um das Haus herum, wetzt die Abfahrt zur Tiefgarage runter und sieht, wie Max und Alex hinter der metallenen Tür stehen, die vom Treppenhaus in die Tiefgarage führt. Max hat seinen Mercedes S-Klasse davor geparkt, der Kofferraum ist offen. Außer ihnen ist kein Mensch in der Tiefgarage. Das bleibt hoffentlich auch so. Sie müssen nicht lange warten, die Tür springt mit einem Krach weit auf, der mit einem Muskelshirt, einer Jogginghose sowie Adiletten bekleidete Roland Hemmschuh stürzt wie eine angestochene Sau durch die Tür, bekommt von Max einen Schlag gegen den Hals und von Alex einen auf den Solarplexus, worauf der kommentiert:

»Doppelt genäht hält besser.«

Roland stürzt um, wie vom Blitz gefällt. Die orange Gesichtsfarbe, die gebleachten Zähne, das giftgrüne ärmellose Muskelshirt sowie die sehr weiße Haut außerhalb des Gesichts wirken bizarr.

»Franz, pack ihn am Bein, der Kerl ist schwer, alles nur Muskeln.«

Sie wuchten Roland in den Kofferraum, legen ihm Handschellen an und schließen sie. Max und Alex steigen ein und rauschen ab. Franz geht über die Straße, holt sein dort geparktes Auto.

Sie fahren zu einem Onkel von Franz, einem ähnlich kernigen Typ wie Franz, nur deutlich älter. Er hat ein landwirtschaftliches Anwesen im Remstal, das ist von Stuttgart nicht allzu weit entfernt. Dieses Tal hat ja schon öfter relativ knorrige Typen hervorgebracht. Franz Onkel erwartet sie schon, steht an der Einfahrt zu seinem Hof und zeigt auf eine Scheune mit einem weit geöffneten Tor, durch das sie mit beiden Autos hinein fahren.

An den Handschellen zerren sie den mittlerweile wieder erwachten Roland aus dem Kofferraum heraus und bringen ihn in einen ehemaligen Schweinestall, wo sie ihn mit einer Kette an einem Ring im Boden anschließen.

»So lieber Roland, jetzt erklärst du mir bitte, warum einer von Zürich nach Bangkok und gleich wieder zurück fliegt?«

Die Innentemperatur der Scheune entspricht der Außentemperatur von leicht unter null Grad. Die Fensterscheiben des ehemaligen Schweinestalls sind nicht mehr alle da, wo sie mal waren, einige Scheiben fehlen. Ein leicht fieser Wind streicht durch den Stall. Der Onkel hat sich mit dem Spruch:

»I wünsch eich vil Erfolg!«, verzogen.

Die drei haben schöne, dicke Jacken an, Franz trägt als Einziger eine Wollmütze, die Haupthaare haben ja schon vor Jahren begonnen, ihn zu verlassen. Roland zittert schon leicht.

»I sag nix.«

»Gugga mir mol.«

Franz ist der einzige Schwäbisch-Experte. Max ist Westfale und Alex kommt aus Freiburg.

»Lieber Roland, ihr habt den André drei Tage ohne Wasser in einen Bunker gesperrt. Da hat nicht viel zum Verdursten gefehlt. Du glaubst doch nicht im Ernst, dass wir dich losmachen, wenn du ein bisschen frierst. Ich bin mir ziemlich sicher, dass dein Körper dir demnächst empfiehlt, deine Sprache wieder zu finden.«

Roland macht den Mund auf.

Max witzelt:

»Es will sprechen.«

»Der André hat dem Helmut drei Päckchen Koks geklaut und auf eigene Rechnung verkauft.«

Franz schaut Alex an, Franz schaut Max an, sie schauen sich alle gegenseitig an.

»Das ist interessant.«

»Dann habt ihr ihn also nicht ins Bein geschossen?«

»Nein«, sagt Roland verständnislos. »Wir haben ihn laufen lassen. Er ist ja nicht unser Problem. Hat selbst Dreck am Stecken, kann uns nicht verpfeifen.«

»Aber du weißt schon, dass wir was anderes von dir wissen wollen. Und nur um dir etwas auf die Sprünge zu helfen, muss ich dir mitteilen, dass dein Chef vorhin verhaftet worden ist.«

Max und Alex sehen Franz erstaunt an.

»Hab ich vorhin von Martin gehört. Ein paar Kilo Koks haben sie schon gefunden.«

»Weißt du, wo die großen Mengen versteckt sind?«, fragt Alex.

Roland schüttelt heftig den Kopf.

»Roland, was ist mit Thailand. Wir wissen ganz genau, was du gemacht hast. Wir möchten es nur von dir hören.«

Roland steht stumm da und glotzt. Franz macht mit dem Kopf so eine *Folgt-mir*-Geste, sie lassen Roland da stehen, wo er steht, und gehen zu Franz Onkel ins Haus. Das Anwesen wirkt gepflegt, die Scheune steht fünfzig Meter von dem großen Haus entfernt.

»Mein Onkel ist ein sturer Kopf. Ich hab einen Großteil meiner Kindheit hier verbracht und fand es immer toll. Da hat er noch Schweine, Kühe und Pferde gehabt und immer gut gewirtschaftet. Irgendwann sind seine Kinder aus dem Haus gegangen, seine Frau ist gestorben, aber er hält eisern durch. Er hat zwar schon mal ein Stück Land verkauft, was zu Bauland geworden ist und er könnte mehr verkaufen, aber er will nicht. Er sagt, das ist seine Lebensweise, basta. Geht stramm auf die achtzig zu. Ich bestaune ihn immer wieder. Das ist ein sehr gepflegter Bauernhof, hier stinkt es im Haus nicht nach Kuhstall, ist alles picobello. Er hat ein paar Aushilfen, aber sonst nichts. Die Kinder kommen auch mal ein bis zwei Wochen zum Helfen. Der Kerl ist für mich ein Phänomen«, sagt Franz. »Ich bin viel zu selten da, aber wenn, dann helfe ich auch. Macht Spaß.«

Sie gehen ins Haus rein, erklären dem Onkel, dass ihr Patient ein wenig Bedenkzeit bräuchte. Der lacht dreckig und holt vier Schnapsgläser und eine Flasche. Jeder kriegt einen. Sie wärmen sich etwa eine Stunde auf, schwätzen mit dem Alten. Sie erfahren, dass er die aktive Landwirtschaft weitgehend eingestellt hat, nur so ein bisschen für den Eigenbedarf und ein paar Dorfläden produziert.

»Das weiß ich ja noch gar nicht«, sagt Franz. »Habe gedacht, du bist noch voll dabei.«

»Könndeschd ja öfdr komma«, sagt der Onkel nur.

Er erzählt, dass er das Bauland nur zum Teil verkauft habe, auf einem Teil habe er selbst drei Häuser gebaut und die seien sehr gut vermietet.

»I bin nur no Hobby-Baur.«

Dann erzählt er noch, dass er demnächst den Stall renovieren wird und doch wieder in die Pferdehaltung einsteigen möchte. Die Leute seien immer zu ihm gekommen, hätten nach Pferdeställen gefragt und das werde er jetzt angehen. Franz unterbricht.

»Ich glaube, wir sollten mal nach ihm schauen. Eigentlich müsste er so weit sein.«

Schön aufgewärmt, dick eingepackt und von dem Schnäpschen leicht angeheitert schlendern die drei wieder in den Schweinestall rüber. Es erwartet sie ein seitlich auf dem Boden zusammengekauert liegender Roland, der zittert wie Espenlaub. Er ist trotz der Bräunungscreme weiß um die Nase, die Zähne klappern.

»I sag älles!«

»Hast du Tonio das Tütchen in den Rucksack gepackt?«, fragt Max.

»Ja, ich habe Tonio im Flieger eine Tüte mit Kokain in den Rucksack gepackt.«

»Dann machen wir ihn los und bringen ihn ins Haus«, schlägt Alex vor.

Max öffnet die Handschellen, macht sie von der Kette ab,

fesselt ihn aber wieder. Sie laufen mit dem klappernden Roland, der sich kaum noch auf den Beinen halten kann, ins Haus rüber. Setzen ihn auf ein altertümliches Sofa und legen eine Decke über ihn. Er legt sich sofort auf die Seite, zieht die Decke an allen Enden über sich. Der Onkel schaut ihn mitleidig an, bringt ihm einen Schnaps. Roland trinkt ihn und wirft dem Onkel einen dankbaren Blick zu.

»Eigentlich kühlt man ja mit Alkohol noch mehr aus, einen Tee sollte er haben. Aber ich glaube, der ist in relativ kurzer Zeit wieder völlig beieinander. Unkraut vergeht nicht«, behauptet Alex.

»So wie ich das sehe, wäre das das Beste, wenn wir ihn zur Polizei brächten. Wir könnten natürlich auch schnell mit ihm nach Thailand fliegen. Den Weg kennt er ja jetzt. Dann kann er seine Aussage dort wiederholen, Tonio kommt raus und er fährt ein. Verdient hättest du Drecksau das«, schleudert Franz ihm entgegen, nachdem er sich zu ihm umgedreht hat.

Der bekommt das gar nicht ganz mit. Liegt mit halb geschlossenen Augen auf dem Sofa und klappert sich warm.

»Ganz ernsthaft«, erklärt Franz, »ich glaube kaum, dass wir zu dritt mit einem Mann in Handschellen in ein Flugzeug reinkommen. Allerspätestens bei der Passkontrolle ist Feierabend. Und wenn wir ihn bei der thailändischen Polizei haben, dann können wir ihn ja schlecht zu einer Aussage zwingen.«

»Komm lass uns mal in den Flur gehen. Bin mir gar nicht so sicher, dass er nichts mitbekommt. Einmal Drecksack immer Drecksack«, meint Max.

Die drei verlassen den Raum und reden im Flur weiter.

»Damit hast du völlig recht, Franz, das mit Thailand ist Blödsinn. Wir müssen ihn zu deinem Freund Martin schleppen. Wir sollten wenigstens seine Aussage aufzeichnen und wir sollten sie auch schriftlich und von ihm unterschrieben haben. Da kann er immer noch behaupten, dass sie unter Folter entstanden sei«, sagt Max.

»Sobald er wieder fit ist, lass ich es ihn aufschreiben und wir machen ein Video davon. Leider ist es so gut wie wertlos. Es ist wirklich saublöd, dass man einen Strolch, von dem wir alle wissen, was er getan hat, nur ganz schwer wirklich festnageln kann. Zum Kotzen ist das. In solchen Situationen würde ich gerne in einer Diktatur leben. Nein, möchte ich natürlich nicht, aber im Leben jedes Menschen, der mit juristischen Fragen zu tun hat, passiert so etwas manchmal«, konstatiert Franz.

Sie gehen wieder in das Wohnzimmer und sehen, dass Roland mittlerweile schon wieder senkrecht sitzt und gerade vom Onkel ein zweites Gläschen Schnaps eingefüllt bekommt. Er kann schon wieder normal sprechen. Franz holt ihm einen Block und einen Kugelschreiber, legt ihn ihm vor die Nase und sagt, er soll doch jetzt bitteschön die Geschichte mit dem Koks und Tonios Rucksack aufsagen und danach aufschreiben. Alex hat sein Handy in der Hand.

Wie erwartet wird Roland schon wieder frech. Man wolle ihn durch Folter zu der Aussage zwingen, er könne dann auch nach Nordkorea ziehen.

»Roland, wir haben kein Problem, dich sofort wieder in den Schweinestall zu bringen, dieses Mal bekommst du zwei Stunden. Möchtest du das?«

Roland schüttelt den Kopf, derart heftig, dass Franz ihn warnt, er solle nicht so stark schütteln, sonst flögen ihm noch die Ohren davon. Solchermaßen gewarnt, sagt Roland ganz brav sein Sprüchlein auf, dass er dem Tonio nämlich ein Tütchen mit Kokain in den Rucksack gepackt habe. Und das schreibt er auch noch nieder, und unterschreibt mit Datum und Ort.

»Roland, wir werden jetzt alle hier übernachten, du kommst in den Schweinestall. Nein, das war nur Spaß, wir übernachten hier im Haus aber du wirst natürlich angekettet, und zwar so, dass du nicht davon kommst und morgen früh fahren wir zu Martin Gehrenberger und du wirst deine Aussage dort wiederholen. Wenn du das nicht tust, dann wirst du zwar dort wieder als freier Mann raus spazieren, aber du weißt genau, dass wir diese Prozedur mit dir wiederholen werden, und zwar das nächste Mal nicht unter zwei Stunden. Der Winter dauert noch einige Monate«, droht Max.

Danach bekommt er von Franz noch eine Standpauke:

»Dem Tonio blühen zehn Jahre Haft oder Todesstrafe. Der ist völlig unschuldig. Du bist überhaupt nicht unschuldig. Das, was du da gemacht hast, war hochgradig niederträchtig. Du bekommst für die Dinger, die du mit Helmut gedreht hast, eine ziemlich saftige Strafe. Für das mit Tonio kommt da kaum was drauf. Das geht unter. Du würdest also nicht mal was verlieren, wenn du dem armen Tonio hilfst. Wenn du es nicht tust, dann musst du selbst nach deiner Entlassung mit unserer Rache rechen. Beim nächsten Mal gehst du wesentlich länger in den Schweinestall. Wenn du denkst, im Sommer könnte dir nichts passieren, dann sage ich dir, dass ich jemanden kenne, der ein Kühlhaus besitzt. Da können sie dich dann als Eisklotz wieder abholen. Also wenn ich du wäre, dann würde ich uns helfen. Wir können mit dem, was du erzählst, versuchen Tonio in Thailand wieder herauszubekommen. Ansonsten schmort er zehn Jahre oder sie bringen ihn gleich um. Wenn du nur einen Funken Anstand im Leib hast, dann machst du es.«

Adiletten

Am nächsten Morgen um kurz nach sieben sind die Polizisten alle wieder in Helmuts Bürohaus für seine Strohfirmen versammelt. Gegenüber dem gestrigen Abend sind noch einmal drei Leute dazu gekommen, sodass sie jetzt zu elft sind. Sie teilen sich in Dreierteams auf und durchforsten die ganze Bude systematisch, lassen keinen Schrank stehen, klopfen sämtliche Wände ab, untersuchen mit dem Hohlraumscanner alle Böden, schauen überall in die Decken rein, klopfen die Böden mit Hämmern ab. Die Hunde finden zwar hier ein paar Geldscheine, dort ein paar Gramm Koks oder ein bisschen Marihuana, aber bis zum Mittag liegt die Ausbeute bei kurz über null. Martin hockt total frustriert auf einem Schreibtisch.

»Das darf doch nicht wahr sein. Der Franz hat es mir prophezeit. Dieser Typ ist gerissen. Wo zum Teufel, würde ich in der Bude etwas verstecken, wenn ich ein helles Köpfchen wäre?«

Er geht zum wiederholten Male von Raum zu Raum. Die Räume in diesem Haus sind zum Glück nicht allzu voll gestellt. Riecht schon äußerlich nach Scheinfirmen. Es sind nicht mal alle Büros möbliert, höchstens die Hälfte. Der Rest steht einfach leer. Er hat sich mittlerweile einen Zollstock besorgt und misst auch die Dicke von Wänden zwischen einzelnen Büros. Martin hat sich schon lange aus seinem Dreierteam verabschiedet, läuft wie in Trance durchs Haus, einer seiner Mitarbeiter hat schon gesagt:

»Sieht wieder aus, wie so a Indianer, der die Geister zu Hilfe ruft.«

Das ganze Gebäude beherbergt ungefähr zwanzig Räume. Die hat er jetzt mindestens dreimal genauestens untersucht, die zehn anderen Kollegen auch. Die Hunde finden nichts, die Decken haben sie an zwei Stellen sogar runtergerissen. Sie haben an der Außenwand eine große Leiter angestellt und die Bodendicke und die Raumhöhe nachgemessen. Martin schlendert noch ein letztes Mal von Raum zu Raum, dann ruft er die Leute zusammen.

»Mein Vorschlag ist, wir machen jetzt eine halbe Stunde Mittagspause, jeder geht noch mal in sich, ob ihm noch etwas einfällt und dann checken wir das Ganze noch ein letztes Mal durch und dann geben wir einfach auf, wie immer. Der ist uns offensichtlich überlegen.«

Alle stimmen zu. Sie stehen im obersten Stock, in der Mitte des Gebäudes ist eine Wendeltreppe, mit der man aufs Dach kommt.

»Wartet noch einen Moment!«

Martin geht ein paar Stufen die Treppe hoch, oben ist eine Klappe aus Zinkblech mit etwas Isolation von innen. Sie ist mit einem Vorhängeschloss gesichert.

»Ich brauche einen großen Schraubenzieher!«

Ein Kollege bringt ihm das verlangte Werkzeug. Martin hebelt völlig rücksichtslos den Riegel auf, öffnet die Klappe und steigt nach oben auf das Dach. Er sieht sich um, kniet sich neben der Klappe auf den Boden, versucht, seinen Kopf so weit wie möglich nach unten zu stecken, und schreit:

»Kriegen wir vielleicht einen von den Kokshunden hier rauf?«

Nach einer Minute erscheint eine pelzige Schnauze mit einer feuchten schwarzen Nase, die ein heftiges Eigenleben führt. Der Hund quält sich mühsam auf allen vier Pfoten die enge Wendeltreppe hoch, am Hintern drückt sein Hundeführer den Wauzi hoch. Als er oben ist, läuft er sofort im Zickzack auf dem Dach entlang, geht erst an das eine Ende, der Schwanz wedelt unablässig, dann beschleunigt er in Richtung anderes Ende. Mittlerweile sind noch zwei weitere Kollegen auf dem Dach erschienen und schauen zu. Martin sagt zu dem Hundeführer:

»Nicht dass der zu schnell rennt und noch vom Dach fällt.«

»Nein, nein, so dumm ist er nicht.« Der Hundeführer lacht.

Der Hund ist jetzt am anderen Ende des Daches in der hinteren Ecke, setzt sich hin und bellt.

»Der hat was gefunden«, stellt der Hundeführer fest.

Das Flachdach ist von einer ziemlich dicken Kiesschicht bedeckt, vereinzelt wachsen verschiedene Sträucher, Farne und Moos auf dem Dach. Die Sträucher sind kahl. Es ist ja Winter. Sie gehen alle dahin, wo der Hund sitzt. Martin hat den Schraubenzieher noch in der Hand, er stochert zwischen den teilweise handtellergroßen Kieselsteinen herum, plötzlich trifft der Schraubenzieher etwas Weiches. Er zieht ihn wieder raus, an der Spitze des Schraubenziehers haftet weißer Staub. Jetzt hocken vier Leute angespannt auf dem Dach, die Stimmung ist zum Zerreißen gespannt. Sie ziehen die Kieselsteine zur Seite, auf der Dachpappe liegen jede Menge in Luftpolsterfolie eingeschweißte Pakete. Am Ende zählen sie neunundfünfzig Päckchen. In der Zwischenzeit hat sich der Rest von der Truppe zu ihnen begeben. Alle klopfen Martin auf die Schulter.

Martin sagt:

»So, jetzt suchen wir noch weiter. Das hat mich auf eine Idee gebracht.«

Er quält sich mit den anderen wieder die Wendeltreppe herunter, geht direkt in den Keller, holt sich den Mann mit dem Hohlraumscanner und bittet ihn, den gesamten Kellerboden nochmals zu scannen – Raum für Raum.

Sie sind noch zu viert, die anderen haben sich mit dem

eingesammelten Koks verzogen. Martin beobachtet den Mann mit dem Scanner. Sogar unter die Öltanks geht er mit dem Scanner drunter, so weit es geht. Ein Kollege von der Drogenfahndung fragt Martin, was er eigentlich jetzt noch suche.

»Bargeld. Solche Typen müssen massenhaft Bargeld haben.«

Während der Mann mit dem Scanner weitersucht, geht Martin noch mal ganz langsam von Raum zu Raum. Die meisten Räume sind weitgehend leer. In einem Raum lagern ein paar Zementsäcke, in einem anderen Raum haben sie alte Büromöbel aufgestapelt.

Martin schaut sich die Fußböden genau an. Die meisten Fußböden sind mit einer speziellen Fußbodenfarbe gestrichen, die an vielen Stellen schon abgeblättert ist. Es gibt allerdings einen Raum in der Mitte des Gebäudes, in dem der Boden nicht gestrichen ist, sondern aussieht wie ein naturbelassener ziemlich glatter Betonboden.

»Georg, kommsch mol her?«

Der Mann mit dem Hohlraumscanner kommt gleich. Martin zeigt ihm den Unterschied zwischen den anderen Böden und dem zwar nicht neu aussehenden, aber doch ziemlich glatten Betonboden. Der nimmt seinen Scanner und fängt an, den Raum ganz exakt zu untersuchen. Plötzlich hält er an, pfeift anerkennend durch die Zähne, nickt mit dem Kopf und meint, an der Stelle sollte man vielleicht mal genauer hinschauen.

»Leute, Leute, wir brauchen eine Spitzhacke oder einen Vorschlaghammer oder so etwas«, ruft Martin.

»Dahinten steht eine Werkbank mit einigem an Werkzeug. Ich schau mal«, sagt ein junger Kollege.

Nach einer Minute kommt er mit einem ziemlich großen Fäustel und einer Spitzhacke wieder. Sie klopfen auf den Boden, sie hauen mit dem Fäustel auf die Stelle, wo der Scanner angeschlagen hat, da passiert nichts. Dann sagt der junge Kollege mit der Spitzhacke in der Hand, man solle ihn doch mal ran lassen, holt ordentlich Schwung und haut zu. Die Spitzhacke dringt ein ganzes Stück in den Boden ein. Derart motiviert hackt er weiter, nach ein paar Minuten sind sie durch, der Betonboden ist relativ dünn, darunter ist eine Sperrholzplatte, und darunter tut sich ein Hohlraum auf. Drin liegt eine große Metallkassette. Diese Kassette haben sie schnell mit dem großen Schraubenzieher geknackt. Sie misst ungefähr einen halben Meter auf einen halben Meter, ist etwa vierzig Zentimeter tief. Die Kassette ist an manchen Stellen bis oben, an manchen Stellen nur bis zur Hälfte mit Geldbündeln gefüllt. Es sind überwiegend Fünfhundert-Euro-Scheine. In einer Ecke liegen Dollarscheine.

»Jetzt bitte keine langen Finger oder lange Zähne kriegen, meine Herren ich kenne unsere Gehälter. Da haben wir wohl die Altersvorsorge von Helmut Lohmers gefunden.«

»Martin, was meinst du, wie viel ist das?«

»Auf jeden Fall mehr als zehn Millionen. Wahnsinn. Und saumäßig clever, der muss jedes Mal, wenn er hier Geld rausholt oder reinpackt den Boden neu machen. Eins muss man dem Mann lassen, faul ist er nicht. Liebe Freunde, ich glaube, jetzt haben wir's.«

»Wir ziehen ab«, verkündet der Kollege von der Drogenfahndung. »Mit dem Fund komme ich ins Fernsehen, aber da bin ich gar nicht scharf darauf. Im Gegenteil.«

In einem kleinen Triumphzug ziehen sie im Polizeipräsidium ein. Nicht jeden Tag finden sie einen guten halben Zentner Koks im Werte von drei Millionen sowie noch mal zehn Millionen Bargeld. Martin schlurft in sein Büro, legt seinen Mantel ab, setzt sich hin, holt sich einen Kaffee und als er die Tasse an den Mund setzt, denkt er über ihre

Kaffeemaschine nach. Ihm fällt ein, dass bei jedem Unternehmen mit solchen Einnahmen eine neue Kaffeemaschine drin wäre, bei ihnen nicht. Sie müssen diese Plörre weiter saufen. Hätte er doch mal in die Kassette rein gegriffen, für jeden eine kleine Prämie.

Er sieht immer gerne den Kölner Tatort, wo der dicke Kommissar mit ständig neuen tollen Oldtimern herumfährt, die sie angeblich den Gangstern weggenommen haben. Da kann es sich nur um die künstlerische Freiheit des Drehbuchautors handeln. Sowas gibt es bei ihnen nicht. Mit Genuss schlürft er dennoch den Kaffee, als die Tür aufspringt und ein ihm sehr bekanntes Gesicht im Türrahmen erscheint.

»Franz, du kommst mir gerade recht, wir haben was zu feiern. Wir haben die Hütte von Lohmers auf den Kopf gestellt.«

Er sieht, wie Franz den rechten Zeigefinger an den Mund legt und Martin verstummt sofort.

»Erzähle ich später.«

Hinter Franz schlappt ein Typ in Adiletten, Muskelshirt und Jogginghose herein, geschoben von einem hageren Blonden mit dünnen längeren Haaren. Die Nachhut bildet ein sehr kräftiger sicherlich fast zwei Meter großer Mann mit lockigen Haaren. Als alle im Büro drin sind, sagt Franz:

»Das hier ist Roland Hemmschuh.«

»Kenne ich«, antwortet Martin, »die rechte Hand von Helmut. Und was hat er diesmal verbrochen?«

»Der hat meinem Schwiegersohn in spe auf einem Flug nach Bangkok vor ein paar Tagen hundert Gramm Kokain in den Rucksack getan. Der Tonio Passert hockt jetzt in Thailand im Knast und kriegt vermutlich irgendwas zwischen zehn Jahren und der Todesstrafe. Der junge Mann ist völlig unschuldig, und wie mir mein Anwaltskollege in

Bangkok erzählt hat, kriegen wir ihn wahrscheinlich auch nicht mehr raus. Und dieser Mistkerl hier ist dafür verantwortlich.«

»Setzt euch erst mal alle hin. Da hinten an der Wand sind noch Stühle. Trotz allem Respekt, Handschellen legt die Polizei an und nicht ihr. Macht sie ihm ab.«

Alex holt den Schlüssel raus und nimmt Roland die Handschellen ab. Er schaut, wie weit es zur Tür ist, und platziert sich dann hinter Roland, den sie auf den Stuhl vor dem Schreibtisch von Martin setzen, Franz haut sich daneben. Nimmt sich den letzten Stuhl und setzt sich auf die eine Seite neben Roland, auf der anderen sitzt Max.

»Wir wollen doch nicht, dass du verduftest, oder?«, sagt Max zu Roland.

Franz schiebt ihm die schriftliche Aussage von Roland über den Tisch und erklärt:

»Wir haben dir ein Video mit seiner Aussage geschickt. Er ist mit dem gleichen Flug wie Tonio in der Economy nach Bangkok geflogen und hat sich zwei Stunden später in denselben Flieger gesetzt, um in der Business Class wieder nach Zürich zurückzufliegen. Er hat es uns gegenüber zugegeben und wir wissen jetzt nicht, was wir noch tun können. Einem Kokain in den Rucksack zu schmuggeln, damit er in Thailand hingerichtet wird, ist schon ziemlich schäbig. Das hat er alles für seinen Chef den Helmut Lohmers gemacht.«

»Also gut meine Herren, dann wollen wir mal. Herr Hemmschuh«, er muss schon wieder lachen, »Sie sind also nach Bangkok und direkt wieder zurück geflogen?«

»Ja, das stimmt.«

Martins Aufnahmegerät läuft schon ein Weilchen. »Das werden sie auch schwer abstreiten können. Und was ist jetzt mit dem Tütchen Koks?«

»Davon weiß ich nichts. Die haben mich in einem Schweinestall bei unter null Grad stundenlang fast erfrieren lassen. Und da habe ich ihn alles gesagt, was sie hören wollten.«

Aus der Richtung von Franz ertönt ein erstickter Schrei. Alex schießt ein paar Zentimeter vom Stuhl hoch und Max stößt einen Schwall Luft aus.

»Ach herrjeh, was haben Sie denn in Thailand gemacht?«

»Ich wollte schon immer mal den Flughafen von Bangkok sehen. Ich bin ein bisschen herumgelaufen und dann wieder zurück geflogen. Ich fliege einfach gerne.«

Martin schlägt mit der flachen Hand auf den Tisch. Roland zuckt zusammen.

»Franz, so wie ich dich einschätze, hast du damit gerechnet. Das ist ein Scheißkerl. Dabei macht der Scheißkerl jetzt gerade einen ganz entscheidenden Fehler.«

Roland schaut ihn zuerst interessiert und dann allmählich doch etwas erschreckt an. Martin schweigt eine ganze Weile.

»Herr Hemmschuh, ich weiß etwas, das sie nicht wissen.«

Roland schaut jetzt immer interessierter.

»Wir haben in dem Gebäude von ihrem Chef heute früh mindestens zehn Millionen sowie Kokain im Wert von drei Millionen gefunden. Ihr Chef ist nicht etwa da«, Martin deutet in die Richtung, wo Lohmers wohnt, »sondern er ist da.« Jetzt zeigt sein Finger in eine andere Richtung.

»Und sie dürfen dreimal raten, was da ist. Ich sage es Ihnen. Da ist das Untersuchungsgefängnis.«

Martins Stimme wird jetzt gerade schneidend und laut.

»Ihr habt zuletzt knapp zwei Zentner Koks hergeschmuggelt. Dann habt ihr euch auch noch in Erlenbach am Zürichsee beim Umladen fotografieren lassen. Du schaufelst einem gewissen Walter zehn Kilo in einen Waschkorb rein. Wir haben das Foto mit dir drauf, wir haben den Rest von dem Kokain, wir haben jede Menge Kohle, wir haben Zeugenaussagen, die den ganzen Schmuggel beweisen, wir haben deinen Chef, wir haben drei deiner jungen Kollegen und den Rest bekommen wir auch noch, weil dein Chef singt. Nach Jahrzehnten voller Misserfolge, haben wir euch Dreckskerle sowas von am Arsch. Was meinst du denn, wie lange du bei den Dimensionen im Knast sitzt. Es hätten auch zehn oder zwanzig Kilo getan, aber nein, ihr macht es ja nicht unter hundert Kilo. Unter zehn Jahren geht da gar nichts, eher fünfzehn.«

Martin denkt, jetzt habe dieser Typ mal eine ordentliche Ladung abbekommen, eine Breitseite sozusagen und jetzt brauche er mal eine kleine Pause, um es so richtig zu genießen.

Franz Gesicht wird von einem kleinen himmlischen Lächeln verziert, Alex strahlt und selbst bei Max zucken die Mundwinkel.

»Und weißt du was, dein geliebter Chef hat schon versucht, das meiste von dem Dreck auf deinen kräftigen Schultern abzuladen. Steht dir echt gut, dieses Muskelshirt. Ich sage dir noch was. In den nächsten mindestens zehn Jahren siehst du recht wenig Sonne. Ich fürchte, dein Arsch wird nicht mehr braun werden. Wie alt bist du denn?«

Martin schaut auf den Bildschirm seines PCs.

»Aha, doch gute Anfang fünfzig. Klasse, wenn du wieder rauskommst, dann kannst du direkt in die Rente gehen.«

Martin legt wieder mal eine Pause ein, er macht das gerne.

»Und jetzt sage ich dir noch was. Das, was du mit diesem Tonio gemacht hast, ist so eine Sauerei, dass ich es mir kaum schlimmer vorstellen kann. Du fliegst nach Thailand, nur um den Flughafen zu bestaunen. Ich war auch schon mal in Bangkok. An diesem Flughafen gibt es überhaupt nichts zu bestaunen. Du lügst wie gedruckt. Ich kenne keinen Richter, der dir diesen Scheiß abnehmen würde. Natürlich hast du dem Tonio das Koks in den Rucksack getan.

Wir haben noch was in petto. Wir werden das Koks, was sie in Thailand gefunden haben mit eurem Koks vergleichen und ich schwöre dir, ich kriege ein Gutachten, dass beweist, dass das Zeug identisch ist. Und dann geht die ganze Akte zu meinem Kollegen von der Drogenabteilung in Bangkok. Wollen wir doch mal sehen, ob du aus der Nummer wieder rauskommst.«

Martin ist jetzt voll in Fahrt.

»Vermutlich würdest du wegen der hundert Gramm nicht mal bestraft. Du bekommst auch so genug. Dafür würdest du einem anständigen jungen Mann das Leben retten. Und ich sage dir, von meiner Aussage vor Gericht hängt auch einiges ab, und wenn du das jetzt nicht tust, dann werde ich bei deinem Fall so genau sein, wie ich es noch nie bei irgendeinem anderen Fall gewesen bin.«

Roland macht weiterhin ein Gesicht wie ein verstockter kleiner Junge, und sagt nichts. Martin schweigt jetzt auch. Nach fünf Minuten richtet sich Roland ein wenig auf:

»Ich will mit meinem Anwalt sprechen.«

»Das ist dein gutes Recht. Jetzt geht es in U-Haft, da kannst du schön nachdenken und dich mit deinem Anwalt besprechen. Und dann schauen wir mal, was passiert.«

Martin steht auf, geht um den Tisch herum zur Tür, öffnet sie, ruft nach draußen. Franz, Max und Alex erheben sich ebenfalls, Roland steht auf. Alex schnappt ihn am Arm, Max am anderen. Martin tritt auf den Gang, zwei Beamte kommen rein, einer hat Handschellen in der Hand. Roland hält beide Hände nach vorne, Max und Alex lassen los. Als der erste Beamte mit der linken Hand nach seinem Arm greift, macht Roland einen Schritt nach vorne, schiebt die beiden Beamten auseinander, beschleunigt, rempelt sie an, einer fällt hin. Franz sieht, dass er die Adiletten nicht mehr anhat. Er ist barfuß, rennt den völlig menschenleeren Gang runter,

Max ist sofort gestartet, Alex auch. Franz schaut aus dem Fenster, ob er ihm irgendwo den Weg abschneiden könnte, sieht aber keine Möglichkeit dazu.

Franz rennt jetzt auch hinterher, auch Martin und die beiden Beamten sind unterwegs. Martin schreit laut:

»Alarm, Häftling entflohen.«

Klong Prem

Tonio sitzt mit etwa zwanzig weiteren meist jungen Menschen aus aller Herren Länder in einem schmutzigen Bus, der in sie von der Polizeiwache am Flughafen in das berüchtigte Klong Prem Central Prison in Bangkok bringt. Dieses Gefängnis hat auch den Spitznamen *Bangkok Hilton*. Der ist aber ein Witz, denn dieses Gefängnis ist überhaupt kein bisschen luxuriös. In der Zelle auf der Polizeiwache hat Tonio eine ganze Menge neue Informationen bekommen. Die Kollegen haben ihm bestätigt, dass er für hundert Gramm mit irgendetwas zwischen zehn Jahren Gefängnis bis hin zur Todesstrafe rechnen muss. Er hat außerdem erfahren, dass die thailändische Justiz gerne Standardstrafen verhängt, also zehn, zwanzig, fünfzig Jahre Knast.

Den Häftlingen würden sich Leute als Anwälte andienen, die weder die Fähigkeit dazu haben und auch nichts für ihren Mandanten tun. Ihr Geschäft bestehe darin, Hoffnung zu verkaufen und damit ihr Leben zu finanzieren.

Im Klong Prem sitzen etwa zwanzigtausend Häftlinge ein und da werden die meisten internationalen Drogenschmuggler eingesperrt. Auf dem Gelände befindet sich auch ein Frauengefängnis. Tonio hat schon Engländer, Deutsche, Franzosen, Amerikaner, Nigerianer und einen Afghanen kennengelernt. Manche nehmen die Sache relativ gelassen, andere sind in höchster Verzweiflung. Wenn er das richtig versteht, sind fast alle tatsächlich echte Drogenschmuggler. Ein Amerikaner hat ihm erzählt, dass er es im Heroinhandel mit seinen neunundzwanzig Jahren schon zum Millionär gebracht hätte. Leider habe er zwei Kilo dabei gehabt und dafür würde er hingerichtet.

Tonio hat sich nach Ausbruchsmöglichkeiten erkundigt, aber da haben sie alle nur schallend gelacht. Einem Australier namens David McMillan sei es in den Neunzigern mal gelungen, aber das sei der Einzige. Andere hätten es schon aus dem Gefängnis heraus geschafft, aber die habe man dann in Bangkok sofort wieder geschnappt. Das Gefängnis selber ist wohl von einer acht Meter hohen Mauer umgeben, auf der oben ein elektrisch geladener Stacheldraht die Flucht verhindern soll. In den paar Tagen seit seiner Verhaftung hat sich Tonio schon an die Hitze, an den Schmutz und an die Insekten gewöhnt. Auf der Polizeiwache mussten sie auf dem Boden schlafen und interessanterweise hat es tatsächlich ab dem zweiten Tag funktioniert.

Im Klong Prem sei es nicht so, wie in europäischen Gefängnissen, dort können Gefangene arbeiten, Geschäfte betreiben, man könne sich durch Bestechungsgelder bessere Zellen kaufen. Eine Intervention der jeweiligen Botschaft zugunsten des Häftlings brächte Privilegien. Man könnte auch Besuch empfangen, Drogen kaufen, kurz, sich das Leben etwas angenehmer gestalten.

Er fragt sich die ganze Zeit, ob Lisa schon Bescheid wüsste. Und er denkt, sie wisse es. Auf der einen Seite finde er das toll, auf der anderen Seite schrecklich. So wie er ihren quasi Stiefvater einschätzt, den er ziemlich ins Herz geschlossen hat, wird der versuchen, einiges zu unternehmen. Obwohl Tonio völlig unschuldig ist, schämt er sich in einer Ecke seines Kopfes dafür, dass er denen, die ihn so nett aufgenommen haben, jetzt jede Menge Scherereien macht.

Franzose

Roland seckelt barfuß den menschenleeren Gang so schnell entlang, wie er irgendwie kann. Als die ihn aus dem Zimmer raus geführt haben, hat er sich der Adiletten entledigt, weil ihm klar war, dass die seine Höchstgeschwindigkeit um einiges senken würden. Er sieht links eine Treppe, weiß, dass er sich im zweiten Obergeschoss befindet und er hört hinter sich mehrere Leute, die mindestens so schnell sind wie er. Er nimmt an, dass es dieser Max und dieser Alex sind und die sehen ziemlich trainiert aus. Er nimmt jede Menge Treppenstufen mit jeweils einem Sprung, hofft, dass er nicht ins Straucheln kommt. Die erste Treppe hat er, jetzt die zweite und schon ist er nur noch im ersten Obergeschoss. Er nimmt noch die nächsten zwei und ist im Erdgeschoss. Zur Eingangstür raus zu rennen hält er für sinnlos, denn da kann er sich keinen Vorsprung herausholen. Er düst nach rechts in den langen Gang und sieht in der Mitte des Ganges auf der linken Seite eine geöffnete Tür.

Er muss es riskieren. Er wetzt zu dieser Tür rein, haut sie von innen zu und sieht neben der Tür einen niedrigen Büroschrank stehen, nimmt alle seine Kräfte zusammen und es gelingt ihm, das Möbel in einem Schwung vor die Tür zu schieben. Er macht ein paar Schritte zum Fenster, öffnet es und springt raus. Er ist saumäßig froh, dass er regelmäßig zum Stemmen in die Muckibude gegangen ist. Und er ist auch froh, dass er keine Schuhe anhat, denn auf die Art hat er ziemlich viel Grip an den Füßen. Grip, wie man im

Motorsport sagt. Allerdings vergeht ihm die Freude an den blanken Füßen auf der Stelle, denn eine ganz leichte Schneedecke bedeckt die Grünflächen.

Er rast zwischen ein paar Bäumen durch, danach links zwischen einem weiteren Gebäude und einem Anbau durch, wieder unter ein paar Bäumen längs, dann geht es über eine Straße und über einen Parkplatz, auf dem kein Mensch zu sehen ist. Wieder zwischen ein paar Bäumen durch und über eine vielspurige Straße und eine Grünfläche und er kommt in ein typisches Wohngebiet mit Ein- und Mehrfamilienhäusern. Jetzt macht er langsamer.

Roland friert barfuß in der Jogginghose und dem Muskelshirt wie ein Schneider. Er muss Klamotten haben. Er könnte einem Autofahrer seine Karre wegnehmen, aber der würde dann die Polizei alarmieren und er hätte eine neue Spur gelegt. Genau das will er nicht. Aber er braucht was anzuziehen. Wenn er einen Penner finden würde, würde er ihm seine Klamotten wegnehmen, aber hier gibt es keine Penner. Mist.

Roland schleicht sich auf die andere Straßenseite. Er ist einfach zu auffällig. Er geht dann ein Stück weiter und sieht einen Baukran. Er schaut auf seine Uhr, es ist halb sechs Uhr abends. Es wird bereits dunkel, das ist auf der einen Seite gut für ihn, weil er dann schlechter zu sehen ist, aber leider wird es dann noch kälter. Er muss unbedingt vermeiden, gesehen zu werden. Er beschleunigt etwas. Wo ein Baukran ist, da ist doch meistens so ein Container, in dem die Bauarbeiter möglicherweise ein paar Klamotten liegen haben. Er hat Glück, gleich am Anfang der Baustelle steht ein Container. Roland steht klappernd vor Kälte vor der Tür. Sie ist abgeschlossen, er tritt sie ein. Wie erwartet, ist drinnen kein Mensch, aber im hinteren Bereich stehen zwei Schränke. Roland filzt sie. Er hat wieder Glück und findet einen passenden Blaumann, er findet sogar Socken und Stiefel, die nur etwas zu groß sind. Und zu allem Überfluss hängt da noch ein etwas verschlissener Mantel herum, den er auch gleich anzieht. Jetzt geht es ihm schon viel besser. Langsam wird ihm wärmer.

Roland verlässt den Container, sieht draußen eine Reihe von Fahrzeugen stehen, unter anderem so einen kleinen Lastwagen mit Pritsche. Er merkt sich die Nummer, geht wieder zurück in den Container, findet auf einem Tisch ein paar Streichhölzer, zündet zwei an und schaut, ob da so etwas wie ein Schlüsselkasten ist. Er findet ihn sofort, und der Schlüssel hängt auch gleich noch mit drin. Toll, schludrige Bauarbeiter. Roland ist begeistert. Er findet den passenden Schlüssel, steigt in den Lastwagen ein, steckt den Zündschlüssel rein, dreht ihn um und siehe da, der Tank ist auch noch knapp drei viertel voll. Jetzt ist er motorisiert. Roland steigt noch mal aus, findet mithilfe weiterer Streichhölzer auch noch eine Taschenlampe und durchsucht den Container ganz genau. In einem Kühlschrank findet er sogar noch ein Wurstbrot und eine Cola. Er nimmt einige Vorräte und eine Decke mit, merkt gerade, dass er einen höllischen Hunger und Durst hat. Außerdem muss er mal dringend pinkeln. Dann setzt er sich in sein neues Fahrzeug und fährt los.

Helmut hat ihm einmal einen Vortrag gehalten, wie man sich in ihrer Branche rückversichert. Er hat ihm gesagt, wenn man die Bullen auf den Hacken hätte, sollte man auf gar keinen Fall auf die Idee kommen, nach Hause zu gehen, denn die seien doch schlau genug, um dort auf einen zu warten. Man brauche einen Notfallrucksack mit einem funktionierenden Handy, einigem an Bargeld, einem echten oder falschen Reisepass und einigen anderen Utensilien und genau das hat Roland gemacht. Er fährt jetzt ganz gemütlich ins Remstal, denn dort hat er in einem Wald seinen Notfallrucksack versteckt.

Nach einer Viertelstunde kommt er an, buddelt ihn aus und geht damit zu seinem neuen Fahrzeug zurück. Er hat einen großen Wanderrucksack, in den er in weiser Voraussicht auch noch anständige Kleidung eingepackt hat.

So steht der Roland etwas später zwar immer noch etwas durchfroren aber ansonsten ganz normal anzusehen da. Er hat eine warme Hose, Schuhe, eine schicke Jacke über einem dicken Pullover an und er hat ein funktionierendes Handy. Dazu kommen ungefähr hunderttausend Euro in bar, ein sehr gut gemachter falscher französischer Pass auf den Namen Antoine Maloignee und eine dazu passende EC-Karte sowie eine Kreditkarte. Roland ist Franzose geworden. So schnell geht das. Französisch kann er leider nicht.

Er fährt den gelben Pritschenwagen wieder zu der Baustelle zurück, stellt ihn hin, hängt sogar den Schlüssel wieder in den Schlüsselkasten, nicht ohne alles, was er angefasst hat sorgfältig abzuwischen. Dann geht er mit seinem Rucksack zum nahe gelegenen S-Bahnhof Stuttgart-Feuerbach und kommt nach einer Weile zum Stuttgarter Hauptbahnhof und von dort in einen Zug, der ihn nach Kehl am Rhein bringt. Erkennen kann ihn keiner, er hat eine Brille auf der Nase, einen grauen Schnauzbart und eine Mütze auf dem Kopf. In Kehl geht er zu Fuß über die Europa-Brücke und lässt sich in Straßburg mit einem Taxi zu einem etwas außerhalb gelegenen Mehrfamilienhaus bringen, zieht einen Schlüssel aus der Tasche, fährt mit dem Lift in die vierte Etage und betritt seine auf den falschen Namen gemietete Wohnung.

Hoffen

Lisa leidet wie noch nie in ihrem Leben zuvor. Am schlimmsten ist es morgens, wenn sie aufwacht. Und am allerschlimmsten ist es, wenn sie aufwacht und von Tonio geträumt hat. Das Schlimme an ihrem Zustand ist das Schwanken zwischen Hoffen und Bangen, wobei es zu neunundneunzig Prozent Bangen und zu einem Prozent Hoffen ist.

Vor ein paar Tagen ist dieses eine Prozent wieder mal aufgewacht, als sie gehört hat, dass Franz, Max und Alex diesem Widerling Roland ein Geständnis entlockt haben. Franz hat erzählt, wie der Martin Gehrenberger den Dreckskerl unter Druck gesetzt hat, und da schimmerte etwas Hoffnung in ihr. Und dann ist der abgehauen. Wird jetzt vermutlich versuchen, irgendwo in südliche Gefilde zu kommen, nachdem er seine Geldverstecke geplündert hat und sich irgendwo ein schönes Leben machen, sich einen Dreck darum scheren, dass ihr Tonio im Loch hockt oder hingerichtet wird. Sie hat noch nie verstanden, dass es solche Menschen gibt. Im Internet hat sie sich nach diesem Knast umgeschaut, hat haarsträubende Dinge gesehen und dann hat sie sich noch das Buch des einzigen erfolgreichen Ausbrechers gelesen und gestaunt, wie es in diesem Knast zugeht. Sie muss laufend an Tonio denken, sieht ihn in einem Käfig zwischen lauter miesen Typen, halb nackt, schwitzend. Der Franz hat gesagt, Besuche seien dort zulässig. Er hat seinen Kollegen in Thailand losgeschickt, sich um die Sache zu kümmern. Dieser Besuch wird sehr hart für sie werden, aber das ist ihr völlig egal. Sie liegt Franz jeden Tag in den Ohren, wann sie denn nun endlich hinkönnten.

Den Franz hält sie für einen cleveren Typen. Erstaunt hat sie, dass er sich gestern das Buch von dem Ausbrecher von ihr geholt hat. Sie glaubt auch, dass der nicht nur rumschwätzt, sondern alles in seiner Macht Stehende tun wird, um Tonio zu helfen.

Wenn Lisa hofft, denkt sie, es könnte etwas eintreten, auf das sie bisher nicht gekommen seien. Aber meistens denkt sie, was sollte ihnen schon einfallen, um jemanden aus einem Gefängnis herauszuholen, aus dem bisher nur ein einziger Mensch einen Ausbruch geschafft hat.

Schwerkraft

Franz wühlt im Internet rum. Nach der Flucht von Roland wollte er zuerst Martin dafür verantwortlich machen. Er hat aber auch nicht damit gerechnet, dass dieser Typ so frech ist, aus einem Polizeipräsidium zu fliehen. Schließlich stand er genau daneben, als Roland plötzlich beschleunigt hat wie eine Rakete. Zieht sich noch die Adiletten aus.

Jetzt sitzt er mal wieder hier und grübelt. Natürlich wäre eine polizeilich aufgenommene Aussage von Roland eine Chance gewesen, Tonio aus dem Knast zu holen. Franz hat gestern mit Nawin gesprochen und ihm die Sache geschildert. Der hat gesagt, wenn man etwas Amtliches dort vorlegen könnte, dann hätte man eine Chance. Er kennt Nawin schon seit fast zwanzig Jahren. Er ist wirklich ein guter und renommierter Anwalt in Bangkok, keiner von den Leuten, die manchen Häftlingen in thailändischen Gefängnissen Hoffnungen vorgaukeln und einfach nur abkassieren.

Aber jetzt hat es dieser Roland vorgezogen, zu verschwinden. Natürlich haben sie sofort eine Fahndung ausgelöst, aber Franz hat momentan keine Idee, wo man nach ihm suchen sollte.

Er denkt über Alternativen nach. Nawin hat die Verteidigung von Tonio übernommen, er war schon bei ihm, hat mit ihm gesprochen und berichtet, es ginge ihm den Umständen entsprechend ganz gut. Aber er könne ihm, Franz, nicht allzu viel Hoffnung machen. Thailand hätte das Problem, dass jeder Drogenschmuggler steif und fest behauptet, das Zeug hätte ihm irgendjemand ins Gepäck geschmuggelt. Sie seien diesbezüglich derart abgestumpft, dass sie keinem Menschen mehr glauben würden. Das hört Franz zwar nicht gerne, aber er hat Verständnis dafür.

Franz hat sich seit gestern ununterbrochen mit Klong Prem befasst. Das größte Problem bei einem Ausbruch ist eine acht Meter hohe Mauer mit so einer Art Elektrozaun oben drauf. Das zweite Problem ist das Untertauchen in Bangkok. Es sind wohl schon einige Häftlinge über die Mauer gekommen, kurz danach jedoch wieder festgenommen worden.

Man müsste über die Mauer, ihn abholen und dann schnell weg. Klong Prem ist fünfzig Kilometer vom Meer entfernt. Oh je. Der Knast ist rundum von dicht besiedeltem Gebiet umgeben.

Mein Gott, wie soll man das anstellen. Franz findet einen Ironman-Schwerkraft-Jetanzug von einer Firma namens Gravity, der eine knappe halbe Million Dollar kostet, einen Mann mit bis zu fünfzig Sachen bewegen kann, aber die Reichweite liegt nur bei maximal zehn Minuten.

»Da kommen wir nicht weit.«

Jetzt spricht er schon mit sich selbst. Abgesehen davon ist es völlig unmöglich, so einen Anzug in das Gefängnis hineinzubringen und wenn jemand anders den Tonio damit abholen wollte, käme der gar nicht mehr vom Boden weg. Der Anzug ist nur für eine Person. Das funktioniert garantiert nicht. Ja, die leidige Schwerkraft.

Also eine Drohne. Franz fängt an, sich schlau zu machen und findet interessante Objekte. Nach ein paar Stunden ist er bei einer finnischen Firma, die schon einige Drohnen zu einem Stückpreis von unter hunderttausend Euro verkauft hat, die etwa hundert Kilo tragen und hundert Stundenkilometer erreichen und das über eine ganze Stunde lang.

Franz schaut noch mal auf die Karte, das könnte reichen. Der Gedanke elektrisiert ihn. Es gibt ja nur zwei Möglichkeiten, entweder lässt man den jungen Mann dort schmoren, oder aber man probiert etwas Ausgefallenes. Er stellt sich ein schnelles Motorboot vor, von dem aus er an der thailändischen Küste die Drohne startet, sie ferngesteuert direkt zu ihrem Ziel manövriert, Tonio aufnimmt und zurückfliegt. Nach vollbrachter Tat haut man mit dem Motorboot ab. Er kann mit dem Ding so tief fliegen, dass ihn kein Radar erfassen könnte. Polizeiboote können bei dem Speed nicht mithalten. Tonio müsste sich dazu im Freien aufhalten.

Gschmäckle

Andrés Telefon klingelt. Er geht ran.

»Hallo Franz, schon länger nichts mehr gehört. Was gibt's Neues?«

»Helmut sitzt im Knast, Roland hat zugegeben, dem Tonio den Stoff in den Rucksack gesteckt zu haben, aber bei der anschließenden Vernehmung ist er aus dem Präsidium getürmt. Der ist weg.«

André rutscht schlagartig das Herz in die Hose. Franz spricht weiter:

»Ja, das sind so die Neuigkeiten und Roland hat noch verraten, dass du ihm drei Päckchen geklaut hast. Ich nehme mal an, die hast du irgendwo auf dem Weg nach Mallorca im Sinne deiner finanziellen Absicherung auf die Seite gelegt. Dann hast du sie verkauft. André, irgendwie hat deine ganze Geschichte ein Gschmäckle gehabt. Ich fand es erstaunlich, dass die in dem Bunker eine Eisenstange haben liegen lassen. Sowas wäre mir nicht passiert. Dann finde ich deinen Schuss ins Bein und die Löcher im Touareg suspekt. Könntest du mir jetzt bitte vielleicht mal die ganze Wahrheit sagen?«

»Ja, Franz, also gut. Ja, ich habe die drei Päckchen beiseite geschafft und ja, ich habe sie verkauft. Allerdings muss mich dieser Helmut schon vorher im Visier gehabt haben, denn sie haben mir wirklich vor meiner Haustür aufgelauert. Und es stimmt, sie haben mich drei Tage eingesperrt, aber sie haben mich laufen lassen, weil ich ihnen erzählt habe, dass ich für den Fall, dass ich länger verschwände, ein Schreiben mit Details bei einem Anwalt deponiert hätte.

Außerdem bin ich für sie kein Risiko, weil ich selbst das Zeug verkauft habe. Und ja, ich habe mir selbst ins Bein und in den Touareg geschossen. Ich gestehe alles. Aber ich habe dich, Lisa und Lena rausgehalten. Und sie haben mich und Alex in Zürich gesehen. Insofern war dein Plan auch nicht ganz so perfekt.«

Er holt tief Luft, die Stimme zittert und er macht gerade weiter:

»Franz, Helmut hat mir das ganze Geld für das Koks abgenommen und die Reste von dem Zeug. Ich weiß, ich habe gelogen und es tut mir auch leid. Ich bin da so reingerutscht.«

»Ja, lieber André, das passiert dir leider öfter. Du solltest mal deine grundsätzliche Einstellung überprüfen. Das Dumme ist, dass Helmut das dem Martin gesagt hat und ich fürchte, du wirst bald Besuch von den Herren bekommen. Drei Kilo sind kein Pappenstiel.«

»Nein, es ist eigentlich nur die Hälfte. Den Rest musste ich ihm zurückgeben.«

»Vielleicht kommst du ja halbwegs ungeschoren davon und kannst doch noch Regattasegeln gehen. Mein Vertrauen hast du leider verloren. Lern doch endlich mal was draus.«

»Franz, du hast ja recht. Wenn ich irgendetwas tun kann, um zu helfen, dann lass es mich wissen. Ich würde sogar mein Schiff verkaufen, ich tue alles, was du möchtest, ich will nur versuchen einen Teil davon wieder gut zu machen.«

»Herrjeh André, da hättest du mal besser auf die drei Päckchen verzichtet. Okay vielleicht fällt mir ja was ein.«

Kronzeuge

Helmut Lohmers sitzt in seiner Zelle, ist sich darüber im Klaren, dass nun all das eingetreten ist, was er immer vermeiden wollte. Hätte er doch einfach ein paar Wochen früher aufgehört. Diese verdammte Gier. Er hat ein wattiges Körpergefühl, das kennt er bisher eigentlich nur von gewissen Drogen, aber offensichtlich kann der Körper das auch ohne Zuführung von bestimmten Stoffen erzeugen. Die haben alle Beweise, die sie brauchen, um ihm die fünfzehn Jahre zu verpassen. Dann wäre er wirklich an seinem siebzigsten Geburtstag im Knast. Wenn sie jedoch noch herausfinden könnten, dass der Mordauftrag an den Typen im Elsass auf seinem Mist gewachsen ist, dann käme noch lebenslänglich dazu, was meistens fünfzehn Jahre bedeutet, aber eben zusätzlich. Das könnte nach seinen mäßigen juristischen Kenntnissen anschließende Sicherungsverwahrung bedeuten. Dann käme er nie mehr raus. Könnten sie das beweisen?

Es gibt nur zwei Alternativen. Entweder schweigt er eisern und fährt ein oder er packt alles aus, singt wie die berühmte Lerche. Dann hat er eine Chance auf Kronzeugenregelung. Dann gehen seine Frau und seine Kinder sofort ins Zeugenschutzprogramm und er je nachdem etwas später. Natürlich könnte er später seine letzten Verstecke plündern und sich absetzen.

Klar, er wird singen. Er hat keine Lust auf einen langen Knastaufenthalt. Aber das ist gefährlich. Wenn er nur über ein paar Kleindealer auspackt, dann nützt denen das gar nichts. Und dafür bekommt er auch keinen Zeugenschutz. Er muss das Risiko eingehen, über seine Lieferanten und andere Mitspieler in dem Geschäft zu berichten. Riskant sind undichte Stellen bei der Polizei. Wenn er erst mal mit Familie im Zeugenschutz ist, können sie abhauen. Genügend falsche Pässe, Kreditkarten und Geld hat er an verschiedenen Orten in seiner schwäbischen Heimat versteckt.

Verbrenner

Franz hat Olli aufgestöbert. Olli hat ihm früher bei mehreren Fällen geholfen. Er ist Informatiker, hat Erfahrung mit kleinen Drohnen, ein Techniker durch und durch. Olli lebt nach wie vor mit seiner Freundin Franziska in Stuttgart, ihm gehört die Hälfte einer Softwarefirma. Franz hat Olli vor zwei Tagen angerufen und um Unterstützung gebeten und Olli hat ohne zu Zögern eingewilligt. Sie haben sich am Flughafen getroffen und sind zusammen hergeflogen. Lena ist auch dabei. Der Olli ist so ein mittelgroßer mit einer dicken Brille und Wuschelhaaren. Der totale Computernerd.

Franz und Lena haben Olli zu Hause abgeholt, mussten dann nach Frankfurt fahren, weil der Flug von Stuttgart ein wenig kompliziert war. Sie sind sehr früh aufgestanden und werden um die Mittagszeit in Helsinki ankommen.

Sie haben im Flugzeug schon heftig miteinander diskutiert. Olli hat an einigen Ecken massive Zweifel angemeldet. Franz jedoch ist total begeistert, das ist sein Naturell. Lena denkt sich, das sei eigentlich ganz gut, dass ein Realist wie Olli neben Franz sitzt.

»Franz, du musst im Dunkeln in einem riesigen Knast punktgenau landen. Dann muss Tonio reinspringen. Selbst wenn er in die Drohne hineinkommt, braucht sie bloß ein Wärter festzuhalten und schon kommt die nicht vom Boden weg. Das ist kein Helikopter mit *weiß der Geier* wie vielen PS. Das Ding kommt gerade eben mit einem Mann hoch.«

Bei der Landung in Helsinki waren sie dann so weit, dass Olli es nicht für komplett unmöglich gehalten hat, aber Franz war auch nicht mehr ganz sicher, dass es funktionieren würde.

Lena wandte ein, dass solch eine Aktion ja auch erhebliche Risiken berge. Wenn es schief ginge, bekäme Tonio eine zusätzliche empfindliche Strafe und sie könnten die Helfer auch erwischen.

In Helsinki fahren sie direkt mit dem Taxi zu dem Unternehmen. Es empfängt sie ein junger Mann und führt sie ohne Umschweife in eine Art Ausstellungsraum, wo einige Ein-Mann-Drohen herumstehen.

Franz interessiert, ob man die Drohne fernsteuern kann, wie hoch die Nutzlast ist, die maximal erreichbare Geschwindigkeit und die Reichweite.

Sie erfahren, dass man die Drohne noch um gewisse Teile

erleichtern könnte, dass man gegen einen heftigen Aufpreis auch leichtere und stärkere Batterien bekäme. Als sie schon kurz vor der Verabschiedung sind, fragt der junge Mann, was sie denn vorhätten.

Franz antwortet:

»Wir müssen einen jungen unschuldigen Mann aus einem Gebäude befreien, etwa fünfzig Kilometer hinfliegen, aufnehmen und ihn wieder zurück fliegen. Mehr muss das Ding nicht können. Die Reichweite ist entscheidend. In dem Land hat Recht und Gesetz keinen so hohen Stellenwert wie zum Beispiel in Europa.«

»Dann brauchen Sie die Drohne also nur ein einziges Mal?«

»Genau.«

»Muss sie eigentlich elektrisch angetrieben sein?«

»Nein, das muss sie nicht.«

»Wir hätten aus der Testphase noch ein Exemplar mit Verbrennungsmotoren. Sie müssen sie ja nur einmal starten. Die ist deutlich schneller und hat die doppelte Reichweite. Wir können ihnen einen guten Preis machen. Und was sie damit machen, das ist ja ihre Sache.«

»Können wir sie sehen?«

Der junge Mann bedeutet ihnen, ihm zu folgen und sie gehen in eine große Werkstatt, wo einige Leute an Drohnen arbeiten. Er führt sie in eine Ecke und zeigt ihnen das Exemplar. Sie sieht aus wie die anderen, nur hat sie statt des elektrischen Antriebs Verbrennungsmotoren und einen kleinen Tank.

»Die könnten wir ihnen anbieten, wir müssten noch die Fernsteuerung einbauen. Wir verkaufen sie nur zusammen mit einer einwöchigen Schulung für den Piloten und liefern sie fertig montiert in einer Kiste.«

Die drei schauen sich an, nicken, sagen dem jungen

Mann, dass sie sich das überlegen würden und versprechen, sich zeitnah wieder zu melden. Dann lassen sie sich ein Taxi rufen, fahren zurück zum Flughafen und begeben sich auf die Heimreise.

Olli fragt auf dem Rückflug, wie Franz sich denn die ganze Aktion im Detail vorstelle.

»Da habe ich noch keinen genauen Plan. Vielleicht mit einem Motorboot in Kambodscha starten, auf dem Meer vor Bangkok starten, zum Knast fliegen, im Hof landen, den Tonio einladen, zurückfliegen und dann mit dem Boot in der Dunkelheit verschwinden. Die Drohne vielleicht zur Ablenkung noch irgendwo anders hin fliegen lassen oder sie vor Bangkok ins Meer plumpsen lassen. Am besten da, wo es schön tief ist.«

»Was machst du, wenn die Küstenwache auftaucht?«

»Ich weiß, dass das nicht einfach ist.«

»Bist du jetzt beleidigt, Franz?«

»Nein, aber jedes Mal, wenn mich einer sowas fragt, dann kommt es mir noch schwerer vor. Leider fällt mir bisher nichts Besseres ein, vielleicht muss ich Nawin fragen.«

»Vertraust du dem?«

»Absolut, mit dem habe ich ein paar Sachen gemacht, da würdest du staunen.«

Ausbruch

André hat wirklich ein saumäßig schlechtes Gewissen. Er nennt sich einen dummen Idioten, unfähig etwas zu lernen, einen schwachen Charakter und labil. Er läuft in seiner Bude auf der Reichenau herum und beschimpft sich selbst die ganze Zeit. Bisher war ihm das Boot das wichtigste, jetzt würde er es liebend gerne hergeben, um Tonio zu helfen. Er muss zugeben, dass Helmut erst losgeschlagen hat, nachdem er ihn mit den drei Päckchen erwischt hat.

André fragt sich, ob Helmut denn nicht bedacht hat, dass Tonio auch in Thailand eine Aussage hätte machen könnte. So weit er weiß, hat die Polizei schon öfter Beamte auch in entlegenste Ecken dieser Welt geschickt, um dort Aussagen aufzunehmen. Es kann aber auch sein, dass Helmut aus Angst um seine Sicherheit einfach blind um sich geschlagen hat.

André denkt, es ist interessant, wie schnell sich manchmal Perspektiven ändern. Noch vor ein paar Tagen hätte er sich mit Händen und Füßen dagegen gewährt, überhaupt einen Verkauf des Bootes zu erwägen. Wenn er dann noch überlegt, dass Tonio auch zum Tode verurteilt werden könnte, dann wird ihm ganz übel. Das schlechte Gewissen würde er sein Leben nicht mehr loswerden. Da fällt ihm was ein. Mann, das könnte eine Spur sein?

Socholoff. Der Mann ist professioneller Menschenschmuggler. Man kann ihn zumindest mal fragen.

André schaut auf die Uhr. Es ist drei Uhr nachmittags. Genau richtig für einen Anruf in Argentinien. Er nimmt sein Handy, wählt die Nummer. Der meldet sich sofort.

André sagt, er habe ihm doch erzählt, dass mit seinem Boot auch schon mal Menschen aus unangenehmen Situationen befreit worden seien. Er habe sich auch ein wenig umgehört und erfahren, dass Socholoff doch eine gewisse Erfahrung auf diesem Gebiet habe. Und ob er ein paar Minuten Zeit für ihn habe. Der bejaht.

André schildert ihm, was so passiert sei. Erzählt ihm von Helmut und dem Kokain. Interessanterweise sagt Socholoff ganz fröhlich, dass er diese Herrschaften kenne. Die hätten sein Schiff mehrfach für Atlantiküberquerungen gechartert.

Das wundere ihn jetzt nicht mehr. Er bedauere aber nicht allzu sehr, dass die jetzt die Folgen ihrer Taten büßen müssten.

Dann erzählte André, von dem Anschlag auf Alex und Max und kommt zum Schluss auf Tonio. Als Socholoff den Begriff Klong Prem hört, unterbricht er André und sagt:

»Oh my god.«

Er erzählt, dass seit der Flucht von David McMillan in den Neunzigern die Häftlinge allesamt Fußfesseln aus Metall tragen müssen, was eine Flucht wie die von David McMillan heute schlicht unmöglich mache. Allerdings habe er tatsächlich von früher eine gewisse Expertise in der Befreiung von Menschen und habe gute Kontakte zu einer Organisation, die in den letzten Jahren doch einige Herrschaften aus Klong Prem herausbekommen habe.

»Seriously?«

Socholoff sagt, das sei kein Witz, es sei nur eine Frage des Geldes. Und André sagt, er selbst habe gerade kein Geld mehr, sei aber bereit das Schiff dafür zu opfern.

Der Russe lacht herzlich, und meint, das sei doch schon mal ein guter Anfang. In Thailand sei das ziemlich viel Geld. André will mehr wissen, bekommt aber keine Antwort.

»Wenn Details bekannt werden, funktioniert es nicht mehr.«

Aber es sei in den letzten Jahren tatsächlich einige Male geglückt. Darauf erwidert André, das müsste man doch mal gehört haben, aber Dimitri argumentiert, die Organisation und er hätten kein Interesse an Öffentlichkeit, die anderen Häftlinge auch nicht und das Gefängnis erst recht nicht. Das leuchtet André ein. Socholoff sagt, André solle mal mit fünfzigtausend Dollar rechnen. Garantien gäbe es keine, es könnte auch mit der Erschießung des Häftlings enden. Seit 2010 habe es insgesamt sieben Mal geklappt und einmal sei die Sache schief gegangen. Für Gefängnisausbrüche sei das eine sehr gute Quote.

Botschaft

Franz sitzt im Büro, Lisa und Lena kommen rein.

»Franz, wann fliegen wir nach Bangkok?«, fragt Lisa.

»Ich habe gerade angeleiert, dass Tonios Eltern sich mit der Botschaft in Verbindung setzen. Tonio bekommt in ein paar Monaten oder in einem halben Jahr vermutlich einen Gerichtstermin. Weiß man noch nicht.«

»Was ist mit der Drohne?«

»Die Sache ist ziemlich riskant«, sagt Franz.

»Wenn das schief geht, dann haben wir es viel schlimmer gemacht, als es vorher war«, sagt Lena.

Franz schaut etwas miesepetrig drein. Er nickt.

»Ja, so richtig begeistert bin ich auch nicht mehr. Es ist mir egal, was das kostet, aber das ist schon mit sehr vielen Unsicherheiten behaftet. Wenn ich doch bloß noch 'ne bessere Idee hätte.«

»Ich kann ihn alleine besuchen, Nawin kann ja mitgehen«, meint Lisa.

»Keine schlechte Idee«, findet Franz.

»Für mich ist die Sache mit den Drohnen nur der allerletzte Notnagel. Das findet auf gar keinen Fall vor dem Gerichtstermin statt. Vielleicht läuft uns ja noch was anderes über den Weg. Das Beste wäre, man würde Roland schnappen«, sagt Lena.

»Ich stimme euch zu. Es wäre auch noch die Frage zu klären, wie es mit irgendwelchen Auslieferungsabkommen mit Thailand aussieht. Das weiß ich im Moment gar nicht. Es nützt nichts, wenn wir ihn befreien und er dann hier sofort in den nächsten Knast wandert. Noch ein Lichtblick, soweit ich weiß, werden die ausländischen Häftlinge nach ein paar Jahren in ihr Heimatland überstellt und können den Rest ihrer Strafe dort absitzen«, ergänzt Franz.

In dem Augenblick klingelt das Telefon. Er geht ran.

»Ach du, mit dir habe ich nicht gerechnet.«

Er hört zu, was sein Gesprächspartner ihm erzählt. Nach einer Weile verabschiedet er sich und legt auf.

»Das war André. Er hat scheinbar wirklich ein schlechtes Gewissen und würde sogar sein Schiff für die Freilassung von Tonio opfern. Er hat mit Socholoff gesprochen. Der hat doch früher in Ost-Berlin Tunnel gegraben, um DDR-Bürger in den Westen zu bringen. Socholoff sagt, es gebe eine Gruppe in Thailand, die den Ausbruch als Dienstleistung anböte. Von sieben Versuchen sei nur einer schief gegangen. Das klingt für mich immer noch besser als die Geschichte mit der Drohne. Mich wundert nur, dass das nicht bekannt ist, aber André sagt, dass alle Beteiligten mehr davon hätten, wenn sie die Information unter dem Deckel halten. Daher haben sich das bisher nicht herumgesprochen.«

Zeugenschutz

Martin Gehrenberger freut sich auf die erste Unterhaltung mit Helmut Lohmers. Diesen Kerl haben sie so lange verfolgt und jetzt haben sie ihn.

»Ich erzähle euch alles. Aber dann möchte ich auch, dass ihr meine Familie und mich beschützt. Ihr wisst ja, was ich damit für ein Risiko eingehe.«

»Das muss ich erst genehmigen lassen. Verstehe ich dich

richtig, dass du uns über deine Verteiler, deine Lieferanten, über etwaige Konkurrenten und deren Lieferanten und über deine Mitarbeiter lückenlos aufklären möchtest?«

»Martin, du weißt genauso gut wie ich, dass ich alles sagen muss, was ich weiß, wenn ich versuchen möchte, unter die Kronzeugenregelung zu fallen, oder zumindest ein mildes Strafmaß zu bekommen. Ich habe nur die Alternativen, gar nichts zu sagen und fünfzehn Jahre zu schmoren oder alles zu sagen. Und ja, das was du da aufgelistet hast, das ist das, was ich erzählen möchte. Du weißt genauso gut wie ich, dass in dem Moment, wo ich über meine Lieferanten aussage, sich die Killer in Marsch setzen. Da wäre es mir arg recht, wenn wir das hier so ein bisschen unter uns halten könnten, weil du auch weißt, dass euer Sauhaufen undicht ist.«

»Ich brauche ein paar Tage dazu, aber nach meiner Einschätzung hast du gute Chancen. Ich würde dich schon mal vorab um einen Gefallen bitten.«

Er erzählt ihm die Geschichte von Tonio und erzählt ihm auch, dass der Roland abgängig ist. Helmuts Gesicht verzieht sich zu einem Grinsen. Martin Gehrenberger sagt ihm, es sei eine Riesensauerei, einen jungen unschuldigen Bootsbauer so mies reinzulegen, nur um seine Haut zu retten. Und er sagt ihm auf den Kopf zu, dass Roland das nicht aus freien Stücken gemacht habe, sondern von ihm dazu angewiesen worden sei.

»Ich bin mir sicher, dass der Roland irgendwo einen Notfallrucksack versteckt hat und den hat er geholt und sich verzogen. Wir haben keine Ahnung, wohin, bräuchten aber seine Aussage, um Tonio eventuell frei zu bekommen. Wenn er das zugibt, wird seine Strafe angesichts der Mengen, die ihr bewegt habt, kaum höher ausfallen. Er riskiert also nichts, aber um ihm das klar zu machen, müssten wir ihn erst mal wieder haben. Kurzum, hast du einen Schimmer, wo sich der Kerl versteckt?«

»Wir haben früher über das Verhalten im Notfall gesprochen und ich habe ihm empfohlen, sich Verstecke für Notfallkoffer zu suchen. Ich habe ihm auch empfohlen, sich nicht kopflos per Flieger oder Bahn oder gar mit dem eigenen Auto auf die Flucht zu begeben, sondern sich ziemlich in der Nähe eine Bleibe zu suchen, wo man eine Weile unterschlüpfen kann. Und dann habe ich ihm auch noch empfohlen, das niemandem zu sagen, mich eingeschlossen. Roland hat mich dämlich angeschaut. Du weißt, dass er nicht die allerhellste Kerze am Baum ist und ich habe ihm erklärt, dass er oder ich in eine Situation kommen könnten, wo ihr uns gegeneinander ausspielt. Wenn ich dann wüsste, wo er wäre, dann könnte ich euch gegenüber auspacken. Das hat ihm eingeleuchtet und daher weiß ich es nicht. Aber ich glaube kaum, dass er weiter als hundert Kilometer entfernt ist. Der sitzt irgendwo und wartet, bis sich der Rauch verzogen hat.«

Lockpicker

Max schleppt natürlich einen Lockpicker an. Das ist ein Gerät, mit dem man in Nullkommanichts jedes oder fast jedes Schloss öffnen kann. Franz staunt über die Fingerfertigkeit, mit der er die Wohnungstür von Roland Hemmschuh in ein paar Sekunden offen hat. Die Idee, mal zu schauen, ob man in Rolands Wohnung vielleicht einen Hinweis zu seinem derzeitigen Aufenthaltsort finden könnte, ist Franz gestern Abend gekommen. Er hat dann gleich Max und Alex angerufen. Alex hatte keine Zeit, aber Max hat zugesagt und so stehen sie jetzt in der Bude der rechten Hand des derzeit einsitzenden Helmut Lohmers.

Bude ist leicht untertrieben für die Dachwohnung, die sich über das gesamte Obergeschoss eines Mehrfamilienhauses erstreckt. Alles sieht nach viel Geld aus, Marmor in den Bädern, ein riesiger Balkon zum Wald hin. Luxuriös möbliert, geschmackvoll eingerichtet, alles Sachen, die man einem Roland Hemmschuh nicht zutrauen würde.

»Da sieht man wieder mal, was man mit Kohle alles machen kann. Du glaubst doch nicht, dass ein Typ, der in einem giftgrünen Muskelshirt rumrennt, einen derart erlesenen Geschmack hat. Der Herr haben einen Innenarchitekten engagiert«, nimmt Franz an.

Sie machen sich an die Durchsuchung. Vom überdachten Balkon über das Wohnzimmer, die zwei Schlafzimmer, das Büro und die zwei Bäder, die Küche und das Esszimmer wird alles durchwühlt. Sie haben sich aufgeteilt. Beide haben ziemlich viel Erfahrung in Durchsuchungen. Sie klopfen Wände ab, checken Böden, prüfen auf etwaige Hohlräume, schauen in die Spülkästen im Bad, klopfen die Kingsize-Badewanne ab. In den Kleiderschränken werden die Klamotten durchwühlt, sie lassen nichts aus. Sie sind jetzt schon seit vier Stunden am Werk. Zwischendurch hat Franz den Kühlschrank untersucht und ihnen einen Teller Spaghetti mit Pesto gemacht.

»Schön, dass er uns ein paar Vorräte dagelassen hat«, sagt Franz.

»Nett auch von ihm, dass er die Bude nicht so vollgestellt hat. Er besitzt relativ wenig Krimkrams. Ich war vorhin im Keller und auch der ist ziemlich übersichtlich«, berichtet Max.

Die Ordner haben sie gründlich gefilzt, auch da keinen Hinweis auf eine alternative Unterkunft von Roland Hemmschuh gefunden. Max hat den Windows-Notebook relativ schnell mit ein paar Tools geknackt, schaut sich auf der Festplatte um und wo der Roland zuletzt im Internet unterwegs war.

»Nix als Pornografie«, schreit Max aus dem Büro zu Franz rüber. Danach sind Rolands E-Mails dran. Max schaut kurz rein, und sagt zu Franz:

»Weißt du was, es ist mir noch nie passiert, dass ich die E-Mails eines Menschen in zwanzig Minuten komplett durchforstet habe. Der kommuniziert mit kaum jemandem. Fast nur Werbung und so ein Scheiß.«

Social Media

Lena, Lisa und Franz sitzen im Büro. Es ist jetzt Ende Januar, draußen liegt Schnee, es ist saukalt, kurz nach sechs Uhr abends, der Ausblick ist märchenhaft. Auf der anderen Seite sehen sie die Lichter von der Reichenau. Neulich hat Franz festgestellt, dass er und André sich mit Feldstechern tatsächlich quer über den See in die Augen schauen können. Aber kein Mensch schaut raus, die Stimmung ist auf dem Tiefpunkt angelangt. Kurz vor der Verzweiflung.

»Mädels, ich wollte neulich mit Alex und Max noch eine Runde durch die Läden von Lohmers machen, aber die sind alle zu. Das hat die Ehefrau wohl beschlossen. Dann habe ich diese angerufen und versucht, sie über Roland auszuquetschen – Fehlanzeige. Sie war sehr nett zu mir, hat gesagt, dass sie keine Ahnung hat. Ich glaube ihr das sogar. Martin hat den Helmut vernommen und der will auspacken, was ich für ziemlich gefährlich halte. Er hat ihm vorab schon mal die Frage nach einem eventuellen Unterschlupf von

Roland gestellt und Helmut hat glaubhaft versichert, es sei irgendwo in der Nähe, aber er wisse nicht wo. Er und Roland hätten zwar beide Verstecke für den Notfall, aber sie hätten abgemacht, sich die Adressen gegenseitig nicht zu sagen, damit keiner den anderen verraten kann. Das leuchtet mir ein und ich würde es genauso machen. Ich schätze den Helmut so ein, dass fünfzehn Jahre Knast für ihn schlimmer sind, als das Risiko, umgebracht zu werden. Ich denke, der wird versuchen, eine Kronzeugenregelung oder zumindest eine milde Strafe zu bekommen und in den Zeugenschutz zu gehen. Kann mir aber kaum vorstellen, dass Helmut in einem Kaff im Ruhrgebiet das Ende seiner Tage erleben möchte. Vermute, der will später verduften, schon, weil er der Polizei nicht traut.«

»Wie bitteschön willst du Roland finden, das ist die Stecknadel im Heuhaufen. Der Typ kann überall sein«, sagt Lena.

»Zeigt sein Bild im Fernsehen«, schlägt Lisa vor.

Franz wackelt mit dem Kopf so leicht hin und her.

»Keine schlechte Idee.«

»Wäre doch eher was für die Eltern«, meint Lena.

»Tonio hat mir mal erzählt, sein Vater kenne einen Nachrichtensprecher vom SWR. Wisst ihr was, ich ruf nachher bei den Eltern an. Das probieren wir auf jeden Fall. Lass uns weiter denken. Das macht mich jetzt richtig froh. Eine neue Idee haben wir schon. Machen wir weiter!«, sagt Lisa.

Sie sitzen ein paar Minuten schweigend nebeneinander. Lisa hat bisher auf Franz Schreibtisch gesessen, das ist einer ihre Lieblingsplätze. Sie springt auf.

»Facebook, Social Media.«

»Aber Lisa, wenn du die Geschichte in Facebook postest, dann passiert erst mal gar nichts. Du hast wahrscheinlich ein paar Hundert Freunde und von denen werden es ein paar teilen. Das bringt nur etwas, wenn von deinen meinetwegen zweihundert Freunden es die meisten teilen und deren Freunde wieder und so weiter. Damit würdest du eine riesige Verbreitung erreichen. Das Problem ist, dass die Leute alles, was länger als ein paar Zeilen ist, überhaupt nicht lesen«, erklärt Franz.

»Aber das ist doch eine ganz furchtbare Geschichte. Die Leute müssen die doch lesen«, wendet Lisa ein. Ihr kommen wieder die Tränen. »Es kann doch nicht sein, dass den Leuten das egal ist.«

»Liebe Lisa, ich bin ja sicher nicht der Social-Media-Experte, aber so wie ich das Online-Verhalten der Leute einschätze, lesen die wenigsten auch nur mehr als die ersten zwei Zeilen. Da kannst du reinschreiben, dein Freund säße völlig unschuldig im Thai-Knast ein und würde demnächst hingerichtet und dennoch werden die meisten darüber lesen. So sind Leute. Sie werden nur dann aktiv, wenn sie etwas direkt betrifft oder sie was umsonst bekommen.«

»Dann bekommen sie halt was dafür. Zum Beispiel zehntausend Euro«, wirft Lena ein. »Ich wette, dann lesen sie es auch.«

»Mama«, sagt Lisa mit so einem Singsang in der Stimme. Normalerweise benutzen junge Menschen diese Tonfolge, um ihrem mütterlichen Elternteil zu vermitteln, dass dessen Ansichten und Wissensstand total veraltet seien, und sie keine Ahnung mehr von den Realitäten der neuen Zeit hätten. In diesem Fall klingt es eher nach Erstaunen über die verwertbaren Beiträge ihrer auch nicht mehr so ganz taufrischen Mutter.

»Hmmm«, grummelt Franz.

»Das ist eine gute Idee. Zehntausend für den Tipp, der zur Ergreifung von Hemmschuh führt und dann noch mal soviel für die, die es geteilt haben?«

»Das können aber viele sein«, wendet Lena ein.

»Lena, wer ist hier der Schwabe, du oder ich«, protestiert Franz.

»Wir müssen überhaupt erst mal feststellen, wie das funktioniert. Wenn ich etwas von einem Facebook-Freund lese, dann sehe ich, woher es kommt. Aber egal, ich kenne einen, der gibt Facebook-Kurse. Kennt sich mit dem Zeug richtig gut aus. Den werde ich gleich kontaktieren. Franz, du spendest das Geld?«

»Ja, mache ich.«

»Dann legen wir mal los«, sagt Lisa schon etwas fröhlicher als vorhin.

Ferienclub

Claudia Hugelmeyer betreibt ein kleines Textilgeschäft mit zwei Teilzeit-Mitarbeitern in Stuttgart-Degerloch. Der Laden läuft ziemlich gut. Sie ist mit ihrem Leben zufrieden, zum Glück fehlt ihr eigentlich seit langer Zeit nur der richtige Mann. Im nächsten Jahr wird sie fünfzig.

Claudia ist eine eins fünfundsiebzig Meter große attraktive Frau, schlank, treibt viel Sport, macht Yoga, reitet. Sie hat ein offenes Gesicht. Ihre Freunde und Freundinnen fragen sich alle, woran es denn liegt. Einige haben versucht, sie mit einem Mann zu verkuppeln, aber alles ging schief. Claudia war auch schon mal in Therapie deswegen, aber mit ihr ist alles in Ordnung, es funkt bloß nie.

Früher hat sie sich gesagt, mit fünfzig Jahren möchte sie nicht mehr alleine sein, aber dieses Ziel, scheint außer Reichweite zu sein.

Im Laden ist kein Mensch, sie geht in ihr kleines Büro, setzt sich an ihren PC, bezahlt ein paar Rechnungen von

Lieferanten und legt die in das Kästchen für die Buchhaltung. Da liegt schon ein ganzer Stapel und sie sollte eigentlich die Buchhaltung machen. Irgendwie hasst sie diese Arbeit. Sie öffnet auf ihrem Windows-PC den Internet-Browser und schaut bei Facebook rein. Claudia kann sich kaum erinnern, dort jemals etwas wirklich Interessantes gelesen zu haben, aber das ist genau das gleiche blödsinnige Verhalten wie bei der Online-Ausgabe der Bild-Zeitung oder einer lokalen Zeitung. Eigentlich ist dieses Durchforsten von Online-Medien nur eine dumme Angewohnheit. In dem sogenannten Newsfeed werden ihr erst mal ein paar Werbeanzeigen für Badeanzüge gezeigt, dann will sie eine Fluglinie aus Island dazu motivieren, dorthin zu fliegen. Das wird sie in nächster Zeit ganz sicher nicht tun. Dann postet einer ihrer Facebook-Freunde, den sie im Übrigen kaum kennt, etwas über ein Restaurant, wo er ganz toll gegessen habe, ein anderer hat eine angeblich tollkühne Skiabfahrt mit seiner Helmkamera gefilmt und sie sieht doch wieder bloß eine ganz normale gewalzte Piste, wo ein Mensch runterfährt. Der nächste Beitrag bringt sie dazu, näher hinzusehen. Da wird für Informationen über einen entflohenen Kriminellen Geld angeboten. Die Rede ist von insgesamt dreißigtausend Euro – ein Teil davon für denjenigen, der den finalen Tipp gibt, der zur Ergreifung des Gangsters führt und ein Teil für diejenigen, die diesen Post geteilt haben. Interessant, da will jemand dafür sorgen, dass die Sache schnell verbreitet wird.

Claudia fragt sich gerade, ob das legal ist. Aber eigentlich ist ihr das wurscht. Dann könnte ja jeder in Facebook Leute suchen. Das wäre so wie im Wilden Westen, wo man ein Plakat mit dem Bild von irgendeinem entlaufenen Sträfling oder einem Revolverhelden an eine Bretterwand genagelt hat. Erstaunlich, dass Facebook das duldet. Die löschen doch sonst angeblich immer gleich alles. Sie macht sich vorsichtshalber mal einen Screenshot und dann liest sie den Text durch. Da ist die Rede von einem gewissen Roland Hemmschuh. Sie schaut die Bilder an, den Mann kennt sie. Eine Telefonnummer ist auch dabei. Claudia spürt Spannung in sich aufsteigen, zehntausend Euro würden ihr gerade in den Kram passen.

Sie hat den Text gelesen, die Information hat sie auf dem Screenshot. Sie beginnt, zu überlegen, wie das damals gewesen ist.

Das ist ziemlich lange her. Es war in einem Ferienclub auf Fuerteventura. Sie fand Roland äußerlich ziemlich attraktiv, ein bisschen zu muskulös vielleicht, aber Claudia steht nicht auf dünne Kerle mit hängenden Schultern. Sie war alleine dort, er war alleine dort. Abends an der Bar hat er sie ziemlich direkt angemacht, hinterher fand sie es schon fast plump. Das muss vor etwa fünf oder sechs Jahren gewesen sein. Sie haben sich dann zehn Tage lang auf der Kanareninsel gut amüsiert, auf Anhieb verstanden. Er hat ein Auto gemietet und gemeinsam haben sie die Insel erkundet. Imponiert hat ihr, dass er ganz gut Spanisch sprach.

Und so hat man sich dann natürlich hinterher zu Hause wieder getroffen. Sie kannte solche Geschichten schon, zumeist ist das Wiedersehen in heimischen Gefilden sehr ernüchternd gewesen. Meistens war die Beziehung dann sofort vorbei, aber diesmal ging es noch eine Weile weiter. Sie spürte sogar eine leichte Verliebtheit, auch wenn Roland mit seinem dauergebräunten Gesicht, den übernatürlich weißen Zähnen und dem obligaten aufgemotzten Porsche immer ein wenig prollig rüberkam. Als sie seine Wohnung zum ersten Mal sah, war sie geplättet. So viel Geschmack hätte sie ihm gar nicht zugetraut. Und ihm schien es mit ihr nicht anders zu gehen, er war höflich, galant, zuvorkommend, brachte immer Blumen mit. Die Krönung war ein geschmackvoller Brillantring.

Claudia fühlte sich zunehmend gut. Eines Tages holte er sie ab und sie machten einen Ausflug nach Straßburg, er zeigte ihr hübsche Ecken und Winkel in der Altstadt, die Kanäle und machte mit ihr eine Flussfahrt. Sie gingen fein Essen und tranken zu viel. Da sagte er, er hätte hier auch eine Wohnung. Sie fuhren mit einem Taxi hin und blieben bis zum nächsten Morgen. Bisher hatte sie die obligate Frage, *was machst du denn beruflich* vermieden. Und sie vermied sie auch weiter. Er hatte mal was von Manager in der Gastronomie gesagt. Sie hat ihn gegoogelt, aber nichts gefunden. Eines Abends war sie bei ihm in seiner Stuttgarter Wohnung, da platzte sein Chef herein, ein gewisser Helmut Lohmers.

Der zerstörte den guten Eindruck in wenigen Minuten. Er sah sie gierig an, riss sofort einen dreckigen Witz und machte anzügliche Bemerkungen über ihr Dekolleté.

Diesen lauten und herrischen Menschen fand sie auf Anhieb abstoßend. Am nächsten Tag googelte sie den Namen Helmut Lohmers, und fand heraus, dass der Mann im Rotlichtgewerbe und bei allerlei anderen Geschäften einen Ruf hatte, und zwar keinen guten. Beim nächsten Treffen hat sie Roland danach gefragt und er hat ihr ziemlich klar und deutlich zu verstehen gegeben, dass sie das nichts angehe. Er wurde laut, packte sie grob am Arm und das war dann das Ende dieser Love Story.

Wenn sie die Facebook-Geschichte richtig gelesen hat, dann steht Roland im Verdacht, einem unschuldigen jungen Bootsbauer Kokain in den Rucksack praktiziert zu haben, damit der verschwindet. Jetzt sitzt der in Thailand im Knast. Zutrauen würde sie Roland das. Er schien damals dem Helmut Lohmers hündisch ergeben zu sein und das hat sich wohl kaum geändert.

Sie nimmt ihr Handy, schaut noch mal auf den Bildschirm und jetzt ist der Post in Facebook verschwunden. Sie geht noch mal neu rein, einmal, zweimal, dreimal – er bleibt verschwunden. Aber sie hat den Screenshot, wählt.

»Lisa Aeschenbacher.«

Claudia stellt sich vor, erzählt ihr, dass sie den Roland Hemmschuh von früher kenne und wisse, wo er wohne.

»Toll!«

»Er wohnt in Feuerbach.«

»Die Wohnung kennen wir, wir suchen eine andere«, man hört an ihrem Tonfall Lisas Enttäuschung.

Claudia ist noch ein bisschen misstrauisch, sie zögert.

»Ja, in Straßburg. Wie ist das denn. Könnten Sie mir die Geschichte noch ein bisschen erläutern? Ich war mal kurzzeitig mit dem Roland zusammen und ich verrate nicht gern einfach so Leute.«

Lisa setzt ihr die Situation, mit aller Empathie zu der sie fähig ist, nochmals auseinander. Schildert ihr, dass der Roland für Helmut Lohmers gearbeitet und dieses Schiff als Schmuggelgefährt benutzt hat und ihr Tonio dummerweise dabei gewesen sei. Und jetzt sitze er im Knast und erwarte mindestens zehn Jahre Gefängnis oder auch die Todesstrafe. Lisa kommen die Tränen, sie redet weiter, klingt offenbar überzeugend.

»Das mit Roland ist fünf oder sechs Jahre her. Ich könnte Ihnen die Wohnung wahrscheinlich zeigen, aber den Straßennamen weiß ich nicht.«

»Ich komme mit meinem Vater zu Ihnen und dann fahren wir zusammen nach Straßburg, Sie zeigen uns die Wohnung. Würden Sie das für uns tun?«

Sie vereinbaren, sich am späten Nachmittag bei ihr zu treffen und dann zusammen nach Straßburg zu fahren.

WhatsApp

Martin Gehrenberger sitzt mit Helmut Lohmers in seinem Büro.

»Martin, ich habe einen gewissen Respekt vor dir. Auf die Sache mit dem Flachdach zu kommen, war nicht so ganz einfach. Und dass du auch noch meinen Betonboden entdeckt hast, alle Achtung. Ich bin zwar eigentlich tierisch sauer auf dich, dass du mir meine Altersversorgung weggenommen hast, aber das nützt jetzt alles nichts mehr. Gut, dann werde ich mal erzählen. Wo sollen wir denn anfangen?«

»Wir fangen mit deinen Lieferanten an. Erzähl mal was über die Leute aus Kolumbien. Wie heißen die, wie viele sind es, wo sind die beheimatet.«

»Der Chef heißt Manuel Garcia.«

Martin macht der offenen Hand so eine *Stopp*-Bewegung, er hat gerade eine WhatsApp von Franz bekommen, liest sie.

»Helmut, könnten wir unser Gespräch vielleicht morgen fortsetzen. Du hast doch gerade nichts Besseres vor, oder?«

Martin geht zur Tür, ruft jemanden herbei und schiebt Helmut zur Tür raus. Dann hängt er sich ans Telefon, informiert den Staatsanwalt, ruft einen Kollegen in Straßburg an, den er ganz gut kennt. Er gibt ihm eine Adresse durch. Dann schreibt er Franz, dass er vorbei käme, würde sich jetzt auf den Weg machen und es sei alles angeleiert.

Fußfesseln

Franz hat sich mit Lisa sofort auf den Weg gemacht, hat Alex und Max angerufen und gebeten, sich mit ihnen in Straßburg zu treffen. Nach dem, was er zuletzt im Polizeipräsidium in Stuttgart erlebt hat, möchte er nicht noch eine Pleite erleben. Dann sind sie nach Degerloch gefahren, haben Claudia Hugelmeyer abgeholt.

»Frau Hugelmeyer, ach Quatsch, ich sag einfach Claudia zu Ihnen, ich bin nicht so der Siezler. Ich heiße Franz. Kannst du mir sagen, in welchem Stadtteil es ungefähr ist?«

Das kann sie nicht. Also sind sie nach Straßburg gefahren, und sie hat ihn ziemlich direkt zu Rolands Adresse gelotst.

»Du hast einen erstaunlichen Orientierungssinn. Ich möchte jetzt nicht sagen, für eine Frau, aber die meisten Frauen, die ich kenne, hätten sich bis hier schon dreimal verirrt. Und du bist ganz sicher, dass er im dritten Obergeschoss auf der rechten Seite wohnt?«

»Genau.«

»Und an der Klingel steht Antoine und irgendein Nachname, hast du gesagt?«

»Korrekt.«

Franz gibt Max und Alex die Adresse, die kreuzen zehn Minuten später auf und schauen nach Hintereingängen und Fluchtmöglichkeiten. Dann postieren sie sich vor und hinter dem Haus.

Weitere zwanzig Minuten später taucht Gehrenberger auf, kurz danach rückt sein Straßburger Kollege mit Team sowie einem Einsatzkommando an. Claudia zeigt ihnen noch mal die Wohnung, dort brennt mittlerweile Licht, es spricht also einiges dafür, dass er da ist. Sie haben bisher versucht, sich möglichst gut zu verbergen, keiner will Roland warnen. Dann betreten sie das Haus.

»Jetzt muss ich schon eure Arbeit mitmachen. Ich hab auch so genug zu tun«, sagt Franz zu Martin.

»Du hast ja recht. Ich hab nicht geahnt, dass der Typ so unverschämt ist. Ich hätte ihm die Handschellen nicht abnehmen sollen. Aber dann hätte er sich auch keine Jacke anziehen können und wäre wahrscheinlich erfroren und wir hätten wir wieder keine Aussage von ihm.«

»Martin, das ist jetzt aber sehr weit hergeholt.« Franz wirft ihm einen missbilligenden Blick zu.

Wenige Minuten später kommen die Leute vom Einsatzkommando mit einem an Händen und Füßen gefesselten Roland Hemmschuh aus dem Haus heraus, verfrachten ihn in einen vergitterten Polizeiwagen.

»Morgen früh bei mir im Präsidium. Neun Uhr. Passt euch das?«

Franz nickt.

»Manchmal geht es dann doch schnell.«

Ärger

Martin Gehrenberger sitzt schon da, Roland Hemmschuh wird mit Hand- und Fußfesseln in den Vernehmungsraum hinein bugsiert, der zuständige Staatsanwalt kommt dazu.

»Roland, bei unserem letzten Treffen bist du mir ja noch eine Antwort schuldig geblieben. Du weißt, was wir alles gegen dich in der Hand haben. Euer Geschäft war bandenmäßig organisiert, du bist zwar nicht der Chef, aber sozusagen ein leitender Angestellter und die Mengen sind immens.

Bei dir spricht alles für die Höchststrafe. Dazu kommt die Sache mit dem Bootsbauer im Flugzeug. Die Gesamtstrafe wird dadurch wohl nicht höher, aber wenn du dich jetzt endlich mal zu einem Geständnis bequemen könntest, dann würde das meine und vermutlich auch die Laune des Richters vielleicht ein bisschen zu deinen Gunsten verbessern. Also mach jetzt bitte endlich.«

»Ja ich gebe es zu, ich habe dem Tonio Passert auf Anweisung von Helmut ein Tütchen mit hundert Gramm Kokain in den Rucksack gesteckt. Das war im Flieger in der Nacht ungefähr eineinhalb Stunden vor der Landung in Bangkok. Ich bin aufgestanden, nachdem die mit dem Essenservice fertig waren, bin an das Gepäckfach gegangen und habe ihm das Tütchen rein geschoben. Ich habe ihn vorher gesehen, wusste daher, welcher Rucksack seiner ist. Zwei oder drei Stunden nach der Landung bin ich mit dem selben Flieger wieder nach Hause geflogen. Seid ihr jetzt glücklich?«

Alle nicken.

Gehrenberger unterbricht kurz, geht raus zu der Bank, auf der Lisa und Franz sitzen, reckt den Daumen in die Höhe. Er geht zu ihnen hin und sagt:

»Er hat es jetzt ganz offiziell zugegeben. Wir werden jetzt alles Erforderliche anleiern. Ich weiß auch nicht genau, wie das funktioniert, aber ich wünsche euch gutes Gelingen. Und Respekt für die Aktion, Lisa. Vielleicht bekommst du dafür noch ein bisschen Ärger, aber wenn es dann am Ende hilft, dann war es das wert.«

Epilog

6. Februar: Heute Morgen hat man im Gefängnis in Stuttgart-Stammheim den Drogenschmuggler Helmut Lohmers tot aufgefunden.

12. Februar: Lisa, Lena und Franz sehen zum ersten Mal das Klong Prem Central Prison in Bangkok. Aus Lisas geplantem Besuch bei Tonio ist nichts geworden, sie war einfach zu sehr mit dem Versuch beschäftigt, ihn frei zu bekommen. Nun sind sie hergekommen, um ihn abzuholen. Die ganze Bürokratie hat noch viel Zeit in Anspruch genommen, aber irgendwann hat wohl ein gnädiger Richter dafür gesorgt, dass die Anklage gegen Tonio fallen gelassen wurde. Nawin ist auch dabei. Er führt sie zu dem Tor, wo Tonio rauskommen soll, Lisa hat völlig weiche Knie.

Ungefähr eine Viertelstunde später öffnet sich das Tor, Tonio kommt heraus, bleicher als vorher, dünner als vorher. Aber es ist ohne Zweifel Tonio. Die beiden fallen sich in die Arme.

14. März: Walzer darf endlich wieder Holzstreifen auf einen Bootsrumpf drauf tackern. Aber er hat schon angedroht, demnächst mal vier Wochen Urlaub zu machen.

11. April: André ist in Mallorca und bereitet sein Schiff auf die ersten Regatten vor. Er wartet in Deutschland noch auf seinen Prozess. Sein Anwalt hat für ihn erwirkt, dass er nach Mallorca darf, um sich um seine geschäftlichen Aktivitäten zu kümmern. Seine Buchungslage ist ausgezeichnet, er wird bis zum Herbst beschäftigt sein, dann das Schiff in die Karibik bringen, um dort die Wintersaison mitzunehmen.

Annike, die Holländerin, hat auch dafür schon eine ganze Reihe von Buchungen eingesammelt. Zwischendrin wird er den Kiel reparieren lassen.

Der Prozesstermin steht noch nicht, aber den Andeutungen des Staatsanwalts zufolge kann André mit einer Strafe etwas unterhalb der Bewährungsgrenze rechnen. Man hat ihm die Unterstützung der Freilassung von Tonio positiv angerechnet. Da man ja angeblich vor Gericht und auf hoher See gleichermaßen in Gottes Hand ist, hat sich André vorsichtshalber schon mal bei Tonio erkundigt, ob der sich um sein Schiff kümmern könnte, falls er einem längeren Aufenthalt im Knast entgegensähe.

Axel Ulrich

hat in den ersten Jahren seiner beruflichen Laufbahn als Wirtschaftsjournalist und Unternehmensberater gearbeitet und sich 1982 in der IT-Branche selbstständig gemacht. Eigentlich wollte er nur einmal ein Buch schreiben, um zu sehen, ob er das kann. Dieser Versuch hat ihn dann gepackt und er konnte nicht mehr aufhören.

Ich habe zu danken …

… dem Rechtsanwalt Helmut Becker, der zum wiederholten Mal das ganze Buch daraufhin gecheckt hat, ob das juristisch so alles hinhaut.

… meinem Lektor Bernd Weiler, mit dem die Arbeit ein reines Vergnügen ist. Das läuft wie geschmiert. Der sagt mir auch ganz offen, welche Textstellen ich besser weglassen sollte.

… und natürlich meiner Liebsten, Marlies Gerson, die das doch zweifelhafte Vergnügen hat, alle meine bisherigen Bücher im Schnitt fünf Mal gelesen zu haben.

Dieser Kriminalroman spielt an realen Schauplätzen. Alle Personen und Handlungen sind frei erfunden. Sollten sich dennoch Ähnlichkeiten mit lebenden oder verstorbenen Personen ergeben, so sind diese rein zufällig und nicht beabsichtigt.

Titelbild: © iStock by Getty Images
Gestaltung: PMP Agentur für Kommunikation, Reutlingen
Lektorat: Bernd Weiler
Korrektorat: Sabine Tochtermann
Satz: Uhl + Massopust, Aalen
Druck und Bindung: CPI books GmbH, Leck
Printed in Germany
ISBN 978-3-96555-100-8